태율 신무협 판타지 소설

촉산혈성

劚山血星

촉산혈성 3

태율 新무협 판타지 소설

초판 1쇄 찍은 날 § 2006년 11월 14일
초판 1쇄 펴낸 날 § 2006년 11월 24일

지은이 § 태율
펴낸이 § 서경석

편집장 § 문혜영
편집책임 § 한지윤
편집 § 서지현 · 심재영

펴낸곳 § 도서출판 청어람
등록번호 § 제1081-1-89호
등록일자 § 1999. 5. 31
어람번호 § 제2-1060호

주소 § 경기도 부천시 원미구 심곡1동 350-1 남성B/D 3F (우) 420-011
전화 § 032-656-4452 팩스 § 032-656-4453
http://www.chungeoram.com
E-mail § eoram99@chollian.net

ISBN 89-251-0349-4 04810
ISBN 89-251-0346-X (세트)

촉산혈성

蜀山血星

위진강호(威震江湖)

3

𝔉antastic Oriental Heroes
태율 신무협 판타지 소설

도서출판
청어람

목차

제15장

일부러 그랬지?

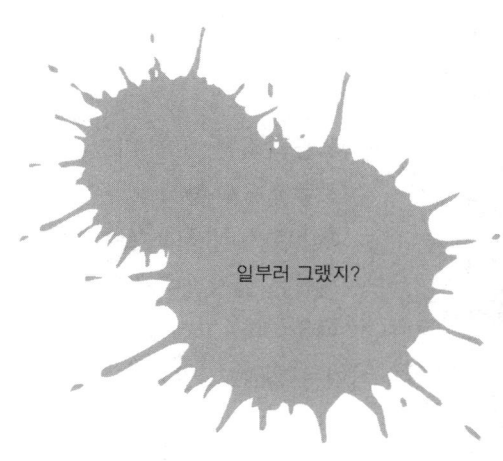

일부러 그랬지?

삼공 중 둘만 남게 된 우문일과 하운정은 심장이 덜컥 내려 앉았다. 눈 깜짝할 사이에 조해원을 피떡으로 만들어 버린 단 리백의 무위도 무위였지만, 그가 내뿜는 살기가 말로는 설명 하기 힘든 존재감이 되어 가슴을 짓눌렀기 때문이다.

게다가 뒤늦게 깨달은 무심객의 정체는 그들의 혼백을 빼 놓기에 충분했다. 단순히 내력을 짐작할 수 없는 신비고수라 짐작했건만, 당금 십대고수 중에서도 상위에 속한 이제 중 한 명일 줄이야.

설산검후!

결코 가볍지 않은 명호였다. 설산검문의 최고 고수에게 대대로 물려지는 이름. 바닷가의 모래알처럼 수많은 강호의 고수들 중에서도 항시 열 손가락 안에 드는 명호였다.

제아무리 절정의 고수들이 등장한다 해도 그들이 풍미하는 세월은 한시적이었다. 사람의 생명이 무한할 수 없는 법이기 때문이다. 그러나 설산검후와 촉산혈성은 대물림되어 이어지는 명호로, 강호 십대고수가 무수히 뒤바뀌는 가운데서도 항시 그들의 명호만은 흔들림없는 위치를 차지하고 있었다. 그만큼 그들의 명성은 천하의 그 누구도 무시할 수 없을 만큼 엄청난 무게를 지니고 있었다.

그러나 정작 중인들을 놀라게 한 여인은 자신에게 집중된 모든 이의 시선을 마다한 채 오직 단리백만을 바라보고 있었다.

이윽고 그녀가 가볍게 고개를 흔들며 탄식을 터뜨렸다.

"아아… 정말 너무하네. 오랜만에 만났는데 한다는 말이 겨우 그거야? '그건 또 무슨 장난이지' 라니. 무슨 남자가 이리 재미없어? 실망이야, 단리 오라버니."

단리백의 말투를 흉내 내며 그녀가 입을 열자 장내의 인물들은 경악을 금치 못하며 그녀와 단리백을 바라봤다.

그들 중 검공 우문일이 흔들리는 눈빛으로 그녀를 바라봤다.

"당신은 저자와 무슨 관계요?"

여인, 한초설은 우문일의 질문에 곧바로 대답하지 않았다.

대신 겉에 걸치고 있던 헐렁한 화의를 벗어 던지더니 그 안에 입고 있던 유백색 경장의 옷매무새를 가다듬기 시작했다.

"……."

확연히 드러난 그녀의 미모 앞에 중인들은 할 말을 잃었다.

하얗다 못해 투명하게까지 느껴지는 고운 피부는 설산의 만년설을 보는 듯했고, 풍만하고 도발적인 가슴에서 가느다란 허리로 이어지는 뚜렷한 굴곡은 세류요(細柳腰)란 형용사를 무색케 할 정도였다.

허리까지 늘어져 찰랑이는 검은 머리칼과 고혹적이기까지 한 붉은 입술은 유달리 하얀 피부와 대조적이면서도 묘하게 잘 어울렸다. 거기에 꿈을 꾸는 듯한 몽환적인 눈빛이 더해지자 침어낙안(沈魚落雁)이니, 폐월수화(閉月羞花)니 하는 말로도 설명하기 힘든 미모가 중인들의 눈을 사로잡았다.

한 자루 검을 비껴 들고 비스듬히 서 있는 그녀의 자태는 그야말로 경국지색(傾國之色).

가까이서 그 모습을 확인한 우문일은 걷잡을 수 없이 쿵쾅대는 심장을 진정시키기 바빴다.

매무새를 가다듬은 여인이 빙그레 웃으며 우문일을 바라봤다.

"당신들, 나를 속였죠?"

철렁.

우문일의 가슴이 또 한 번 내려앉았다.

민망하게도 나이 일흔을 넘긴 그가 여인의 한마디에 가슴이 울렁거려 정신을 차릴 수 없었던 것이다.

스스로 이를 깨달았을 때는 중인들의 시선이 자신에게 쏠린 뒤였고, 우문일은 붉어진 얼굴을 감추지 못하고 쩔쩔매기 바빴다.

이때 한초설이 하운정을 향해 입을 열었다.

"내가 상대해야 할 사람이 그라는 것을 이야기해 주지 않았잖아요. 하지만 당신들은 틀림없이 그에 대해 알고 있었겠죠. 그렇지 않나요?"

빤히 자신을 응시하는 한초설의 모습에 하운정은 난처한 얼굴로 대답을 망설였다.

이때 우문일이 한초설을 노려보며 소리쳤다.

"본 가를 배신할 생각이냐!"

"배신?"

모호한 표정으로 반문한 한초설이 아미를 살짝 찌푸린 채 우문일을 바라봤다.

그러기를 잠시.

이내 화사한 미소를 떠올리며 그녀가 고개를 끄덕였다.

"그렇다고 해두죠. 나는 천하의 그 누구도 두렵지 않지만 그와는 절대로 싸울 수 없어요."

"이익……!"

치밀어 오르는 화를 억누르는 우문일의 모습에 한초설은

아쉬운 듯 한숨을 내쉬었다.

"하아…… 선대의 약속 때문에 거금을 포기해야 하다니. 이 정도 금액은 앞으로도 평생 못 만져 볼 거야."

말을 마친 그녀는 소매 속에는 곱게 접힌 전표를 꺼내 우문일을 향해 던졌다.

"칠백구십 냥 정도 될 것 같네요. 처음 받은 돈에서 아마도 열 냥 정도가 모자랄 거예요. 여기까지 오는 동안 이것저것 사느라 써버렸거든요. 하지만 당신들이 나를 속였으니 모자라는 열 냥은 위약금이라 생각하세요."

우문일은 황당하고 어이가 없어 할 말을 잃었다. 하지만 이내 노여움 가득한 얼굴로 대로하여 소리쳤다.

"본 가를 적으로 돌린 것을 후회하게 해주겠다!"

"당신들 둘만으로 말인가요?"

"……!"

흠칫하며 신형이 굳어지는 우문일의 모습에 한초설은 손가락을 들어 좌우로 흔들었다.

"그만두는 게 좋아요. 저쪽에 숨어 있는 일곱 명이 가세한다 해도 당신들에겐 전혀 승산이 없어요."

"일곱 명?"

"어? 모르고 있었나요? 그들은 혁련세가에서부터 쭉 우리를 따라왔는데?"

그녀가 혁련세가를 언급하는 순간 단리백의 눈에서 섬전

같은 안광이 피어올랐다.

하지만 이를 알 리 없는 우문일은 한초설의 말에 침음성을
흘릴 뿐이었다.

"혈랑칠도수(血狼七刀手)……."

혁련세가 내에서 자신들의 이목에 걸리지 않고 은밀히 움
직일 수 있는 고수는 흔치 않았다. 거기에 일곱이란 숫자로
미루어 짐작할 수 있는 인물들은 오직 그들뿐이었다.

가주인 혁련걸이 심혈을 기울여 키워낸 일곱 명의 특급 살
수. 오직 혁련걸의 명령에만 따르며, 혁련세가 내에서도 이름
만이 알려졌을 뿐인 유령 같은 존재들이 바로 혈랑칠도수였
다.

'가주께서는 우리들을 믿지 못하셨단 말인가.'

자신도 모르게 밀려드는 씁쓸함을 감추지 못하며 우문일
이 하운정을 바라봤다.

미미하게 찌푸린 얼굴로 보아 하운정 역시 혈랑칠도수가
자신들을 따라온 것을 모르고 있었던 게 분명했다.

그때였다.

"에구에구, 죽겠네."

앓는 소리가 들려온 곳을 향해 하운정과 우문일이 고개를
돌렸다.

새하얀 머리에 구부정한 허리, 인자한 눈매가 푸근해 보이
는 노인이 눈에 들어왔다. 하지만 그는 어딘가 모르게 싸늘한

인상을 주는 노인이었다.

"추운 곳에 오래 서 있었더니 무릎이 다 시리네그려. 옳지, 저쪽엔 볕이 드는구나. 자네들은 계속해서 이야기 나누게. 난 저기서 경청할 테니."

손으로 무릎을 주무르던 유장령이 명아주 지팡이로 바닥을 콩콩 짚으며 내당과 정원 사이를 가로막은 벽을 향해 다가섰다.

하운정과 우문일은 내심 어이가 없었다.

툭 건드리기만 해도 죽어버릴 것 같은 노인네가 분위기 파악 못하고 흰소리를 내뱉는 꼬락서니라니.

하지만 벽에 다다른 유장령이 명아주 지팡이를 들어 벽을 찍는 순간 표정이 급격히 굳어졌다. 소리없이 벽 속으로 파고든 지팡이 때문이 아니었다.

지팡이 끝을 시작으로 순식간에 벽을 타고 번지는 붉은 핏물!

의미심장한 웃음을 머금은 채 유장령이 입을 열었다.

"기척을 숨기는 게 제법이었다만 노부 앞에서는 재롱에 불과해."

그 말과 동시에 유장령은 지팡이를 벽에 찔러 넣은 채 천천히 걸음을 옮기기 시작했다.

콰콰콰콱!

그의 걸음을 따라 명아주 지팡이가 벽을 긋자, 폭발하듯 터져 나가는 담장과 함께 흙더미와 잔해들이 사방으로 비산했다.

후두둑 소리를 내며 비처럼 쏟아지는 잔해들을 뚫고 흑색 무복에 검은 복면으로 얼굴을 가린 세 명의 인영이 튀어나온 것도 거의 동시였다.

그들의 손에는 이 척 반의 짧고 예리한 도가 들려 있었다. 더구나 한 명 한 명이 내뿜는 예기는 그들이 범상치 않은 무위를 지니고 있음을 증명하고 있었다.

하지만 유장령의 손에 들린 명아주 지팡이와 그 지팡이에 가슴이 꿰뚫린 채 절명한 동료의 시신을 바라보던 그들의 눈에는 한결같이 당혹감이 서려 있었다.

"혈랑칠도수에 대한 이야기는 많이 들어 익히 알고 있지. 노부의 살막 이후 최고의 살수 집단이라기에 내심 기대하고 있었건만 이래서야 원······."

짧게 혀를 차던 유장령이 고개를 흔들며 말을 이었다.

"아직 살수 냄새도 지우지 못한 애송이들이군."

"살막!"

혈랑칠도수의 눈빛이 격렬하게 흔들렸다.

그들 중 수장인 듯한 사내가 유장령을 향해 입을 열었다.

"당신은?"

"나? 예전엔 살황이라 불리웠지."

"······!"

아연실색한 그들의 표정을 바라보며 유장령이 빙그레 웃음을 머금었다.

털썩.

유장령이 지팡이를 거두자 거기에 매달려 있던 시신이 힘없이 바닥에 쓰러졌다.

그 순간 세 명의 흑의인이 품 자 형태로 유장령을 에워쌌다. 하지만 그보다 빨리 유장령의 손에 들려 있던 명아주 지팡이가 가볍게 흔들렸다.

파파팍!

미세한 소음과 함께 유장령을 향해 거리를 좁히던 혈랑칠도수의 신형이 석상처럼 굳어졌다.

"에잉, 이렇게 싱거워서야……."

유장령은 못마땅한 표정으로 한차례 혀를 찼다.

털썩.

우두커니 서 있던 혈랑칠도수의 신형이 일제히 바닥에 거꾸러졌다.

뒤늦게 혈랑칠도수의 미간에 뚫려 있는 손가락만 한 구멍을 발견한 우문일은 너무 놀라 할 말을 잃어버렸다.

한평생 검에 매달려 온 그였건만 유장령이 대체 어떤 방법으로 지팡이를 휘둘렀는지 알 수 없었다.

이때 유장령이 한곳을 바라보며 입을 열었다.

"효명아, 그냥 끝내거라. 가지고 놀 가치도 없는 녀석들이다."

그 말이 끝나기 무섭게 십 장쯤 떨어져 있던 아름드리 나무 아래로 두 개의 그림자가 뚝 떨어져 내렸다.

쿠웅! 쿵!

육중한 충격음과 함께 바닥에 떨어진 두 사람. 그들 역시 혈랑칠도수의 복색을 갖춰 입고 있었다. 하지만 그들은 두 번 다시 일어설 수 없었다. 정확히 등허리를 가르고 지나간 일검에 비명조차 지르지 못한 채 그대로 절명해 버린 것이다.

스윽.

잠시 후 나무 뒤에서 유효명이 천천히 걸어나왔다.

'저놈이 어느새?'

호계상은 놀라움을 금할 수 없었다. 조금 전까지만 해도 지척에 있었던 그였다. 그런데 어느 틈에 소리없이 움직여 은밀히 숨어 있던 살수들의 배후를 점한 것이다.

우문일이 믿을 수 없다는 표정으로 유장령과 유효명을 번갈아 바라봤다.

"살막이라고? 말도 안 돼! 살막은 이십 년 전에 사라졌다!"

유장령이 씁쓸한 웃음을 머금고 고개를 끄덕였다.

"그래, 살막은 사라졌다. 그런데 너는 아느냐, 어째서 살막이 사라졌는지를?"

"설마……."

유장령이 우문일을 향해 냉소를 터뜨렸다.

"그래, 그 설마다. 노부의 살막조차 감당하지 못한 상대야. 애송이들이 노리기엔 턱없이 버거운 먹이지. 그들은 가당치도 않은 짓에 쓸데없이 목숨만 버린 게야."

이때 쓰러져 있는 혈랑칠도수의 시신을 세던 호계상이 큰 소리로 외쳤다.

"아직 한 명이 남아 있소!"

중인들의 시선이 자신에게 모아지자 호계상이 주위를 쓸어보며 말을 이었다.

"혈랑칠도수는 분명 일곱 명일 터. 한데 시신의 숫자는 여섯 구뿐이오."

퍼엉!

호계상의 말이 끝나기 전에 돌연 정원 한곳의 흙바닥이 폭발하듯 터져 나갔다.

쉬익!

동시에 강맹하기 이를 데 없는 한줄기의 경기가 단리백을 향해 쇄도했다.

단리백을 노리며 날아든 도기는 그의 지척에 이르러 순식간에 일곱 개로, 그리고 다시 열네 개로 불어나더니 단리백의 전 방위를 차단하듯 빽빽이 에워쌌다.

단리백의 눈가에 희미한 살기가 떠올랐다.

쿠웅!

지축을 뒤흔드는 굉음이 중인들의 귀청을 때렸다. 그와 동시에 섬뜩한 파육음이 허공을 찢었다.

콰드득!

"……!"

중인들의 눈이 더없이 크게 홉떠졌다.

철주(鐵柱)처럼 솟구친 두 개의 흙기둥. 그리고 그 사이에서 형체를 알아보기 힘들 정도로 짓이겨진 시신은 나머지 혈랑칠도수가 분명했다.

"말도 안 돼……!"

우문일이 자신도 모르게 중얼거렸다. 단순히 혈랑칠도수의 죽음에 놀란 것이 아니었다. 혈랑칠도수를 죽인 그 한 수에 놀란 것이다.

단리백은 처음 서 있던 그 자리에서 여전히 바위처럼 서 있었다. 단지 그가 내딛은 오른발 주위로 반경 일 장에 달하는 거대한 구덩이가 패어 있다는 것이 다를 뿐이었다.

'진각을 구른 것만으로…….'

도저히 믿기 힘든 상황이었다. 하지만 믿지 않을 도리가 없었다. 단리백이 진각을 구르는 순간 단단한 대지가 물결처럼 출렁이는 광경을 두 눈으로 똑똑히 목격했기 때문이다. 게다가 그 충격은 아직도 여진처럼 남아 발밑에서 느껴지고 있었다.

숨 몇 번 내쉴 짧은 순간에 혁력세가 내에서도 두려운 존재로 손꼽히는 혈랑칠도수가 모두 싸늘한 시신으로 변하고 만

것이다.

실성한 사람처럼 입만 벙긋거리는 우문일과 달리 하운정은 차가운 눈빛으로 주위를 살폈다.

그제야 자신들이 용담호혈(龍潭虎穴)에 뛰어들었음을 뒤늦게 절감했다.

흑암보주의 딸인 계집애를 제외하면 가장 하수라 할 수 있는 강호사사마저도 자신들이 함부로 할 수 있는 위인들이 아니었다.

믿고 있던 설산검후마저 자신들에게 등을 돌린 이상 촉산혈성을 상대할 방법이 없었다. 아니, 오히려 오늘 이 자리에서 무사히 벗어날 수 있을지 그것조차 장담할 수 없었다.

그때였다.

"당신들이 흑암보의 혈사에 관여했나?"

난데없는 음성에 고개를 돌린 우문일은 자신에게 쏘아지는 칼날 같은 눈빛을 마주하곤 머리털이 곤두서는 기이한 경험을 했다.

우문일이 대답을 망설이는 사이 단리백은 천천히 그와 거리를 좁혀오기 시작했다.

마치 독사를 정면에서 마주한 개구리의 심정이 그러할까. 단지 그가 한 걸음씩 다가올 뿐이었음에도 불구하고 우문일은 말도 되지 않는 압박감이 전신을 찍어누르는 것을 느꼈다.

우문일이 자신도 모르게 흠칫하여 한 걸음을 물러섰다.

그 순간 단리백이 신형을 날렸다.

우문일과 단리백의 거리는 오 장 정도였다. 물론 먼 거리라고는 할 수 없었으나, 그렇다고 손을 뻗으면 곧바로 닿을 만큼 가까운 거리 역시 아니었다.

하지만 우문일이 물러서려 하던 순간, 단리백의 몸은 이미 오 장의 거리를 압축해서 그의 코앞까지 이르러 있었다.

콱!

우문일은 사색이 되어 피하려고 했으나 채 물러서기도 전에 한쪽 어깨가 단리백의 손에 움켜 잡히고 말았다.

"헉!"

강철 같은 손가락이 어깨를 파고들자 우문일이 화들짝 놀라 검을 휘둘렀다.

쾌애애액!

그의 검이 허공을 찢으며 단리백의 목을 베어갔다.

까드득.

"……!"

우문일의 안색이 대번 허옇게 떠버렸다.

위송령에게 어깨가 한 번 탈골된 이후 본래의 위력을 잃어버렸다고는 하나 이처럼 가까운 거리에서 한 번에 막혀버릴 만큼 호락호락한 검이 아니었다. 하지만 그의 검은 분명히 단리백의 손에 붙들린 채 옴짝달싹도 하지 못하고 있었다.

자신의 손아귀에서 벗어나려고 몸부림치는 우문일을 향해 단리백의 차디찬 눈빛이 쏟아졌다.

　"마지막으로 묻겠다. 흑암보가 피에 잠기던 날, 이곳에 있었나?"

　"나, 나는……."

　하얗다 못해 파랗게 질린 얼굴로 우문일이 우물쭈물하는 사이 호계상이 소리쳤다.

　"그는 혁력세가의 삼공 중 하나인 검공이 틀림없네! 저기 죽어 자빠진 놈이 장공이라는 조해원일 테지. 그날 그들은 틀림없이 이곳에 있었네. 비록 복면으로 얼굴을 가리곤 있었지만 체형이나 얼굴의 윤곽, 그리고 음성을 나는 결코 잊지 않아!"

　단리백이 말없이 우문일을 응시했다.

　우문일은 부르르 신형을 떨었다.

　자신을 향해 쏟아지는 서늘한 눈빛을 마주하는 순간 끝 모를 두려움이 밀려왔던 것이다.

　"자, 잠깐!"

　우문일이 황급히 무언가를 말하려 했다. 하지만 그의 말을 자르며 단리백이 천천히 입을 열었다.

　"이 자리에 있었다는 사실만으로도 네가 죽어야 할 이유는 차고도 넘친다."

　그 말을 끝으로 단리백의 팔꿈치가 우문일의 얼굴을 향해 날아들었다.

꽈직!

"크악!"

위송령에게 당해 가뜩이나 볼품없이 주저앉아 있던 우문일의 콧등이 완전히 박살 나며 움푹 꺼져 버렸다

그러나 단리백의 공격은 그것으로 끝나지 않았다.

검을 움켜쥐고 있던 단리백의 손이 기이한 움직임으로 우문일의 손목을 타고 올라오더니 팔꿈치를 지나 어깨까지 훑으며 지나갔다.

우두둑!

끔찍한 골절음과 함께 우문일의 팔이 힘없이 늘어졌다. 단일수에 오른팔의 뼈가 모조리 산산조각나고 만 것이다.

허공으로 높이 치켜든 단리백의 손이 우문일의 눈에 들어온 것도 그때였다.

우문일은 공포로 눈을 부릅떴다.

단리백의 주먹에 선명히 맺혀 일렁이는 붉은 기운을 목도했기 때문이다.

우문일이 마구 발버둥치며 단리백의 손에서 벗어나려 애썼지만 갈고리처럼 어깨에 깊숙이 박혀 있는 손가락을 도저히 떨쳐 낼 수 없었다.

우문일은 오랫동안 수련을 쌓아 죽음도 두렵지 않은 인물이었다. 하지만 단리백 앞에서는 그럴 수가 없었다.

"제, 제발……."

떨리는 음성으로 더듬거리며 애원하는 우문일의 표정을 바라보던 단리백의 입가에 희미한 웃음이 떠올랐다.

우문일의 얼굴에서는 식은땀이 비 오듯 쏟아지기 시작했다.

단리백의 웃음이 차디찬 비수가 되어 자신의 심장을 파고들었던 것이다.

"살려주시오!"

처절히 부르짖는 우문일을 향해 단리백이 싸늘히 입을 열었다.

"이제야 후회되나? 하지만 후회는 아무리 빨라도 늦은 법이지."

동시에 단리백의 주먹이 우문일의 얼굴을 향해 떨어져 내렸다.

뻐억!

잘 익은 수박처럼 우문일의 머리가 산산조각이 났다.

후두둑.

머리를 잃은 우문일의 시신은 잠시 우두커니 서 있다가 비처럼 쏟아지는 육편과 핏물을 뒤집어쓴 채 천천히 뒤로 넘어갔다.

쿠웅.

시신이 쓰러지는 소리가 유난히 크게 울려 퍼졌다.

그 소리에 하운정은 가슴이 진탕되는 것을 느꼈다. 그리곤 한편으로 당혹감을 금치 못했다.

그는 적당한 시점에 자신의 독문암기인 금환정을 날려 우문일을 도울 생각이었다. 하지만 단 일 초를 견디지 못하고 우문일이 제압당해 버리는 전무후무한 사태 앞에 미처 던져보지도 못한 금환정을 양손에 거머쥔 채 멍하니 서 있을 뿐이었다.

이때 단리백이 우문일의 주검을 향해 차갑게 읊조렸다.

"목숨을 구걸하다니, 불쾌하기 짝이 없군. 정파란 작자들이 부끄러움도 모른단 말인가?"

조소가 담긴 단리백의 음성에 하운정은 심하게 수치심을 느꼈다. 그 역시 우문일이 마지막에 그와 같은 추태를 부릴 줄은 예상치 못했기 때문이다.

단리백이 고개를 돌려 하운정을 바라봤다.

"당신도 삼공 중 한 명인가?"

호계상이 기다렸다는 듯이 입을 열었다.

"그는……."

"나는 하운정이오. 사람들은 나를 병공이라 부른다오."

호계상의 말을 자르며 하운정이 먼저 자신을 소개했다.

단리백이 하운정을 쏘아보며 입을 열었다.

"당신도 흑암보의 혈사에 관여했겠군?"

하운정이 천천히 고개를 끄덕였다.

"그렇소. 당시 혁련세가의 무인들을 지휘한 것이 바로 나요."

"혁련세가 말고 또 누가 참여했지?"

"내가 그것을 말할 거라 생각하는 게요?"

"말하게 될 거야."

단리백의 얼굴에 서늘한 웃음이 떠올랐다.

그 미소를 보자 하운정은 바람 앞의 사시나무처럼 몸을 떨었다.

한 쌍의 금환정에 의지해 도산검림을 헤쳐 온 세월만 사십 년이었다.

아무리 두려운 적수를 만나도 아직까지 단 한 번도 몸을 떨거나 마음의 평정을 잃어본 적이 없는 하운정이었건만 오늘은 예외였다. 이자는 지금까지 그가 만났던 인물들과는 확연히 달랐다.

강호의 수많은 절정고수를 봐왔지만 이처럼 두려운 인물과 마주한 것은 맹세코 처음이었다.

자신이 이런 자를 죽이기 위해 이곳에 왔다는 사실이 한없이 어리석게 느껴졌다. 처음부터 이자는 자신이 감당할 수 있는 수준이 아니었던 것이다.

하운정은 조용히 눈을 감았다.

이윽고 그가 천천히 눈을 떴을 때 그의 눈에서 두려움은 사라져 있었다. 죽음을 각오한 무인 본연의 눈빛.

그 기백에 단리백은 내심 감탄했다.

"알 수가 없군. 당신 정도 되는 사람이 이런 조무래기들과 어깨를 나란히 하고 있다니."

어느 정도 자신을 인정해 주는 단리백의 말에 하운정은 쓰게 웃으며 고개를 저었다.

"누구에게나 나름의 사정이 있는 법이오."

잠시 동안 말없이 하운정을 바라보던 단리백이 한 걸음 물러서며 입을 열었다.

"좋아, 인정하지. 내가 틀렸어. 당신 같은 눈빛을 지닌 자는 협박과 고문에도 굴하지 않을 거야. 그렇지?"

묵묵히 자신을 바라보는 하운정을 향해 단리백이 말을 이어갔다.

"제안을 하지. 그 자리에 누가 있었는지, 그리고 나의 의형과 그녀를 죽인 이가 누군지 말해준다면 당신의 목숨만은 살려주겠다."

단리백의 말에 장내의 모든 이들이 의외란 표정으로 그를 바라봤다. 그들이 아는 단리백은 이처럼 흥정을 논할 인물이 아니었기 때문이다.

짤그랑.

이때 대답 대신 하운정의 손에 쥐어진 금빛 팔찌가 날카로운 금속성을 흘렸다.

"그것이 당신의 대답인가?"

하운정이 고개를 끄덕였다.

"당신은 방심하지 않는 것이 좋을 거요. 나는 평생 금환정을 던지는 것만을 익혀왔소."

하운정이 금환정을 언급하자 장내의 인물들은 다른 눈으로 그를 바라보았다. 그도 그럴 것이 금환정은 비록 혈영사나 월광비처럼 강호칠대기보에는 들지 못하나 그에 견줄 만한 기병으로 손꼽히는 물건이었기 때문이다.

보물이란 것이 으레 그렇듯, 나타난 곳마다 항시 피바람이 몰아친다. 지닌 자보다 이를 탐내는 이들이 더욱 많기 때문이다. 정사 구분을 떠나 수많은 이들이 기보를 얻기 위해 온갖 악한 짓도 서슴지 않았고, 그들로부터 기보를 지키기 위해서는 그만큼 수많은 위험을 무릅써야만 한다.

그런데 하운정은 이를 평생 동안 지녔다 하지 않는가? 오랜 세월 기보를 지켜왔다면 그가 지닌 무공 또한 녹록치 않을 것임은 자명할 터.

지이잉.

하운정이 진기를 끌어올리자 낮은 울림과 함께 금빛 팔찌의 모습이 조금씩 바뀌기 시작했다. 그리곤 이내 하운정의 양손엔 금빛을 뿌리는 일곱 치 길이의 날카로운 못이 들려 있었다.

스윽.

하운정이 조심스럽게 단리백과의 거리를 좁히기 시작했다.

반면 단리백은 그 자리에 우뚝 선 채 하운정을 응시할 뿐이었다.

하운정은 단리백과 오 장의 거리를 남겨둔 채 멈춰 섰다. 그리고 천천히 양손을 늘어뜨린 채 모든 진력을 금환정에 쏟아부었다. 하지만 이내 그의 얼굴에 낭패한 감정이 떠올랐다.

'빈틈이 없다!'

언뜻 무방비해 보이는 단리백이었으나 그의 주위에 요동치는 기파는 마치 금성철벽(金城鐵壁)처럼 느껴졌다.

'제길……'

하운정은 내심 스스로에게 욕설을 내뱉었다. 그토록 마음을 다잡았건만 불현듯 솟구친 불안함이 끊임없이 갈등을 불러일으켰던 것이다.

그 순간 단리백과 눈빛이 마주친 것은 우연이었다.

단리백의 도발적인 눈빛은 자신에게 금환정을 던져 보라고 종용하고 있었다. 하나 하운정은 할 수 없었다. 금환정을 던지는 순간 자신은 결코 죽음을 피하지 못하리란 사실을 누구보다 피부로 절감하고 있었기 때문이다.

그러나 흔들리는 마음과 달리 그의 두 손은 굳은 각오만큼이나 단호한 의지를 따라 충실히 움직였다.

쿠웅!

그의 발이 육중한 소리를 내며 진각을 구르나 싶더니,

쉬익!

양쪽으로 갈라진 두 줄기 금빛 광채가 각각 커다란 호선(弧線)을 그리며 단리백의 옆구리와 가슴을 향해 날아들었다.

금환정이 떠나기 전 손끝에 남긴 감각.

하운정은 자신의 평생을 통틀어 가장 완벽한 한 수를 시전했다 자부했다.

불과 며칠 전 사염천을 상대하던 것과는 차원이 달랐다.

삶에 대한 미련을 떨치고, 두려움도 떨치고 간신히 다다른 무념무상의 경지에서 혼신의 힘을 실어 던진 금환정이었다.

따당!

차가운 금속성과 함께 허공으로 튀어 오르는 두 줄기 금빛. 그리고 번뜩이는 붉은 섬광.

서컥.

하운정은 천천히 자신의 가슴을 내려다보았다.

길게 갈라진 장포 사이로 아랫배 왼쪽에서부터 오른쪽 가슴까지 그어진 사선이 눈에 들어왔다. 그리고 그곳에서 한 방울씩 선혈을 흘려내고 있었다.

"어리석군."

단리백의 음성에 하운정이 천천히 고개를 들었다.

"고작 그 한마디에 목숨을 버릴 만큼의 가치가 있었나?"

이어진 단리백의 질문에 하운정은 미미하게 고개를 저었다. 그리고 천천히 입을 열었다.

"죽을 때만큼은 무인답게 죽고 싶어서……."

투두둑.

하운정이 입을 열자 가슴의 상처가 벌어지며 더욱 많은 핏물이 쏟아지기 시작했다. 자신의 옷깃을 적시며 빠르게 번져가는 진홍빛 선혈을 바라보던 하운정이 단리백을 향해 물었다.

"괜찮던가?"

단리백은 찢어진 손등을 들어 보이며 고개를 끄덕였다.

"당가의 구환살(九幻殺)보다 낫더군."

하운정의 입가에 미소가 떠올랐다.

"초위건곤(超威乾坤)이라는 초식일세. 그걸 막아내다니…… 자네는 괴물이야."

그는 자신의 아랫배에서 흘러나오는 피가 바닥을 홍건하게 적시는 것도 아랑곳하지 않고 씨익 웃었다.

절정의 암기술을 자랑하는 당가에서도 만천화우와 더불어 최고의 암기술이라 불리우는 절기가 구환살이었다. 비록 한 번도 당가와 직접 암기를 겨뤄본 적은 없었으나 하운정은 늘 자신의 금환정과 당가의 암기술 중 어느 것이 뛰어날지 궁금했었다. 그리고 죽음을 앞둔 상황에서 그 답을 찾아낸 것이다.

암기를 다루는 자에게 있어 당가를 뛰어넘었다는 것은 최고의 명예.

기꺼이 죽음과 맞바꿀 가치가 충분했다.

하운정의 눈에서 기광이 일렁였다. 중인들은 그것이 죽음을 앞둔 이에게 나타나는 회광반조의 현상임을 알아봤다.

무언가 결심을 굳힌 듯 하운정이 입을 열었다.

"비록 단신이었지만 당시 흑암보주의 무위는 실로 대단했네. 나와 나머지 이 공이 힘을 합쳐도 그와 동수를 이루기는커녕 막기에도 급급한 상황이었지. 만약 그가 우리와 함께 오지 않았다면 우리는 지금까지 살아 있지 못했을 거야."

"그가 누구지?"

"절정열편(絶頂颮鞭) 위대붕. 혁련세가의 이대빈객 중 한 명일세."

"위대붕!"

위대붕이란 이름이 언급되자 호계상은 놀라움을 감추지 못했다.

그는 비록 명성만큼은 십대고수에 뒤처지지만 지닌바 무공은 십대고수와 능히 견줄 수 있을 만큼 뛰어난 인물로 알려져 있었다. 더구나 그는 강호칠대기보 중 하나인 은룡편(銀龍鞭)의 주인이었다.

그날 호계상은 침입자들 가운데 십대고수에 버금가는 무위를 지닌 자를 발견했었다. 처음엔 그가 삼공 중 일인이라 생각했으나 돌이켜 생각해 보니 그의 허리엔 허리띠 대신 은빛이 감도는 채찍이 감겨 있었음을 떠올릴 수 있었다.

"그가 임 형을 죽였나?"

단리백의 질문에 하운정이 고개를 저었다.

"그가 죽인 것은 임 보주가 아닌 그의 부인일세."

하운정은 당시의 상황을 자세히 설명하기 시작했다.

"우리는 처음부터 그녀를 해칠 생각은 추호도 없었네. 우리의 목적은 그녀를 인질로 삼아 산서의 이권을 걸고 흑암보주와 협상을 벌이는 것."

"한데 왜 죽였지?"

"흑암보의 식솔들이 죽어가자 돌연 그녀의 몸에서 휘황찬란한 금광이 쏟아지기 시작했네. 게다가 바위와 같은 것들이 허공에 둥둥 떠오르고, 심지어 마른하늘에서 벼락이 떨어져 본 가의 수하들을 태워 버리기까지 했다네. 인세에 존재하는 것이라 도저히 믿을 수 없는 그 무서운 능력에 우리는 크게 당황했네. 이에 위기를 느낀 위대붕이 그녀에게 채찍을 날렸고, 우리가 소리쳐 말렸을 때는 이미 늦어 돌이킬 수 없는 상황이 되어버렸지."

하운정의 눈에 떠오른 기광이 눈에 띄게 감소하기 시작했다. 동시에 그의 음성도 점차 작아졌다.

"부인이 죽자 흑암보주가 미쳐 날뛰기 시작했네. 광기에 젖은 그의 공격은 참으로 무시무시했지. 하지만 이성을 잃은 그는 허점을 드러냈고, 그때를 놓치지 않고 이대빈객 중 한 명인 오종원이 나섰네. 결국 흑암보주는 그의 손에 죽었지."

"오종원?"

단리백이 반문하자 하운정이 실처럼 가느다란 음성으로 입을 열었다.

"그는… 운남… 만수산장 장주 사도명의…… 처남……."

털썩.

힘겹게 말을 이어가던 하운정의 신형이 차가운 바닥 위로 무너졌다.

"어째서 마음을 바꿨지?"

단리백의 질문에 하운정의 눈매가 가늘게 접혔다.

"나는 지금까지 살아오며…… 변덕을 부려본 적이 없었거든…… 죽는 마당에 한 번쯤은……."

미처 말을 끝맺지 못한 채 하운정이 고개를 떨궜다.

그러나 하운정은 입가에 미소를 남기고 죽었다. 이제껏 살아오며 가장 두려운 인물이라 판단한 자에게 자신이 지닌 모든 바를 보여주었고, 비록 그 벽은 넘을 수 없었으나 그에게 자신의 실력을 인정받았기 때문이다. 그리고 무엇보다도 최후까지 무인다운 모습을 지켰다는 자부심이 눈을 감는 순간까지 그를 웃음 짓게 만들었다.

장내는 아주 조용했다.

그야말로 터럭 하나 떨어지는 소리도 들릴 만큼 고요한 적막.

조해원은 전신이 짓이겨진 고깃덩이가 되어 핏물 속에 누워 있었고, 우문일은 머리가 박살 난 채 절명했다. 하운정 역시 손가락 하나 까딱할 수 없는 주검이 되어버렸다.

　불과 향 한 대 타오르는 시간이 지나기도 전에 혁련세가 내에서 가주를 제외하고 가장 강하다고 알려진 세 사람이 객지에서 쓸쓸히 떠도는 고혼(孤魂)이 되고 만 것이다.

　이때 낭랑한 음성이 장내에 울려 퍼졌다.

　"일부러 그랬지?"

　모든 이의 시선이 한곳으로 모아졌다.

　중인들의 시선을 한 몸에 받으며 한초설이 단리백을 향해 다가섰다.

　"적당히 자존심을 긁고, 죽음이라는 벼랑 끝에 그를 몰아세운 다음 다시 그를 치켜세워 진실을 말하게 만들었잖아. 아니야?"

　중인들은 한결같이 놀란 얼굴로 단리백을 바라보며 그의 대답을 기다렸다.

　한초설이 다시 말을 이어갔다.

　"그래도 일부러 자해까지 할 필요는 없잖아. 왜 멀쩡한 손등을 일부러 찢는 건데?"

　한초설은 못마땅한 듯 얼굴을 잔뜩 찡그렸다.

　"속일 생각 하지 마. 초위건곤? 흥, 웃기지 말라 그래. 솔직히 그 수법은 당가의 장로 급 정도 되는 인물이라면 얼마든지 구사할 수 있어. 당가의 가주만이 익히는 구환살에 비교하면 그 위력은 십분의 일도 안 되지."

단리백이 입을 열었다.

"네가 상관할 바 아니다."

"알아. 하지만 그렇게 해서라도 그의 이야기를 들어야 할 만큼 가치가 있었을까? 왠지 당신답지 않은 방법이라서 그래."

그녀의 말에 단리백은 인상을 찌푸릴 뿐 더 이상 입을 열지 않았다.

지금의 상황에서 침묵은 곧 긍정.

하운정이 죽으며 실토한 모든 상황이 단리백의 연출이었다는 사실에 중인들은 내심 복잡한 심정을 금치 못했다.

단리백의 무기는 비단 고절한 무공뿐만이 아니었던 것이다.

상대의 심리를 꿰뚫는 심력과 이를 자신의 의도대로 이끄는 치밀한 계산. 이와 같은 능력에 감탄을 하면서도, 한편으로는 무인의 자존심을 가지고 농락한 것 같아 언짢아지는 것도 사실이었다. 그들 역시 정사의 구분을 떠나 명예에 목숨을 거는 무인이었기 때문이다.

한초설이 나직이 한숨을 흘리며 고개를 저었다.

"휴우… 그래, 좋아. 그런 그렇다 치고, 대체 여기서 뭘 하는 거야? 이런 작자들을 모아놓고 문파 놀이라도 해보고 싶어졌어?"

이런 작자들이라는 말에 중인들의 얼굴이 와락 일그러졌다.

겉으론 웃고 있었으나 유장령 역시 그녀를 바라보는 눈빛에 무시무시한 살기가 담겨 있었다.

자신에게 쏟아지는 따가운 시선을 느꼈음인지 한초설이 주위를 둘러보았다.

"어? 내가 실수했나? 미안해요. 일부러 당신들을 깎아내리려고 한 말은 아니었어요. 제가 좀 덤벙대는 성격이거든요. 이해하세요."

그녀의 미소를 마주한 이들은 어느 누구 하나 불만을 터뜨릴 수 없었다.

강호는 곧 힘이 율법.

솔직히 말해 단리백을 제외하고 이곳에 있는 어느 누구도 그녀와 명성을 견줄 이가 없었다. 심지어 살막의 막주였던 유장령조차 무공으로만 논한다 해도 그녀와 대등히 겨룰 수 있을지 장담할 수 없었다.

게다가 그녀의 미소는 도저히 적의를 지닐 수 없게 만드는 묘한 마력이 담겨 있었다.

다만 단리백만이 차가운 얼굴로 그녀를 마주하고 있을 뿐이었다.

'저 얼음 귀신……'

호계상은 그런 단리백의 모습에 설레설레 고개를 저었다. 절세의 미모를 지닌 서시가 살아 돌아온다 해도 눈 하나 꿈쩍하지 않을 위인이 바로 그였다.

어색한 침묵을 깨며 단리백이 입을 열었다.

"그러는 넌 왜 설산을 내려왔지?"

"나? 심심해서. 매일같이 눈만 보니 돌아버릴 것 같더라고. 그리고 나 정도 되면 강호행은 제법 돈벌이가 되거든. 우리 사문 궁핍한 거야 세상이 다 알잖아. 나도 제대로 호위호식 한 번 해보려 했지. 한데 오라버니 덕에 그것도 다 날아가 버렸어."

진심으로 애석하다는 듯이 탄식까지 흘리던 그녀가 돌연 허리에 손을 올리며 단리백을 노려봤다.

"자, 이제 어떻게 보상할 건데?"

중인들은 당혹감을 금치 못했다.

천하의 설산검후가 호위호식 운운하며 생떼를 쓰는 광경에 어이가 없어진 것이다. 누백년 이어져 내려온 설산검후의 명성과는 도저히 걸맞지 않은 행동. 하지만 이조차 그녀에게 묘한 매력을 더해주고 있었다.

"단지 그것뿐인가?"

단리백의 반문에 그녀가 의아한 표정을 지어 보였다.

"왜? 다른 이유가 또 있어야 돼?"

한초설이 커다란 눈을 깜박이며 단리백을 응시했다.

하나 이도 잠시.

슬쩍 뺨을 붉히며 슬며시 시선을 내리깐 그녀가 단리백을 힐끔거렸다.

"꼭 내 입으로 말을 해야겠어? 오라버니도 참, 사람이 심술 궂네. 알았어. 말하면 될 거 아냐?"

짐짓 부끄럽다는 듯이 우물쭈물 망설이던 그녀가 기어들어 가는 목소리로 말을 이었다.

"부창부수(夫唱婦隨). 지아비가 가는 곳을 어찌 아녀자가 따르지 않을 수 있겠어?"

"……!"

중인들의 얼굴에 한결같이 망치로 뒤통수를 얻어맞은 듯한 표정이 떠올랐다. 설마 단리백이 혼인을 했으리라곤 누구도 예상하지 못했던 것이다. 게다가 그 배필이 설산검후라니…….

심지어 임소하마저 놀란 얼굴로 단리백과 한초설을 번갈아 바라봤다.

"의숙, 저분의 말이 사실인가요?"

어찌나 놀랐는지 임소하의 음성은 은은히 떨리고 있었다.

이에 단리백이 인상을 찡그리며 한초설을 바라봤다.

"또 쓸데없는 말을 하는군."

"어머? 이 남자 봐. 달콤한 말로 처녀 마음을 훔쳐 갈 땐 언제고…… 흑흑, 이래서 남자는 다 도둑놈이라더니."

돌연 한초설이 두 손으로 얼굴을 가리며 흐느끼자 중인들의 당혹감은 절정으로 치닫고 있었다.

"의숙……."

"거짓말이다."

임소하가 조심스레 입을 열기 무섭게 단리백이 그녀의 말을 잘랐다. 그리곤 한초설을 향해 성큼성큼 다가섰다.

"아얏!"

뺨을 꼬집힌 한초설이 비명을 질렀다. 그러나 그녀의 얼굴 어디에도 눈물을 흘린 흔적이 없었다.

"너는 여전히 쓸데없는 말을 늘어놓길 좋아하는구나."

"헤헤, 재미없었어?"

배시시 웃음을 흘리던 한초설은 싸늘한 단리백의 표정에 찔끔하는 표정을 짓더니 재빨리 주위를 두리번거렸다. 그리곤 멍한 표정으로 자신을 바라보던 임소하를 발견하고 재빨리 그녀에게 쪼르르 달려갔다.

"귀여운 아가씨네? 이름이 뭐야?"

마치 저잣거리에서 아낙네를 꼬드기는 파락호 같은 그녀의 말투에 임소하는 자신도 모르게 웃고 말았다.

"소하, 임소하예요."

"소하? 생긴 것만큼이나 예쁜 이름이군. 반가워, 난 한초설(寒初雪)이라고 해. 처음 내리는 눈이란 뜻이지. 어때? 내 이름도 예쁘지?"

한초설은 덥석 임소하의 손을 잡고 위아래로 크게 흔들더니 단리백을 향해 혀를 쏙 내밀어 보였다. 그리곤 다시 임소하를 향해 빙그레 웃으며 입을 열었다.

"어쩌다가 저렇게 성질 나쁜 아저씨를 의숙으로 모시게 되었니? 어린 나이에 너도 참으로 팔자가 드세구나."

"아니에요. 오히려 저를 만난 의숙의 팔자가 드세신 거죠. 의숙은 좋은 분이세요."

"에엑? 어디가? 대체 저 사람의 어디에서 좋은 면을 찾아볼 수 있는 건데?"

"의숙은 다정하신걸요."

잠시 경악한 표정을 짓고 있던 한초설이 단리백을 향해 휙 고개를 돌리더니 새초롬히 눈을 흘겼다.

"역시 사파의 지존. 그새 아이에게 사술을 부려 미혹시켰군. 아니, 어쩌면 가혹한 수단으로 세뇌 교육을 시켰을 수도…… 알았다! 섭혼술(攝魂術), 섭혼술을 썼구나?"

한초설이 임소하의 어깨를 붙들고 흔들었다.

"애, 정신 차려. 넌 지금 섭혼술에 빠진 거야. 이 언니가 진실을 보여줄게. 하나 둘 셋을 외치면 넌 현실과 마주하게 될 거야. 자… 하나…… 둘…… 세엣……."

따악!

"아 씨! 왜 때리는데?"

아픈 머리를 문지르며 고개를 치켜든 한초설이 단리백을 향해 앙칼지게 쏘아붙였다.

그런 그녀를 향해 단리백이 으름장을 놓았다.

"쓸데없는 말 하지 마."

이에 한초설은 잠시 흠칫하나 싶더니 임소하를 향해 작게 속삭였다.

"거봐. 저 아저씨는 저런 사람이라고. 나처럼 여린 여인에게 서슴없이 손찌검하는 것 봤지? 자고로 여인에게 손찌검하는 남자치고 제대로 된 남자 못 봤어. 자, 이 언니 말 믿고 저런 사람과는 일찌감치 의절해 버리렴. 이게 너를 위해 하는 말이야. 알았지?"

"푸훗."

결국 임소하는 참았던 웃음을 터뜨리고 말았다.

"재미있어?"

한초설의 질문에 임소하가 고개를 끄덕였다.

한초설이 고개를 돌려 중인들을 바라보며 미소 지었다.

"여러분도 재미있어요?"

대부분이 그녀의 미소에 현혹되어 자신도 모르게 고개를 끄덕이고 말았다.

이에 한초설은 양손을 척 허리에 올리더니 도도한 표정으로 단리백을 바라봤다.

"거봐, 다들 재미있다잖아. 오라버니는 너무 감성이 메말랐어."

잠시 한초설을 노려보던 단리백이 별다른 말 없이 신형을 돌렸다. 그리곤 곧장 한쪽 구석에 쓰러져 있는 사염천 일행을 향해 다가섰다.

사염천을 비롯한 위송령과 백무쌍의 얼굴은 순식간에 흙 빛이 되었다.

이들은 단리백이 진각을 굴러 혈랑칠도수를 격살했을 때 부터 이미 정신을 차리고 있었다. 다만 섣불리 움직였다간 목 숨을 장담할 수 없었기에 혼절한 척하며 달아날 기회만을 노 리고 있었던 것이다.

"젠장. 우리한테 오는데?"

"이제 어떡하지?"

"뭘 어떡해. 닥치고 죽은 척. 무조건 죽은 척!"

다급한 위송령의 전음에 사염천과 백무쌍이 질끈 눈을 감 았다. 그리곤 여전히 바닥에 누운 채 꼼짝도 하지 않았다.

"일어나."

머리맡에서 들려온 싸늘한 음성에 이들은 전신에 오한이 들었다.

언제 들어도 오싹한 목소리. 하지만 자신들이 누구인가? 여기서 벌떡 일어나면 강호사사의 체면이 말이 아니다. 하나 조바심이 밀려오는 것도 사실이었다. 단리백의 성격상 정신 을 차릴 때까지 일단 두들겨 팰지도 모르는 일이었기 때문이 다.

결국 성격 급한 위송령이 슬그머니 눈을 떴다.

"헙!"

그 순간 단리백의 눈과 정면으로 시선이 마주친 위송령이 튕겨지듯 벌떡 일어났다.

'이 배신자!'

사염천과 백무쌍은 속으로 이를 갈았으나 기절한 사람이 욕설을 내뱉어선 안 되는 법. 끝까지 참고 견디리라 마음먹었는데, 시간이 갈수록 점점 불안함이 가중되고 있었다.

아니나 다를까.

픽!

"커헉!"

한 자루 창이 옆구리를 관통하는 듯한 격통에 사염천의 신형이 튀어 올랐다.

그와 거의 동시에 백무쌍 역시 재빨리 일어났다. 옆구리를 부여잡은 채 꺽꺽거리며 숨도 못 쉬는 사염천을 발견한 백무쌍의 얼굴에 비굴한 웃음이 떠올랐다.

"나이를 먹으니 이상하게 한번 누우면 일어나기가 싫어지네."

어색한 변명을 흘리며 백무쌍이 단리백을 힐끔거리며 그의 눈치를 살폈다. 하지만 이어진 단리백의 말에 사색이 되고 말았다.

"영원히 흙바닥에 눕게 해주지."

"자, 잠깐!"

퍼픽!

정강이를 걷어 채인 백무쌍은 엄청난 고통에 비명조차 지

를 수 없었다. 하지만 여기서 쓰러지면 안 된다. 단리백은 한
번 내뱉은 말은 반드시 지키는 사람. 바닥에 눕는 즉시 무자
비한 구타가 시작될 것이다. 그리고 구타는 자신이 죽기 전엔
결코 멈추지 않을 것이 틀림없었다.

　백무쌍은 부러질 듯 휘청거리는 다리로도 이를 악문 채 그
자리에 버티고 서자 사염천은 아픈 와중에도 고소하다는 표
정으로 그를 바라봤다.

　"쯧쯧, 한심한 놈들. 이제껏 네놈들과 같이 강호사사라 불
리운 내가 다 한심하다."

　홱!

　호계상이 혀를 차며 말하자 나머지 세 명이 그를 잡아먹을
듯이 노려봤다.

　하지만 이도 잠시.

　"왜 내려왔지?"

　단리백의 말에 이들은 언제 그랬냐는 듯이 비굴한 웃음을
흘리기 시작했다.

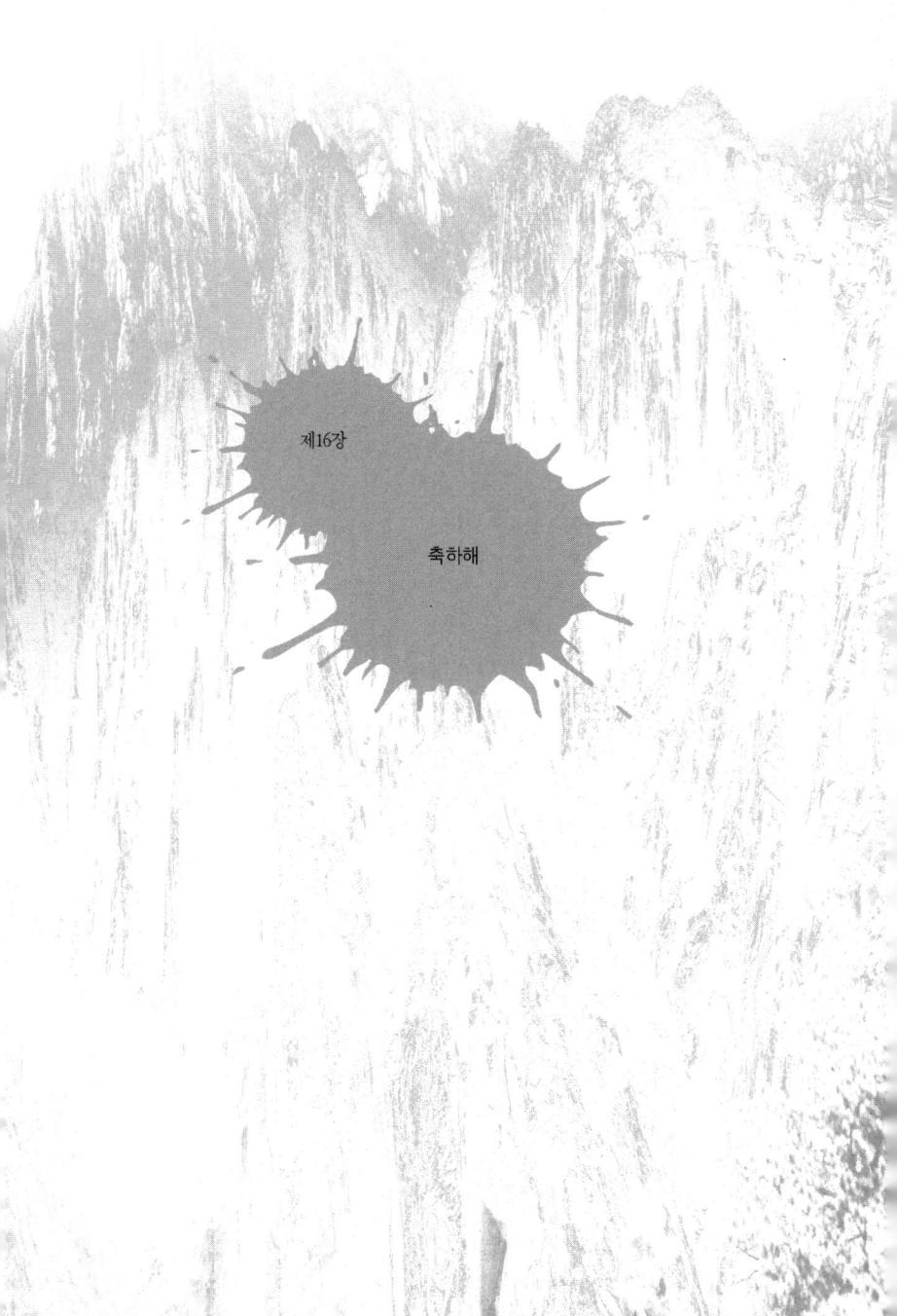

제16장

축하해

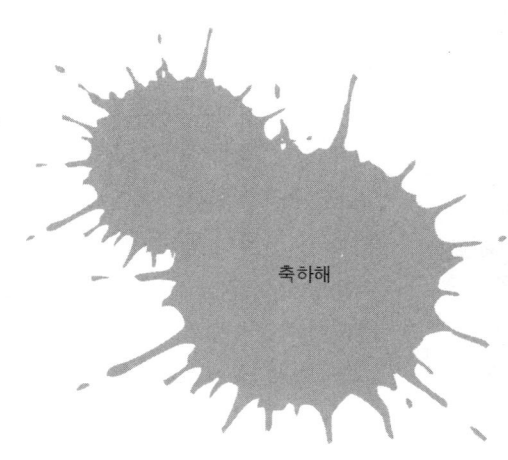

축하해

"계속 기다려도 자네가 돌아오지 않기에 신변의 무슨 위험이 생겼나 해서……."

사염천이 슬며시 운을 떼자 위송령과 백무쌍이 고개를 주억거리며 되는대로 주워섬기기 시작했다.

"검선 늙은이를 골로 보내다니, 역시 촉산혈성!"

"천하제일고수가 어련하겠느냐마는 그래도 혹시나 싶어 걱정되는 마음에 자네를 찾아 나선 거야. 그치?"

"그럼. 당연하고말고. 그것뿐인가? 절대금지인 촉산을 허락없이 오른 화산파 말코들에게 자네를 대신해 따끔하게 교훈을 내려주기도 했다네."

"아암. 말이야 바른말이지, 우리처럼 충직한 사람들은 세상천지를 다 뒤져도 찾아보기 힘들 거야. 요즘 강호가 어디 강호야? 도의니 협의니 따위는 사라진 지 오래잖아."

적당히 맞장구치며 열심히 자신들을 변호하던 사염천 일행이었으나 단리백의 한마디에 석상처럼 굳어버렸다.

"그래서 내 물건을 훔친 것인가?"

"그, 그건……."

그들이 당황하여 말문을 열지 못하고 있을 때 호계상이 한숨을 흘리며 거들고 나섰다.

"아마도 자네에게 필요한 물건일 듯싶어 챙겼겠지. 그렇지 않은가?"

"그럼! 당연하지!"

동시에 고개를 끄덕인 이들은 저마다 품속에서 갖가지 물건들을 꺼내놓기 시작했다.

와르르.

위송령이 쏟아놓은 것은 수십 개의 묘안석과 금붙이, 그리고 몇 장의 전표들이었다.

"내가 가져온 것 전부일세. 하나도 모자라지 않을 거야. 오히려 이자까지 붙여놨네. 오십 냥짜리 전표 일곱 장일세."

전표를 가리키며 자랑스럽게 말하는 위송령의 모습에 백무쌍과 사염천은 인상을 찌푸렸다.

틀림없이 도박으로 운 좋게 불린 것이 틀림없다. 산서에 도착하기 무섭게 도박장으로 달려간 위송령이 아닌가?

반면 호계상은 눈이 화등잔만 해졌다.

"아니, 이게 다 얼마야!"

얼추 보기에도 이만 냥은 너끈히 나갈 것 같았다. 흑암보가 전성기였을 때의 일 년 예산이 이천육백칠십 냥. 다섯 명 가족이 한 달 동안 먹고살 수 있는 금액이 은 한 냥이니 이는 실로 어마어마한 금액이 아닐 수 없었다.

백무쌍과 사염천은 무거운 한숨과 함께 각각 하얀빛이 감도는 얇은 장갑과 붉은빛의 퉁소, 그리고 초혼신침이 담긴 목갑을 꺼내 자신들의 발밑에 내려놓았다.

단리백은 어이없는 표정으로 사염천 일행을 바라봤다.

"이런 것까지 쓸어왔다 이거군."

"……!"

사염천을 비롯한 백무쌍과 위송령이 서로의 얼굴을 바라봤다. 뭔가 일이 잘못되었음을 직감적으로 깨달은 것이다.

단리백은 자신들이 이와 같은 물건들을 지니고 있었다는 사실을 모르고 있었음이 분명했다. 자신들이 지레 겁을 먹고 순순히 내놓는 바람에 들키고 만 것이다. 하기야 단리백이 투시력을 익힌 것도 아닌데 무슨 수로 자신들의 품 안에 숨겨진 물건을 알아볼 수 있었겠는가.

이때 단리백이 갑자기 손을 뻗어 사염천의 맥문을 움켜잡았다.

사염천이 본능적으로 피하려 했으나 단리백의 손속은 여느 고수들과는 다른 것.

　"윽!"

　돌연 맥문을 통해 쏟아져 들어오는 진기에 사염천이 대경실색했다. 하지만 예상과 달리 진기는 공격적인 것이 아니었다. 단지 전신의 기맥을 따라 천천히 움직이며 샅샅이 훑듯 지나갔을 뿐이다.

　"역시 마령단을 복용했군."

　고개를 끄덕인 단리백이 사염천 일행을 노려봤다.

　"무슨 생각으로 마령단에 손을 댔지?"

　단리백의 질문에 위송령과 백무쌍이 앞 다투어 입을 열었다.

　"저 돌팔이 자식이 그걸 해약이라고 속이고 우리에게 먹였네."

　"붉은색이 길한 색이니 어쩌니 하면서…… 게다가 개수도 딱 세 개이니 고독의 해약이 틀림없을 거라고 하면서……."

　사염천이 눈을 부라리며 위송령과 백무쌍을 노려봤다. 하지만 이내 고개를 푹 숙이고 말았다. 아무리 고독에 대한 지식이 부족하다 해도 의원이란 작자가 해약조차 구분해 내지 못한 사실이 몹시 부끄럽고 수치스러웠기 때문이다.

　"해약?"

　피식 웃음을 터뜨린 단리백이 한심하다는 표정으로 그들

을 바라봤다.

"한심하군. 지옥에 한 발을 내딛고도 그걸 모르고 있었다니."

위송령이 어리둥절한 표정으로 반문했다.

"그게 무슨 소린가? 지옥이라니?"

"보여주지."

그 말과 함께 단리백의 전신에서 돌연 끔찍한 기운이 뭉클거리며 쏟아지기 시작했다.

"헉!"

화들짝 놀란 그들이 황급히 뒤로 물러서려 했으나 어찌 된 영문인지 바닥에 발이 붙은 듯 꼼짝도 할 수 없었다.

두려움에 질려 눈동자를 굴리던 그들이 어느 순간 단리백과 시선이 마주쳤다.

"……!"

사염천 일행의 얼굴에서 표정이 사라졌다.

유리알처럼 투명하게 변한 단리백의 눈과 시선이 마주친 순간 정신이 몽롱해진 것이다. 동시에 몸속 깊은 곳에서 지금껏 경험해 보지 못한 미증유의 기운이 마구 끓어오르더니 미친 듯이 전신의 기맥을 향해 내달리기 시작했다.

자신들의 몸 어디에 이런 기운이 숨겨져 있었는지 알 수 없었다. 하지만 그 기운은 지금껏 자신들이 쌓아왔던 내공과는 몹시 이질적인 느낌을 주고 있었다.

이때 단리백의 전신에서 흘러내리던 기운이 점차 붉은색으로 변하더니 종국엔 핏빛처럼 붉어졌다. 그리고 안개처럼 아스라한 음영을 드리우며 주위를 에워싼 채 끊임없이 일렁이기 시작했다.

"크악!"

돌연 사염천이 자지러지는 듯한 비명을 터뜨렸다. 몸속에서 내달리던 진기가 미친 듯이 폭주하기 시작한 것이다.

이를 시작으로 백무쌍과 위송령도 비명을 내질렀다. 끔직한 고통이 몰아치며 금방이라도 몸이 폭죽처럼 산산조각날 것만 같았다.

전신에 팽팽히 솟아오른 핏줄은 둘째 치고 그들의 눈은 순식간에 붉게 충혈되어 금방이라도 핏물이 쏟아질 것만 같았다.

그때였다.

사염천 일행의 몸이 알 수 없는 힘에 붙들린 채 허공에 둥둥 떠오르기 시작했다. 그리곤 벼락을 맞은 듯 경련을 일으켰다.

그와 동시에 그들의 입에서 선명한 흑색 기운이 쏟아져 나오기 시작했다.

보기만 해도 몸서리쳐지는 끔찍한 기운.

그것은 바로 마기(魔氣)였다.

중인들은 경악을 금치 못했다. 하지만 가장 놀란 것은 정작 당사자들인 사염천 일행이었다. 의식이 몽롱한 와중에도 이들은 자신들이 토해내는 마기를 믿을 수 없다는 표정으로 바라보고 있었다. 대체 자신들의 어디에 이처럼 무시무시한 마기가 잠들어 있었단 말인가.

이때 한초설이 창백해진 얼굴로 단리백을 향해 소리쳤다.

"오라버니, 대체 무슨 짓을!"

"호법을 부탁한다."

단리백의 말에 한초설의 눈빛이 미미하게 흔들렸다.

"뭘 믿고 나한테 호법을 시키는 건데?"

"너 말곤 달리 부탁할 사람이 없으니까."

그 말에 한초설이 쓸쓸한 미소를 머금었다.

"오라버닌 아직 한 번도 믿는 도끼에 발등 찍혀본 적 없지? 조심해. 믿으면 믿을수록 날이 서는 게 도끼날이야."

의미심장한 그녀의 말에 단리백의 얼굴에 언뜻 묘한 감정이 떠올랐다. 하지만 이는 나타날 때보다 더욱 빨리 사라져 장내의 누구도 이를 알아채는 사람이 없었다.

스릉.

조용히 돌아선 한초설이 현사검을 뽑았다. 그리곤 비스듬히 검을 늘어뜨린 채 장내의 인물들을 돌아봤다.

장난스럽던 모습은 온데간데없이 사라지고 절정고수의 기도를 뿜어내는 그녀의 변모에 중인들은 나직이 침음성을 흘렸다. 단지 검을 늘어트린 채 서 있을 뿐인데도 그녀의 등 뒤로 가공할 검세(劍勢)가 피어오르고 있었기 때문이다.

꿀걱.

호계상이 마른침을 삼켰다. 지금껏 단리백을 보아오며 몇 번씩이나 두려움에 질렸던 그였지만 지금 눈앞에서 한초설이 뿜어내는 기세는 단리백과는 비교도 할 수 없을 만큼 삼엄한 것이었다.

한 걸음만 내딛어도 전신이 갈가리 난도질당할 것 같은 두려움.

이는 유장령 역시 마찬가지였다.

'대단하군. 이것이 십대고수의 진정한 모습이란 말인가!'

광룡도제 하후용과 더불어 당당히 이제에 명호를 올리고 있는 설산검후의 존재감이 그의 어깨를 무겁게 짓눌렀다. 그러나 한편으로는 그녀를 시험해 보고 싶은 것도 사실이었다.

유장령이 슬쩍 한 걸음을 앞으로 내딛는 순간, 한초설이 빙그레 미소를 머금었다.

"어머? 해보시려구요?"

멈칫.

유장령의 신형이 그 자리에서 그대로 굳어졌다. 그녀와 눈이 마주치는 순간 느껴진 감정. 그것은 두려움이었다.

마치 끝이 보이지 않는 물속을 들여다보는 기분이 그러할까. 그녀가 지닌 무공의 깊이를 짐작할 수 없었다.

이제껏 살아오며 이런 기분이 들게 한 사람은 전대 촉산혈성이었던 단리백의 부친을 제외하고 그녀가 유일했다.

"늙은이 장난에 장단도 못 맞춰주나 그래."

쓴웃음을 머금고 유장령이 입을 열자 한초설의 입가에 맺혀 있던 미소가 더욱 짙어졌다.

"죄송해요. 제가 눈치가 좀 없었네요. 좋아요, 우리 한번 같이 놀아봐요."

"관두지. 신경통이 또 도진 모양이야."

명아주 지팡이에 의지한 채 유장령이 한 걸음 물러섰다.

그제야 한초설은 본래의 화사한 미소를 얼굴에 띠우며 암암리에 흘리던 살기를 거두어들였다.

드드드드!

이때 갑자기 대기가 급격히 요동치기 시작했다.

중인들의 시선이 한곳에 모아졌다.

그 진원지에는 단리백이 서 있었다.

사염천 일행의 입에서 기어나온 흑색 기류가 단리백을 에워싼 채 일렁이는 붉은 기운 속으로 스며들기 시작했다. 그러자 점차 핏빛 기운이 더욱 짙어지더니, 종국에는 손만 대도 핏물이 뚝뚝 떨어질 것처럼 검붉은 광채를 사위에 뿌렸다.

"끄어억!"

허파에서 바람이 빠지는 소리가 그러할까. 눈 주위와 볼이 움푹 꺼지고 핏기 한 점 찾아볼 수 없는 사염천 일행의 얼굴은 그야말로 목불인견(目不忍見). 차마 눈 뜨고 볼 수 없을 만큼 참담히 일그러져 있었다.

반면 시간이 흐를수록 단리백이 뿜어내는 기파는 무서운 속도로 배가되고 있었다.

'흡성대법(吸星大法)?'

거리를 두고 이를 지켜보던 유장령의 눈에서 기광이 번뜩였다.

오래전 실전되어 지금은 전설상에서나 회자될 법한 무공.

까마득한 예전의 강호에서는 상대의 내력을 흡수하여 자신의 내공을 늘리는 고절한 수법이 존재했다. 이는 기존의 무공들과 무리의 균형을 송두리째 무너뜨리는 것이어서, 그 위력과 사악함에 두려움을 느낀 무림인들은 흡성대법이 강호에 나타나기 무섭게 정사 불문하고 힘을 합쳐 흡성대법을 익힌 자를 척살했다. 그래서 지금은 그 유래조차 찾아볼 수 없는 무공이 되고 말았다.

그런데 사염천 일행이 내뿜는 마기를 흡수하는 단리백의 모습은 흡사 흡성대법을 연상케 했다.

아니나 다를까.

사염천 일행은 마치 전신의 내력이 일거에 빠져나간 듯 단전이 텅텅 비며 말로는 설명할 수 없는 공허함에 휩싸였다.

그때였다.

단리백의 투명하던 눈동자가 핏빛으로 물들었다. 그리고 단리백의 등 뒤로 거대한 무언가가 형태를 갖추기 시작했다.

그것은 눈가에 붉은 살기를 내뿜으며 포효하는 흉신악살의 모습을 지니고 있었다.

그와 동시에 중인들은 형용할 수 없는 지독한 마기의 폭풍 속에 노출된 자신들을 깨닫고 경악을 금치 못했다.

오직 한초설만이 현사검을 움켜쥔 채 뚫어져라 단리백을 응시할 뿐이었다.

우우웅.

으스러져라 움켜쥔 그녀의 검이 울음을 토했다. 단리백의 마기가 강해지면 강해질수록 손 안의 현사검은 더욱 미친 듯이 요동치고 있었고, 한초설은 입술을 지그시 깨문 채 단리백을 바라봤다.

그때였다.

잔인하기 이를 데 없는 웃음을 머금고 있던 흉신악살의 얼굴이 갑자기 괴로운 듯 일그러지기 시작했다. 그리곤 점차 흐릿해지더니 어느 한순간 단리백의 몸속으로 빨려들듯 사라졌다.

번쩍.

단리백이 눈을 뜨자 중인들은 자신도 모르게 흠칫하며 한 걸음씩 물러서고 말았다. 그의 눈에서 흘러나오는 안광이 주위를 환히 밝힐 만큼 전율스러웠던 것이다.

하지만 이내 눈에 띄게 옅어지기 시작한 단리백의 안광은 약간의 시간이 흐르자 흔적없이 사라졌다.

"으음······."

유장령이 침음성을 흘렸다.

단리백의 눈빛은 마치 맑게 가라앉은 찻물을 보는 것만 같
았다. 그 어디에서도 조금 전의 무시무시한 안광은 찾아볼 수
없었고, 오히려 처음보다 눈빛이 부드러워져 있었다. 하지만
그 안에 담겨 있는 기세는 유장령으로서도 처음 겪는 엄청난
무언가를 지니고 있었다.

'휴······ 이젠 완전히 물 건너갔군.'

유장령이 내심 한숨을 흘리며 설레설레 고개를 저었다.

기회를 보아 단리백에게 복수를 하려 했던 미련이 먼지를
털어내듯 사라져 버렸다.

그만큼 단리백은 절대고수의 풍모를 지니고 있었다.

완벽하게 무공을 되찾은 단리백에게 단신으로 맞설 수 있
는 사람은 세상천지를 아무리 뒤진다 한들 아무도 없을 것이
다.

"의숙······."

임소하가 조심스럽게 단리백을 부르며 다가서는 순간.

츄릿!

한줄기 백색 선이 허공을 가르며 단리백을 향해 쇄도했다.

암기나 검기 따위가 아니었다. 비록 흐릿하긴 했으나 유성
처럼 공간을 찢는 궤적을 이끄는 것은 한 자루 검이 분명했
다.

"이기어검!"

호계상이 경악성을 터뜨렸다.

연청운에 이어 두 번째였다. 평생 가도 한 번 볼까 말까 한 절정의 검공을 같은 자리에서 두 번씩이나 보게 될 줄 그가 어찌 상상이나 했겠는가.

콰앙!

귀청이 떨어질 듯한 굉음이 울려 퍼지며 먼지구름이 피어올라 장내를 뒤덮었다.

이윽고 먼지가 흩어지며 드러난 광경에 중인들은 벌린 입을 다물 수 없었다.

가장 먼저 눈에 들어온 것은 물결처럼 흔들리며 전면을 가득 메운 붉은색의 반투명한 강기 벽이었다. 그리고 그것이 끊임없이 회전하는 현사검을 막아서고 있었다.

'세상에…… 강기의 벽이라니!'

검강이나 도강처럼 병기에 진기를 실어 강기를 구현하는 것이 일반적인 무리였다. 간혹 수강(手罡)처럼 맨손으로 펼치는 경우가 있었으나, 이 또한 기존의 무리에서 벗어나는 일이 아니었다. 하지만 이처럼 강기로 두터운 벽을 만들어낸다는 것은 그야말로 기존의 무리를 송두리째 뒤흔드는 일이 아닐 수 없었다.

단 한 수였으나 진정한 위용을 드러낸 단리백의 무위는 중인들에게 충격을 안겨주기에 충분했다.

한초설의 음성이 차가운 공기를 울렸다.

"무공을 회복한 걸 축하해."

휘리릭.

한초설이 입을 열며 가볍게 손을 젓자 현사검이 그녀의 손으로 빨려들듯 날아왔다. 처음부터 그녀는 단리백의 무공이 약해졌다는 사실을 한눈에 알아보았던 것이다.

호계상은 기가 막히고 어이없어 할 말을 잃어버렸다.

이기어검이라는 가공할 검공을 단지 상대의 무위를 가늠하기 위해 운용한 그녀도 그녀였지만 이를 가볍게 막아낸 단리백의 무위 역시 기경(奇驚)스러웠기 때문이다.

자박자박.

검을 회수한 한초설이 걸음을 옮겨 단리백에게 다가섰다. 그리고 이어진 광경에 중인들은 다시 한 번 놀라고 말았다.

짜악!

경쾌한 소리와 함께 단리백의 뺨에 붉은 손자국이 남겨졌다.

"헉!"

"이런!"

호계상과 가종령을 비롯해 유장령마저 헛바람을 토하고 말았다.

당금의 그 어느 누가 감히 촉산혈성의 뺨을 때릴 수 있단 말인가!

심지어 이들 중 가장 고수라 할 수 있었던 유장령조차 단리백을 대할 때면 늘 살얼음판 딛는 기분으로 조심스러워해야만 했다.

단리백의 뺨을 날리다니…… 그들로서는 백 번 죽었다 깨어난들 생각지 못할 일이었다.

그런데 더욱 의외인 것은 충분히 피할 수 있었음에도 불구하고 단리백이 가만히 서서 그녀의 손을 허용한 것이었다.

오히려 한초설을 바라보는 그의 눈엔 좀처럼 볼 수 없는 온기가 서려 있었다.

단리백이 입을 열었다.

"걱정을 시켰군."

"못됐어, 정말……."

착각이었을까.

한순간 그녀의 눈가에 눈물이 맺혀 반짝인 것처럼 보였다. 하지만 돌아서는 그녀의 얼굴은 언제 그랬냐는 듯이 화사하게 웃고 있었다.

이랬다저랬다 도저히 종잡을 수 없는 그녀의 기행에 중인들은 정신을 차릴 수 없었다.

"소하라고 그랬지?"

한초설이 손짓해 부르자 임소하가 그녀에게 다가섰다. 하지만 연신 불안한 표정으로 그녀와 단리백을 번갈아 바라보고 있었다.

이때 한초설이 갑자기 손을 확 뻗어 임소하를 끌어안았다.

임소하의 뺨에 마구 얼굴을 부비며 한초설이 소리쳤다.

"아유… 못 참겠어. 동생, 이 언니가 살짝 한 번만 깨물어 보면 안 될까?"

"아, 안 돼요!"

임소하가 당황하여 소리치자 한초설이 울상을 지었다.

"정말 안 돼? 안 아프게 살살 물을게."

임소하가 마구 고개를 가로젓자 한초설이 나직이 한숨을 터뜨렸다.

"그래, 오늘은 처음 만났으니 이 정도로 봐주지."

쪽.

한초설이 자신의 뺨에 입을 맞추자 당황한 임소하의 얼굴이 홍당무처럼 붉어졌다.

"하하하. 뭘 이 정도 가지고 얼굴까지 붉히나 그래?"

장난기 가득한 그녀의 행동에서는 조금 전 삼엄한 기파를 뿌리던 절대고수의 신위는 찾아볼 수 없었다.

이때 우연처럼 한초설의 손끝이 임소하의 맥문을 슬쩍 건드렸다.

"……!"

순간 한초설의 얼굴이 딱딱하게 굳어졌다.

"경하기를 익혔니?"

한초설의 물음에 임소하가 고개를 끄덕였다.

한초설이 홱 고개를 돌려 단리백을 바라봤다.

"대체 무슨 생각으로……."

수많은 의미를 담은 그녀의 눈빛에 단리백이 미미하게 인상을 찡그렸다.

"네가 신경 쓸 일이 아니다."

일순 차가운 한기가 그녀의 얼굴에 서렸다.

"그래, 물론 내가 신경 쓸 일은 아니지. 하지만 당신이 이 아이에게 경하기를 가르쳐 준 걸 그분이 아신다면 결코 좋아하지 않을걸……."

한초설이 말끝을 흐렸다.

어느새 싸늘히 식은 단리백의 눈빛이 침묵을 강요하고 있었다.

"오라버니, 당신…… 지금 제정신이 아니야."

의미를 알 수 없는 그들의 대화에 임소하는 얼떨떨한 표정으로 한초설을 바라봤다.

미세하게 파르르 떨리는 그녀의 눈썹이 눈에 잡혔다. 그리고 그 순간, 붙잡고 있는 한초설의 손을 통해 그녀의 마음이 흘러들어 왔다.

"……!"

마치 불에 덴 것처럼 화들짝 놀란 임소하가 한초설의 손을 뿌리쳤다.

한초설이 의아한 눈으로 자신을 바라보자 임소하는 차마

그녀와 시선을 마주할 수 없어 재빨리 단리백의 등 뒤에 몸을 숨겨 버렸다.

"왜 그래, 갑자기?"

한초설이 임소하를 향해 다가설 때였다.

"끄응."

신음 소리와 함께 사염천 일행이 신형을 일으켜 세웠다.

그들의 몰골은 참으로 말도 아니었다.

구화마공을 일으키느라 체내의 지방을 전부 태워 버린 사염천의 모습은 뼈다귀에 축 늘어진 가죽을 덧씌워 놓은 것처럼 기괴한 모습이었다.

백무쌍과 위송령 역시 크게 다르지 않았다. 두 눈이 퀭하고 안색이 밀랍처럼 창백한 것이, 마치 수십 년 동안 병상에 누워 있던 환자를 떠올리게 만들었다.

"우리 살아 있는 거 맞지?"

위송령의 물음에 사염천과 백무쌍이 고개를 끄덕였다.

이때 단리백이 말없이 그들을 향해 연속해서 지풍을 날렸다.

퍽퍽퍽!

단리백의 지풍은 여지없이 그들의 명치 어림을 두들겼다.

"우웩!"

세 사람이 동시에 허리를 숙이더니 가슴을 부여잡은 채 시커먼 핏물을 토해내기 시작했다.

그들은 그렇게 한참 동안 한 사발이 넘는 피를 토해내고 나서야 상체를 들어올릴 수 있었다.

"우릴 죽이려고 작정한 거야."

"에이, 시팔! 이젠 나도 몰라. 죽이든 살리든 마음대로 하라 그래!"

악에 받쳐 소리를 질러대는 그들을 향해 단리백이 차갑게 입을 열었다.

"바닥을 봐라."

"……!"

고개를 숙인 사염천 일행의 눈이 더없이 크게 흡떠졌다.

자신들이 토해낸 핏물 속, 그 안에서 꿈틀거리는 벌레를 발견한 것이다.

마치 수십 년 묵은 지네처럼 그 크기가 한 자에 달하는 벌레. 길쭉하고 검붉은 몸통 양옆으로는 날카로운 촉수가 스무 쌍이 달려 있었는데, 머리통엔 눈도 없고 오로지 집게처럼 예리한 주둥이만 달려 있어 보기만 해도 소름 끼치는 형상을 하고 있었다.

"이게 대체……."

"이런 것이 내 몸속에 있었다고?"

하나같이 믿지 못하겠다는 그들의 표정을 바라보며 단리백이 입을 열었다.

"본래 고독의 크기는 겨자씨보다 작아 육안으론 확인하기 힘들다. 이것들은 고독 중에서도 가장 특이한 종류로 숙주에게 기생하며 내공을 먹이로 삼는 것들이지. 그리고 마기에 반응하는 특징이 있다. 그래서 내가 마기를 드러내면 독기를 내뿜고, 그로 인해 숙주는 고통을 느끼는 것이지."

말끝을 흐리는 단리백의 눈빛이 유독 차가워졌다.

그 시선을 받고 서 있자니 마치 발가벗고 얼음 굴에 들어선 기분이어서 사염천을 비롯한 백무쌍과 위송령은 자신도 모르게 부르르 어깨를 떨었다.

단리백의 설명이 이어졌다.

"본래 마령단을 복용하면 능히 다섯 배 이상은 무공이 강해진다. 하지만 그대들은 겨우 두 배가 조금 넘는 무공의 증진을 이뤘지. 그 나머지 내공을 먹이 삼아 겨자씨만 한 고독이 저토록 몸을 불린 것이다."

"그럼……."

바닥에서 꿈틀거리는 벌레를 힐끔거리는 사염천을 향해 단리백이 고개를 끄덕였다.

"그 고독은 당분간 잠자코 있었겠지. 하지만 이대로 시간이 지나 몸집을 더 불리게 되면 더욱 많은 내공을 필요로 할터. 그때는 당신들의 배를 뚫고 나와 다른 숙주를 찾으려 들겠지."

"……!"

사염천과 위송령, 그리고 백무쌍의 낯빛이 창백하게 변했다. 자신들의 배를 뚫고 기어나오는 고독의 모습을 떠올리니 상상만으로도 소름이 쭉 끼쳤다.

"하지만 고독이 없었다면 지금까지 당신들이 살아 있지도 못했을 거야."

"그건 또 무슨 말인가?"

사염천의 반문에 단리백이 피식 웃음을 흘렸다.

"마령단은 해약 따위가 아니야. 하물며 절세의 신단은 더더욱 아니지. 세상에 절대 존재해선 안 되는 마물이다. 마령단에 잠재된 마기는 무공을 강하게 해주는 대가로 서서히 그 사람의 인성을 잠식해 들어간다. 그리고 결국 그를 마성에 젖게 만들어, 끊임없이 피를 갈구하는 괴물이 되게 하지. 그 과정에서 마기를 견디지 못하고 주화입마에 드는 경우가 대부분이고, 설사 이를 넘긴다 해도 급격히 강해진 내공을 육신이 견디지 못해 자멸하고 만다. 만약 오늘 나를 만나지 않았다면 주화입마에 빠지거나 고독의 먹이가 되고 말았을 거야. 어찌 되었든 죽음에 이른다는 결과는 매한가지였지."

사염천 일행의 얼굴에 희망의 빛이 떠올랐다.

"그럼 우린……?"

단리백이 고개를 끄덕였다.

"마령단의 마기는 모두 내가 거두었다."

살았다는 기쁨에 강호사사의 얼굴이 순식간에 밝아졌다.

반면 임소하의 표정은 급격히 어두워졌다.

"그럼 의숙은 어떻게 되는 거죠?"

"걱정할 것 없다. 나는 마기를 흡수하여 내 본래의 무공을 되찾았다."

"다행이에요. 그런데……."

뭔가 할 말이 있는 듯 임소하가 물끄러미 단리백을 바라봤다. 하지만 말문을 열기가 어려운 듯 망설였다.

그러다 어느 순간 한초설과 눈이 마주친 임소하가 황급히 고개를 숙였다.

"피곤해요. 먼저 들어갈게요."

그 말을 끝으로 임소하는 마치 달아나듯 장내를 벗어나 자신의 처소로 이어지는 월동문을 넘어 사라졌다.

왠지 모르게 창백해 보이는 그녀의 안색이 마음에 걸렸으나 단리백은 그녀를 뒤쫓지 않았다. 지금은 그보다 중요한 문제가 있었다.

단리백이 유장령을 향해 입을 열었다.

"혁련세가의 이대빈객이라는 자들에 대해 알고 있나?"

"뭐, 대충은."

"그들에 대해 알고 싶다."

"위대붕이란 자는 꽤 유명해. 한 십 년 전 쯤이었나? 점창과의 사소한 시비 끝에 그 자존심 강한 점창과가 한발 양보한 사건은 신선한 파란을 불러일으켰지. 그만큼 대단한 고수야. 칠대기보 중 하나인 은룡편을 마치 제 몸처럼 다룬다더군. 그가 혁련세가에 머문 것은 삼 년쯤 되었어. 무이산에 칩거해 있는 그를 초빙하기 위해 혁련세가의 가주는 직접 산을 뒤집고 다닐 만큼 열의를 보였지. 그만큼 대단한 자존심을 지닌 자일세."

"오종원이란 자는?"

"운남 만수산장의 장주 사도명에겐 두 명의 부인이 있네. 그중 첫째 부인인 오씨의 유일한 혈육이 바로 그일세. 그는 매우 오만하고 욕심이 많은 자로, 사도명과의 친분을 위해 혁련가주가 포섭한 자일세. 하지만 누구도 그를 만만히 보지 못한다네. 그의 뒤에 있는 사도명도 사도명이지만 그의 두 다리는 부친이었던 일퇴붕천(一腿崩天) 오상헌의 진전을 이어받았기 때문이지."

오상헌은 남권북퇴(南拳北腿)란 말이 무색치 않게 한때 십대고수에도 이름을 올릴 만큼 대단한 인물이었다.

발차기 한 번에 하늘을 무너뜨린다는 광오한 명호. 하나 그역시 십대고수의 서열을 재편성한 광룡도제 하후용의 등장으로 인해 십대고수 밖으로 밀려난 지 오래였다.

잠시 생각을 정리하던 단리백이 다시금 질문을 던졌다.

"혁련세가의 늙은 너구리에게 자식이 있나?"

"세 아들이 있다 들었네. 그중 막내인 혁련광은 이미 자네 손에 죽었지. 나머지 둘은 의천맹 내의 집법당에 소속되어 있지만 혁련세가에 머물며 후계자 수업을 쌓고 있다 하더군."

고개를 끄덕인 단리백이 유장령과 유효명을 바라봤다.

"밥값할 기회를 주지."

유장령의 눈빛에 흥미로운 감정이 떠올랐다.

"나머지 두 녀석의 목이 필요해."

단리백의 말이 떨어지기 무섭게 유장령의 눈에서 섬전같은 안광이 피어올랐다.

"혁련가주의 두 아들 말인가?"

"달리 누가 있지?"

"진심인가?"

"농담 같나?"

유장령이 뚫어져라 단리백을 바라봤다. 그리곤 그의 본심을 확인하듯 한자한자 읊조리듯 입을 열었다.

"혁련세가와 정면으로 맞부딪칠 생각인가?"

"그들이 먼저 걸어온 싸움이다. 피해 가는 건 성격에 맞지 않아."

"제정신이 아니군. 그들이 누구라고 생각하는 건가?"

"그들이 누구인진 중요하지 않아. 중요한 건 나 단리백이 혁련세가의 이름을 지워 버리기로 결정했다는 사실이야."

유장령의 입가에 보일 듯 말 듯한 미소가 걸쳐졌다. 크게 소리쳐 웃고 싶은 것을 간신히 억눌렀으나 이마저 감출 수는 없었던 것이다.

단리백의 그 한마디로 인해 유장령은 자신이 진정으로 원

하던 강호가 머잖아 눈앞에 도래하리란 사실을 믿어 의심치
않았다.

도산검림이라는 말이 무색하게 지금의 강호는 너무나 평
화로웠다.

고인 물은 썩게 마련.

이제 한바탕 폭풍이 몰아칠 강호의 모습을 생각하니 벌써
부터 가슴이 두근거렸다.

그러나 내심과 달리 유장령은 다시 한 번 쐐기를 박기 위해
입을 열었다.

"식대를 너무 과하게 청구하는군. 혁련세가는 결코 호락호
락한 곳이 아닐세. 그곳을 드나드는 게 어디 쉬운 일인가? 게
다가 가주의 두 아들을 암살하라니, 그건 나라도 무리일세."

"그럼 이야기는 끝났어. 오늘 이 시간 이후로 내 앞에 모습
을 보인다면 살막의 부활은 꿈도 꾸지 말아야 할 거야."

싸늘한 단리백의 음성에 유장령이 잠시 인상을 찌푸렸다.
하지만 이내 언제 그랬냐는 듯 웃음을 머금으며 유효명의 어
깨를 두드렸다.

"물론 나 혼자라면 어렵겠지만, 둘이라면 이야기가 달라지
지."

유장령이 의미심장한 눈빛으로 단리백을 응시했다.

"나는 촉산혈성이 결코 약속을 저버리는 인물이 아니라 믿
네."

"믿어도 좋아."

유장령이 고개를 끄덕였다.

단리백이라면 자신이 한 말속에 담겨 있는 의미를 모르지 않을 것이다.

수백, 수천 번 이해득실을 따져 봐도 자신에게 남는 장사였다.

혼란에 빠져든 강호만큼 살수에게 있어 매력적인 제안은 없었다. 자신은 그저 한 팔만 거들면 되는 것이다. 그 대가로 다시금 살막을 일으켜 세울 수 있는 이상적인 조건이 갖추어진다.

유장령이 고개를 돌려 호계상을 바라봤다.

"수레를 구해 이자들의 시신을 실어주게. 정리가 끝나는 대로 곧바로 떠날 테니 여비도 두둑이 챙겨주면 고맙고."

"알았소."

호계상이 마운영과 송자필을 부르러 간 사이 단리백은 사염천을 비롯한 백무쌍과 위송령을 향해 입을 열었다.

"따라와."

그 한마디에 그들의 얼굴이 핼쑥하게 변해 버렸다. 하지만 이어진 단리백의 말에 그들은 안도의 한숨을 내쉬었다.

"몇 가지 무공을 가르쳐 주지."

"우리들에게 말인가?"

사염천의 반문에 단리백이 고개를 끄덕였다.

"머잖아 이곳은 매우 바빠질 거야. 난 쓸데없이 밥만 축내는 늙은이들은 필요없어."

서로의 얼굴을 바라보던 사염천 일행의 얼굴에 화색이 감돌았다. 단리백 정도 되는 인물이 전수해 준다면 결코 평범한 무공일 리 없을 터. 하지만 그동안 단리백에게 당해온 것이 있기에 선뜻 받아들이기엔 왠지 모를 두려움이 앞서는 것도 사실이었다.

"무슨 의도일까?"

"모르지. 방금 전처럼 내공을 쪽 빨아먹기 위해 우리에게 무공을 가르쳐 주는 걸 수도 있고."

사염천의 전음에 대답하는 위송령은 아직도 떨쳐 내지 못한 두려움이 가득했다.

새삼 끔찍했던 방금 전의 상황을 떠올리자 세 사람은 동시에 얼굴이 푸르죽죽하게 변해 버렸다. 지금껏 살아오며 그토록 몸서리쳐지는 고통은 느낀 적도, 상상한 적도 없었던 것이다.

그런 그들의 표정을 읽었음인지 단리백이 인상을 찌푸리며 입을 열었다.

"내공은 건드리지도 않았어. 내가 흡수한 건 마기뿐이다. 마기에 의해 증폭된 무공이 본래대로 돌아가 약해진 것처럼 느껴질 뿐이다. 지금 당신들의 무위는 십육 년 전과 다를 바가 없어."

"그렇다면……."

조심스레 반문하는 사염천을 향해 단리백이 못마땅한 듯 고개를 끄덕였다.

"지금은 고양이 발이라도 빌리고 싶다. 단지 그뿐이야."

그제야 그들은 안도의 한숨을 내쉴 수 있었다.

단리백이 무지막지한 인물이긴 했으나 결코 허언을 입에 담을 위인은 아니었기 때문이다.

"졸지에 고양이가 되어버린 건가?"

"야옹."

백무쌍의 전음에 위송령이 장난스럽게 고양이 울음을 흉내 냈다.

"손가락 하나 없는 병신 고양이. 뚱뚱했다 홀쭉이가 된 볼품없는 고양이. 뼈다귀만 남은 강시 고양이. 크큭, 재미있군."

전음으로 회회덕거리던 사염천 일행이 단리백을 따라 장내를 벗어나자 한초설은 나직이 한숨을 흘렸다.

"술 있어요?"

간신히 부상을 추스르며 일어선 심일광이 그녀의 질문에 손을 들어 식당 쪽을 가리켰다. 그리곤 복잡한 표정으로 정원수에 몸을 기댔다.

잠시 후, 마운영과 송자필을 대동하고 나선 호계상이 바쁘게 움직이며 장내의 시신들을 수습하기 시작했다.

그런 그들을 바라보던 한초설이 문득 고개를 들어 하늘을 바라봤다.

더없이 무겁게 가라앉은 회색 빛 구름이 그녀의 마음을 짓눌렀다.

"눈이 올까? 비가 올까?"

알아듣지 못할 말을 혼자 읊조리며 한초설은 여전히 하늘을 응시하며 걸음을 옮기기 시작했다.

미치도록 술이 그리워지는 밤이었다.

*   *   *

끼이익.

"오셨습니까?"

육중한 철문을 열고 한 사람이 석실로 들어서자 호목을 연상시키는 매서운 눈을 지닌 사내가 고개를 조아렸다.

그를 향해 대충 고개를 끄덕인 노인이 한곳을 바라보며 인상을 찡그렸다.

언제 맡아도 불쾌하기 짝이 없는, 사방에 진동하는 악취. 시신이 부패하며 남기는 특유의 고기 썩는 냄새가 코를 찔렀다. 하지만 그가 인상을 찌푸린 이유는 악취 때문이 아니었다.

"아직도 살아 있나?"

노인, 종리청의 질문에 석실을 지키고 있던 중년인이 대답 대신 시뻘겋게 달구어진 부지깽이를 집어 들었다.

치이익.

"크아악!"

새하얀 연기가 피어오르기 무섭게 광기에 받친 비명 소리가 석실 안을 가득 메웠다.

"놀랍군."

종리청의 감탄에 사내가 고개를 끄덕였다.

"죽었어도 벌써 골백번은 더 죽었어야 했습니다. 하지만 아직까지 살아 있지요."

"음식을 끊은 지 며칠이나 되었나?"

"한 달 하고도 보름입니다."

"알아낸 건 있는가?"

사내가 고개를 떨어뜨렸다.

"죄송합니다. 마흔여섯 가지 고문을 가했으나 얻은 것이 없습니다. 그리고……."

잠시 말끝을 흐리던 사내가 난처한 표정으로 말을 이어갔다.

"지금은 말하고 싶어도 말을 할 수 없을 겁니다. 그저 살아 있는 고깃덩이에 불과할 뿐, 이자의 의식은 사라진 지 오래입니다."

"음……."

신음을 흘리던 종리청이 석실의 벽을 향해 다가섰다.

거기엔 비파골을 비롯한 사지의 여덟 군데가 쇠사슬에 꿰뚫린 채 매달려 있는 사내가 있었다.

종리청은 가만히 그를 응시했다.

허연 눈을 희번덕거리는 그의 얼굴에서는 사람다운 이지가 느껴지지 않았다.

전신을 난자한 끔찍한 자상들. 그 어느 것 하나도 위중하지 않은 것이 없었다. 하지만 군데군데 뼈가 드러나고 살이 썩어 구더기가 꼬여 있음에도 불구하고 그는 아직까지 숨이 붙어 있었다.

평범한 인간은 절대 지닐 수 없는 생명력.

"답답하군."

종리청이 한숨을 터뜨리자 석실을 지키고 있던 사내가 조심스레 입을 열었다.

"결과를 물어보아도 되겠습니까?"

"아무래도 하운 자네 생각이 틀린 것 같네. 혁련광에게 그 약을 복용시켜 보았지만 이자처럼 되지는 않았다네. 곧바로 주화입마에 걸려 버리더군."

하운이라 불리운 사내가 침음성을 흘렸다.

종리청이 말없이 벽에 매달린 사내를 바라봤다.

이름도, 출신 내력도 알 수 없었다.

어느 날 갑자기 단신으로 의천맹에 잠입해 맹주인 남궁정이 폐관 수련을 하고 있던 폐관동에 침입했다.

뒤늦게 이를 안 종리청이 수하들을 이끌고 폐관동에 들어섰을 때는 이미 모든 상황이 끝난 뒤였다.

괴인은 남궁정에 의해 쓰러졌고, 비록 큰 부상은 없었으나 남궁정은 폐관 수련 중 갑자기 몸을 움직이는 바람에 주화입마에 들고 말았다.

종리청은 이 모든 일을 철저히 비밀에 부쳤다.

의식을 잃기 전 남궁정이 당부했던 한마디 때문이었다.

"그들이… 움직일 걸세. 대비를…….'"

그때부터였다.

종리청은 모든 계획을 치밀하게 세워 이를 추진하기 시작했다.

평화롭기 이를 데 없는 당금 강호 이면에 암암리에 흐르는 불온한 기운을 느끼지 못할 만큼 어리석은 그가 아니었던 것이다.

모든 것이 자신의 계획과 한 치의 어긋남도 없었다. 하지만 흑암보에서부터 급격히 흔들리더니 지금은 결과를 예측하기 힘든 변수를 끌어들이고 말았다.

바로 단리백이라는 존재였다.

"그들은 모습을 드러냈습니까?"

하운의 질문에 종리청은 상념을 떨쳐 냈다.

"겨우 꼬리만."

"역시 모용가 놈들이었습니까?"

"모종의 세력과 힘을 합쳤더군."

"모종의 세력이라 하시면?"

"정확히는 알 수 없네. 하지만 나는 그들을 지옥련이라 부른다네."

"지옥련?"

"그들은 서로를 중합, 흑승, 대규라 부르더군."

"그것은 팔열지옥(八熱地獄)의 명칭이 아닙니까?"

종리청이 고개를 끄덕였다.

"그렇네. 대규란 자는 촉산혈성에 의해 죽었으니 이제 남은 건 등활(等活), 흑승(黑繩), 중합(衆合), 호규(號叫), 염열(炎熱), 대열(大熱), 무간(無間)이라는 자들이지. 그중 중합과 흑승이라는 자의 무위는 자네와 견줄 수 있을 만큼 비범했네."

하운이 침음성을 흘렸다.

"그 정도였습니까?"

종리청의 판단은 결코 틀리는 법이 없었기에 하운은 어깨가 살짝 굳어졌다.

"게다가 그런 자가 얼마나 더 있을지 알 수 없네. 그래서 답답한 것일세."

하운은 침음성을 흘렸다.

구사론(俱舍論)에 의하면 지옥이란 극악한 죄를 저지른 자들이 고통을 받는 곳이라고 묘사되어 있었다.

가장 고통받는 곳을 무간지옥이라고 하며 그 위로 이미 종리청이 언급했던 일곱 개의 지옥이 있다. 각각의 지옥마다 네 개의 문이 있고, 한 개의 문에는 다시 당외(堂外), 시분(屍糞), 본인(鋒刃), 열하(熱河) 네 개의 부지옥(副地獄)이 존재한다. 부지옥은 소지옥(小地獄)이라고도 하는데, 증(增)으로 표기하기도 한다. 그러므로 한 개의 지옥마다 열여섯 개의 부지옥이 딸려 총 백스물여덟 개의 부지옥이 있는 것이다.

거기에 팔한지옥(八寒地獄)이 더해져 지옥은 총 백서른여섯 개로 구성된다.

하운의 생각을 짐작한 듯 종리청이 입을 열었다.

"만약 그들에게 팔열과 팔한을 합친 모든 지옥이 존재하고, 그 개개인의 무공 수위과 내가 보았던 자들과 비슷하다면 그들은 단일 세력으로는 당금 강호에서 최강의 전력을 보유하고 있는 셈일세."

종리청이 벽에 걸려 있는 괴인을 보며 눈살을 찌푸렸다.

"문제는 이자가 지옥련에서 어느 정도의 위치를 차지하고 있느냐는 것인데……."

"이자는 마령단을 지니고 있었습니다. 모르긴 몰라도 지옥련 안에서도 상위에 속하는 인물일 것입니다."

종리청은 그저 모호하게 고개를 끄덕일 뿐 선뜻 대답을 하진 않았다. 대신 하운에게 질문을 던졌다.

"연구는 성과가 있었나?"

"아직까지 마령단의 성분을 전부 밝혀내지 못했습니다."

"정확히 어느 정도까지 진척이 되었는가?"

잠시 머뭇거리던 하운이 입을 열었다.

"마기를 제거하여 인성을 잃지 않도록 조제하는 건 성공했습니다. 다만 거기엔 부작용이 따릅니다."

"어떤?"

"고통을 느끼지 못합니다."

의외란 표정을 짓는 종리청의 모습에 하운이 한숨을 흘렸다.

"고통을 느끼지 못한다는 것은 그만큼 두려움이 없어져 무인에게 있어서는 호랑이 등에 날개를 단 격이 되겠지요. 하지만 그로 인해 신경계에 엄청난 무리를 가져옵니다. 고통이란 육체가 뇌에 전달하는 일종의 경고. 그 경고가 사라지면 한계를 뛰어넘는 힘을 낼 수 있지만 그로 인해 육체를 혹사시켜 결국 붕괴되고 맙니다."

"그걸로 충분하네."

"예?"

"새로 조제한 마령단은 얼마나 보유하고 있는가?"

"백여 개 정도가 있습니다만……."

"그것을 집법사자들에게 나누어주게."

"총사!"

놀라 외치는 하운을 향해 종리청의 얼굴이 우울하게 가라앉았다.

"우리에겐 시간이 없네. 그리고 무엇보다 안타까운 것은 맹주님의 부재를 틈타 움직이기 시작한 다른 세가들을 억누를 힘이 내게 없다는 사실일세. 하지만 맹주님께서 일어나신다면 상황이 달라지겠지."

한순간 하운의 눈이 크게 홉떠졌다.

"맹주님을 치료할 방법이 있습니까?"

종리청이 고개를 끄덕였다.

"여전히 답은 흑암보에 있었네."

"하지만 그녀는 이미……."

"그녀의 딸 역시 천룡의 인을 물려받았더군."

"……!"

잠시 말없이 종리청을 바라보던 하운이 천천히 고개를 끄덕였다.

"알겠…… 습니다."

쥐어짜듯 입을 여는 하운의 음성에 종리청 역시 마음이 무거워졌다.

신형을 돌려 석실을 빠져나가던 종리청이 하운을 향해 입을 열었다.

"이 모든 것을 소각해 증거를 남기지 말도록. 다른 세가의 늙은이들이 무언가 냄새를 맡은 모양이야."

"복명."

석실을 빠져나온 종리청이 일각쯤 걸었을 무렵, 멀지 않은
곳에서 굉음과 함께 시꺼먼 연기가 솟구쳐 올랐다.

그렇게 얼마를 걸었을까.

투두둑.

한두 방울씩 떨어지기 시작한 빗방울에 문득 종리청이 걸
음을 멈췄다. 금방이라도 쏟아질 것처럼 무겁게 가라앉은 구
름을 바라보는 그의 얼굴에는 착잡한 기색만이 가득했다.

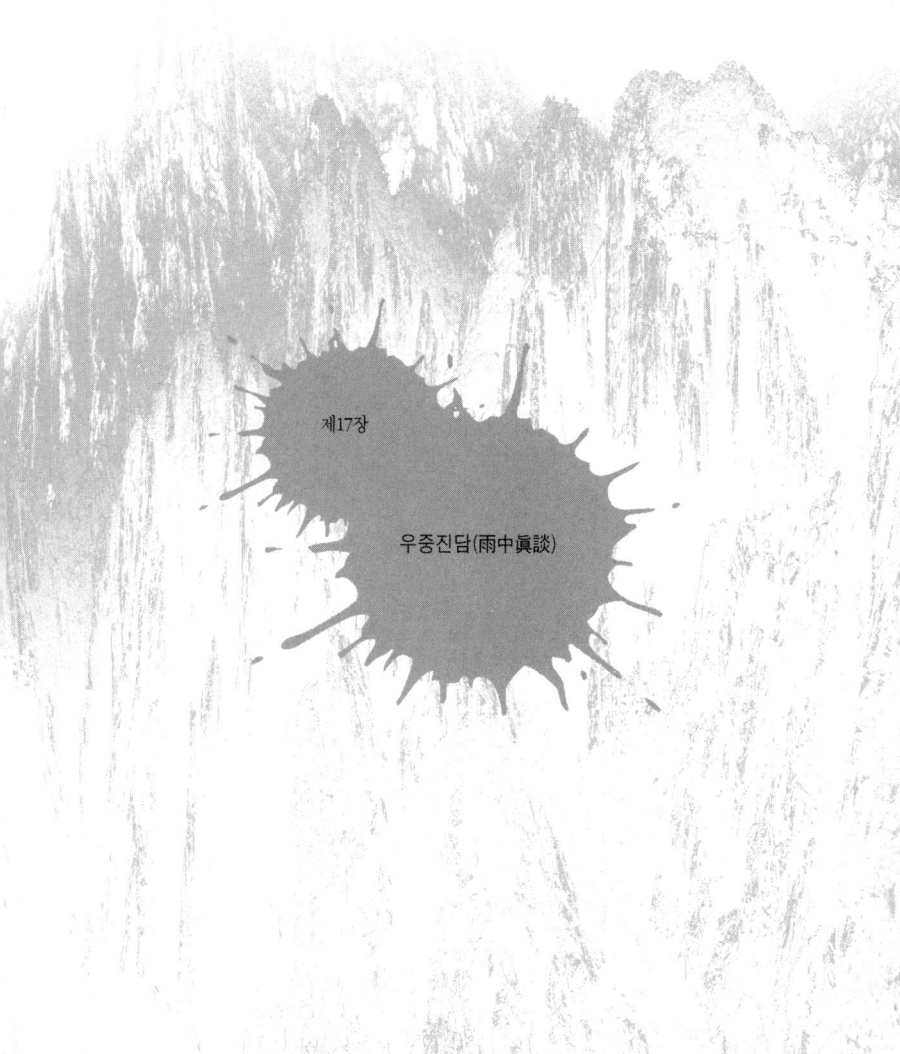

제17장

우중진담(雨中眞談)

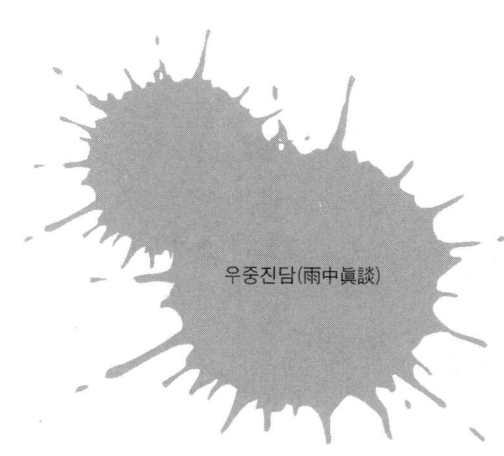

우중진담(雨中眞談)

쏴아아.

뿌연 물안개를 피워 올리며 쏟아지는 장대비 소리에 임소하는 고개를 들었다.

마치 한여름 장마를 연상케 하는 굵은 빗줄기가 사정없이 지붕을 두드리고 있었다.

한참 동안 멍하니 창밖을 응시하던 임소하는 문득 뜨거운 차 한잔이 마시고 싶어졌다.

옷깃을 여미며 방을 나선 임소하는 우산과 다기를 챙겼다.

야트막한 돌담길을 따라 식당 쪽으로 걸음을 옮기는 내내 임소하는 우산을 때리는 빗방울 소리에 취해 있었다. 하지만 막 정원을 지나려던 순간 어디선가 들려온 대화 소리에 걸음을 멈추었다.

고개를 돌려 소리가 난 쪽을 바라보니 정원 한 켠에 지어진 작은 누각 위에서 옥신각신하고 있는 네 사람의 모습이 눈에 들어왔다.

호계상, 그리고 사염천을 비롯한 위송령과 백무쌍이었다.

"정말 안 받을 거야?"

호계상이 짐짓 고리눈을 치켜뜨자 사염천이 싸늘히 코웃음을 쳤다.

"배신자의 술 따위 받아서 뭐 하게?"

백무쌍과 위송령이 사염천을 거들고 나섰다.

"운 좋은 줄 알아라, 늙은 여우. 그자만 아니었다면 넌 지금쯤 흙 속에 묻혀 우리가 부어주는 술이나 받아 마시고 있었을 거야."

"내 말이. 우리더러 그냥 잊으라고? 십육 년 동안 개고생을 한 우리다. 이곳에서 태평한 세월을 누리고 있었던 네놈이 그 고생을 어찌 알아?"

호계상이 어이없다는 듯이 피식 웃음을 흘렸다.

"얼씨구? 이젠 아주 죽이 척척 맞네? 예전엔 그토록 서로를 못 잡아먹어 안달이더니만."

그 말에 사염천 일행이 서로의 얼굴을 바라보며 나직이 헛기침을 터뜨렸다. 확실히 십육 년 전까지만 하더라도 그들은 산서의 패권을 놓고 다투던 사이였다. 자연 사이가 좋을 리 만무했고, 끊임없이 서로를 노리며 이전투구(泥田鬪狗)를 벌이던 관계였다.

머쓱한 표정을 짓고 있는 그들을 향해 호계상이 다시 한 번 술잔을 권했다.

"자, 받어. 어차피 이젠 한 배를 탄 몸이 아닌가? 자네들이나 나나 서로 으르렁거려 봐야 좋을 게 뭐가 있겠나? 내 이렇게 사과한다니까? 그리고 나 또한 좋은 시절을 누린 건 아니야. 조용히 숨죽이고 지낸 건 자네들과 다를 바 없다구."

하지만 사염천 일행은 여전히 요지부동.

이에 나직이 한숨을 흘리던 호계상은 문득 멀지 않은 곳에서 자신들을 바라보고 있는 임소하를 발견했다.

아까 처소로 향하던 임소하의 안색이 좋지 않아 내내 마음에 걸렸던 호계상이었다.

호계상이 손짓으로 임소하를 가까이 불렀다.

그녀가 누각으로 다가서자 사염천 일행의 표정에 복잡한 기색이 떠올랐다.

"자자, 아직 제대로 인사 나누지 못했지? 이 아이가 지금의 흑암보를 책임지고 있는 흑암보주일세. 그리고 이 녀석들이 한때 나와 함께 산서를 쥐고 흔들던 강호사사다. 여기 키 작은 땅딸보가 사염천이고, 그 옆에 강시 같은 놈이 백무쌍, 그리고 손가락 하나 없는 놈이 위송령이다."

호계상의 소개에 임소하가 빙그레 웃으며 사염천과 백무쌍, 위송령에게 차례대로 고개를 숙여 예의를 갖췄다.

　"본 보를 찾아주셔서서 감사합니다. 임소하라고 해요."

　"험험."

　사염천이 멋쩍은 표정으로 헛기침을 토했다. 자신들이 흑암보를 찾은 본래의 목적은 사실 우호적인 것이 아니었기 때문이다.

　반면 백무쌍은 뚫어져라 임소하를 응시하고 있었고, 위송령은 뭔가 하고 싶은 말이 있는 듯 입술을 달싹이다 꾹 눌러 참는 기색이 역력했다.

　먼저 입을 연 것은 사염천이었다.

　"계집애야, 우리는……."

　텁!

　하지만 말을 채 끝내기도 전에 사염천의 입을 틀어막는 손이 있었다.

　"무슨 짓이야?"

　사염천이 버럭 고함을 지르자 위송령이 정색을 하며 전음을 날렸다.

　"네놈 목숨 내가 한 번 살렸다."

　"무슨 소리냐?"

　"늙어서 아예 노망이 난 게냐?"

　"노망? 이게 아주 보자 보자 하니까."

"하루도 지나지 않은 일을 기억 못하니 하는 말이다."

위송령이 재빨리 전음을 이어갔다.

"아까 저 아이더러 계집애라고 불렀던 장공 조해원이 어찌 되었지?"

그 말에 사염천의 얼굴이 순간적으로 핼쑥해졌다.

단지 임소하를 계집이라고 불렀다는 이유만으로 조해원은 단리백에게 그야말로 피떡이 되어 시신조차 온전히 보전할 수 없지 않았던가.

"어떡하지?"

당혹감이 서린 사염천의 전음에 위송령이 임소하의 반응을 살피다 대답했다.

"다행히 저 아이는 그다지 신경 안 쓰는 눈치다. 문제는……"

힐끗 고개를 돌리는 위송령을 따라 시선을 돌린 사염천의 얼굴이 와락 일그러졌다. 의미심장한 웃음을 머금고 있는 호계상의 모습이 눈에 들어왔기 때문이다.

"왜?"

능청스럽게 반문하는 호계상의 모습이 사염천은 그토록 얄미울 수 없었다. 하지만 어쩌겠는가, 자신의 실수로 인해 이미 칼자루는 그에게 넘어간 것을.

호계상이 만약 단리백에게 고자질한다면 조해원의 전철을 밟지 않으리란 보장이 없었다.

"팔 떨어진다. 어서 잔 받아라."

"커험."

호계상이 건네는 술잔을 못 이기는 척 받아 든 사염천이 눈을 부라렸다.

"말 안 할 거지?"

"무슨 말?"

의뭉스럽게 반문한 호계상이 슬쩍 웃음을 머금었다.

"그사이 무슨 이야길 나 몰래 주고받은 건가? 요새 가는귀가 먹어서 말이야."

그제야 사염천은 콩닥거리는 가슴을 쓸어내릴 수 있었다. 하지만 이어진 호계상의 말에 안색이 대번 굳어졌다.

"어? 그러고 보니 뭔가 들은 것도 같은데? 그 뭐랬더라? 계……."

호계상의 말이 끝나기도 전에 사염천은 입 안에 털어 넣듯 단숨에 술잔을 비운 다음 재빨리 그에게 집어 던지듯 술잔을 건넸다.

"너도 받아라."

"그럼 이걸로 우리 화해하는 건가?"

"닥치고 마시기나 해."

소기의 목적을 달성한 호계상은 내심 웃음을 삼키며 사염천이 건넨 술잔을 비웠다. 그리곤 임소하를 향해 말을 건넸다.

"이놈들에 대한 악명은 너도 익히 들어서 알고 있을 게다."

임소하가 조용히 웃으며 대답했다.

"세 분의 명성을 모른다면 산서 사람이 아니죠."

임소하의 반응에 사염천을 비롯한 백무쌍과 위송령은 기분이 좋아졌다.

"으흐흐. 말 한번 예쁘게 하네."

"그러게 말이야. 생긴 것만 예쁜 게 아니었어."

대번 위송령과 백무쌍이 호감을 표시해 왔다.

어차피 단리백의 손아귀에 떨어진 이상 달아날 생각은 언감생심 꿈도 꾸지 못할 일이었다. 그렇게 된 바에야 단리백이 끔찍이 아끼는 임소하에게 잘 보여 나쁠 게 없다는 것이 그들의 생각이었다. 하지만 자신들은 한때 산서의 패주였던 만큼 나름대로 자존심이 있는데, 먼저 임소하에게 굽히고 들어가기가 껄끄러웠던 것도 사실이었다. 그런데 먼저 그녀가 이처럼 자신들을 치켜세워 주니, 그들로선 더할 나위 없이 반가운 일이었다.

"자, 너도 한잔 받아라."

사염천이 건넨 술잔을 바라보며 임소하가 난처한 표정을 지었다.

"전 술을 마셔본 적이 없어요."

"잉? 네 나이가 몇인데 아직도 술을 못 마셔?"

"열여섯인데요."

"음……."

사염천이 망설이며 술잔과 임소하를 번갈아 바라봤다. 다른 사람 같았으면 자신의 술잔을 거절하는 순간 단매에 때려 죽였겠지만, 임소하라면 이야기가 달랐다.

"지금까지 내 술을 안 받은 사람은 없었는데……."

중얼거리는 사염천의 모습에 호계상 역시 난처한 표정을 지었다.

사염천은 몹시 자존심이 강한 인물이었다. 그가 남에게 술을 권하는 일은 좀처럼 보기 드물었고, 임소하가 잔을 받지 않으면 그녀는 사염천 나름대로의 호의를 거절하는 셈이 되는 것이다.

호계상이 백무쌍을 향해 입을 열었다.

"백 가야, 넌 언제 처음으로 입에 술을 댔냐?"

"아마…… 열두 살 때였지?"

기억을 더듬어 백무쌍이 대답하자 호계상은 위송령을 향해 고개를 돌렸다.

"위 가 넌?"

"일곱 살."

"……."

"으하하. 그때 아버지에게 걸려 죽도록 얻어맞았지. 내 이마 찢어진 거 보이지? 이거 그때 술병 모서리에 찍혀서 생긴 거야."

"자랑이다."

사염천의 핀잔에 임소하가 손으로 입을 가리고 웃었다.

호계상의 질문이 이어졌다.

"광의(狂醫) 넌?"

"열넷."

"나는 열다섯에 처음 술을 마셔보았다."

호계상이 임소하를 바라봤다.

"열여섯에 처음 술을 마신다 해서 그리 빠른 것은 아닌 셈이군."

그제야 임소하는 빙그레 웃으며 사염천이 건넨 술잔을 받아 들었다.

잔에 담겨 찰랑이는 투명한 술을 지그시 응시하던 임소하가 천천히 잔을 입으로 가져갔다.

입 안으로 술이 들어가는 순간 임소하는 잔뜩 얼굴을 찡그렸다. 그도 그럴 것이 그녀가 마신 술은 황주를 여러 번 증류해 도수를 높힌 백주로, 몹시 독하기로 소문난 산서분주(山西汾酒)였기 때문이다.

임소하가 울 듯한 얼굴로 간신히 술을 넘기자 강호사사의 얼굴에서는 웃음이 피어올랐다.

"화아…… 이런 걸 대체 어떻게 마시는 거죠?"

화끈거리는 입 안을 손으로 부채질하는 임소하의 모습이 그렇게 귀여울 수 없었다.

그 모습이 또 보고 싶어 백무쌍과 위송령도 앞 다투어 술잔을 건넸다.

"자, 내 술도 받아야지."

"사가 놈만 자존심있고 나는 자존심없나?"

결국 임소하는 연거푸 두 잔의 분주를 마셔야만 했고, 처음 마시는 술이었던지라 그녀의 양 볼은 노을이 내려앉은 듯 금세 발갛게 달아올랐다.

이번엔 임소하가 그들에게 술을 돌렸다.

"크아. 술맛 좋다."

"왜 아니겠어. 이처럼 아리따운 아가씨가 따르는 술은 좀처럼 맛볼 수 있는 게 아니라고."

임소하는 자신도 모르게 미소를 머금었다.

술잔을 비우기 무섭게 탄성을 터뜨리는 그들의 모습 그 어디에서도 악인다운 면모는 찾아볼 수 없었다.

한 잔의 술로 마음을 트기 시작한 그들은 순식간에 세 동이의 분주를 비워냈다. 그사이 임소하가 마신 술 역시 열두 잔을 넘어가고 있었다.

그렇게 시간이 흐르고 분위기가 무르익었을 때 임소하가 문득 질문을 던졌다.

"그런데 사람들은 왜 할아버지들을 두려워하는 걸까요?"

사염천이 손 안에서 술잔을 빙글빙글 돌리며 피식 웃었다.

"너무 노골적인 질문이군."

백무쌍과 위송령이 한마디씩 보탰다.

"우리가 악인이기 때문이지."

"달리 강호사사라고 불리우겠느냐?"

"하지만 제가 보기엔 전혀 악인 같지 않은걸요."

임소하의 질문에 대답한 사람은 호계상이었다.

"우리라 해서 처음부터 악인은 아니었다. 단지 살아남기 위해 악인이 되어야 했을 뿐이지."

호계상은 친근한 웃음을 머금고 사염천과 백무쌍, 위송령을 가리키며 말을 이어갔다.

"이놈들도 알고 보면 참 불쌍한 놈들이야. 저마다 가슴에 한 보따리씩 사연을 품고 있지. 그걸 듣고도 이놈들에게 악인이라며 손가락질하는 놈이 있다면 그건 인간도 아니야."

"사연이요?"

"그래. 저 사 가 녀석만 해도……."

"그만 해라. 술 맛 떨어진다."

사염천의 한마디에 호계상이 멋쩍은 표정으로 입을 다물었다.

임소하 역시 미안한 마음을 금할 수 없었다.

화기애애했던 분위기는 온데간데없이 사라지고, 우울한 표정을 짓고 있는 강호사사의 얼굴을 보고 있자니 그들의 상처를 건드린 것 같아 내심 후회되었기 때문이다.

"죄송해요."

"네가 미안할 게 뭐가 있냐? 다 저 늙은 여우 놈의 방정맞은 입이 화근이지."

위송령이 임소하를 두둔하며 나섰다.

"자, 한 잔 더 받으시게, 흑암보주."

사염천이 임소하에게 다시 한 번 술잔을 내밀었다.

임소하가 술잔을 받아 들던 순간이었다.

우연히 사염천과 손이 살짝 닿는 찰나 임소하의 눈이 더없이 크게 떠졌다. 사염천의 손끝을 통해 지독한 슬픔을 담은 기억들이 해일처럼 밀려들어 왔던 것이다.

화들짝 놀란 임소하는 재빨리 손을 거두었고, 그 바람에 술잔은 바닥에 떨어지고 말았다.

쨍그랑!

술잔이 깨지는 소리와 함께 정자 안은 일순 어색한 침묵에 빠져들었다.

"왜 그러느냐?"

호계상이 걱정스러운 눈빛으로 임소하를 바라봤다.

"연홍(緣紅)……."

"……!"

자신도 모르게 임소하가 한 사람의 이름을 읊조리는 순간 사염천의 눈이 화등잔만 하게 커졌다.

죽을 때까지 잊을 수 없는 이름. 자신이 독심광의라 불리우게 된 가장 근원적인 이유이자 누구에게도 말한 적이 없었던 이름을 임소하가 언급한 것이다.

"어떻게 그 이름을!"

자리를 박차고 벌떡 일어서는 사염천을 호계상이 재빨리 제지했다.

"나중에 설명해 주마."

사염천에게 전음을 날린 호계상이 임소하를 향해 입을 열었다.

"안색이 좋지 않구나. 술이 과했던 것 같다. 들어가서 좀 쉬는 게 어떻겠느냐?"

고개를 끄덕인 임소하가 창백한 얼굴로 비틀거리며 일어섰다.

월동문 너머로 멀어지는 그녀의 뒷모습을 바라보며 호계상이 무거운 장탄식을 터뜨렸다.

그런 그를 사염천이 다그쳤다.

"말해라. 대체 저 아이가 어떻게 그녀의 이름을 알고 있는 것이지?"

나직이 한숨을 흘린 호계상이 목소리를 낮춰 입을 열었다.

"천룡의 인에 대해 들어본 적이 있겠지?"

"……!"

세 사람의 얼굴이 동시에 굳어졌다.

오랜 세월 강호의 전설처럼 떠돌던 이야기를 그들이 모를 리가 없었다. 하지만 은 일족에 관한 내용은 대부분 신선이나

요괴가 나오는 기담(奇談)에서나 나올 법한 황당무계한 것이
어서 그저 떠들기 좋아하는 호사가들의 오락거리 정도로 생
각하고 말았다.

"그렇다면 저 아이가……."

백무쌍의 조심스러운 질문에 호계상이 고개를 끄덕였다.

"저 아이는 제 어미로부터 천룡의 인을 물려받았다네."

바위처럼 우두커니 서서 빗속을 응시하던 단리백이 움직
인 것은 근 이각의 시간이 흐르고 나서였다.

한여름도 아니건만 바닥을 두드리는 굵은 빗줄기는 장마
한가운데 쏟아지는 비를 연상케 했다. 하지만 단리백은 이를
전혀 개의치 않고 빗속으로 걸어 들어갔다.

투두두둑.

미친 듯이 퍼부어대던 빗방울이 단리백의 지척에 이르자
마치 보이지 않는 벽에 부딪친 것처럼 사방으로 튀어 올랐다.

비뿐만이 아니었다.

바닥에 고인 흙탕물 역시 단리백의 의복을 적시지 못했다.

마치 단리백을 두려워하기라도 하듯 그가 내딛는 발 주위
로 갈라지며 흙바닥을 드러냈다.

본래의 무공을 회복하자 자연스럽게 발현된 호신강기 때
문이었다.

그렇게 열 발자국을 움직이고 나서야 걸음을 멈춘 단리백

이 한곳을 응시했다.

펄럭.

바람도 없건만 돌연 그의 장포가 미친 듯이 나부꼈다.

퍼석!

가볍게 휘두른 단리백의 손짓에 근처에 있던 정원석 하나가 미세한 돌가루를 흩날리며 사라져 버렸다.

단리백은 잠시 말없이 자신의 손을 바라봤다. 그리고 나직이 한숨을 흘렸다.

'무공은 완벽히 회복했다. 다만 문제는……'

단리백이 천천히 오른손을 들어올렸다.

그그그극.

낮게 땅을 울리는 진동음과 함께 그의 손을 따라 반투명한 강기의 벽이 생성되더니 그의 전면을 뒤덮었다.

무려 오장 높이에 달하는 선명한 핏빛 강기 벽.

말없이 이를 응시하는 단리백의 미간이 자신도 모르게 찌푸려졌다. 겨우 향이 한 대 탈 정도의 시간이 지나자 천강마벽(天罡魔壁)의 기운이 눈에 띄게 약해졌기 때문이다.

더욱이 단리백의 의지와는 상관없이 점차 옅어지더니, 어느 순간 안개처럼 서서히 흩어지기 시작했다. 그리고 종국엔 아무런 흔적도 남기지 않고 사라져 버렸다.

'십이성의 무위를 발휘할 수 있는 시간은 겨우 일 다향인가?'

단리백의 입매에 씁쓸한 웃음이 떠올랐다.

마령단의 마기를 흡수하여 본래의 무공을 회복했다지만 검선과의 싸움 이후 스스로 금제를 가했던 제마봉공의 영향력에선 완전히 벗어나지 못한 것이다.

하지만 이걸로도 충분했다.

당금 강호에서 전력을 다한 그의 공격을 일 다향 이상 버텨낼 인물은 전무했다.

'두고두고 나를 골탕먹이는군.'

문득 검선을 떠올린 단리백이 불쾌한 표정을 지었다.

불쾌한 것은 이뿐만이 아니었다.

흑암보를 둘러싼 여러 가지 상황은 생각보다 심각했다. 단리백이 직접 혁련세가를 치지 않고 유장령으로 하여금 그들을 도발하게끔 한 이유도 이 때문이었다.

유장령이 전음으로 알려왔던 단편적인 사실들.

확실히 흑점이 아무리 대단하다고 한들 곽자문 정도의 거물을 움직였다고 하기엔 석연치 않은 점이 있었다. 게다가 자신이 혼절해 있을 때 흑암보를 공격했던 인물들은 개인이 아닌 조직화된 움직임을 보였다.

임채성 부부의 죽음 이면에 도사리고 있는 다른 음모가 존재할 가능성을 배제할 수 없었다.

드러난 칼보다 보이지 않는 칼이 더 무서운 법.

자신이 자리를 비우면 흑암보에 어떤 상황이 들이닥칠지

예상할 수 없는 이상 섣불리 움직일 수 없었다. 그래서 단리백은 혁련세가를 산서로 끌어들여 그들을 상대하기로 마음먹은 것이다.

'그리고 혁련광이란 자가 흘리던 마기…….'

처음엔 마령단 때문이라 생각했지만, 사염천 일행에게서 마기를 흡수하는 과정에서 의아함이 들었다. 혁련광이 흘리던 마기는 사염천 일행보다 정제되지 못한 불완전한 느낌을 받았던 것이다.

혁련광은 풍소명에게 마령단을 건네받았다고 들었다.

도박장에 펼쳐져 있던 현암기진으로 미루어 예상하건대, 당시의 풍소명은 아마도 호계상의 사제였던 자일 것이다. 현문이 아니고서는 그와 같은 결코 신기를 발휘할 수 없기 때문이다.

게다가 그는 의천맹 내에서도 중요한 위치를 차지하고 있을 게 틀림없었다.

'의천맹이 마령단의 존재를 알고 있다?'

도무지 알 수 없는 일이었다.

마령단이 촉산혈문에 봉인된 지 수백 년이 지났다. 그리고 지금 그 존재를 아는 인물은 극소수에 불과했다. 하지만 여러 가지 정황은 단리백이 알고 있던 사실과 조금씩 엇나가고 있었다.

확실한 건 의천맹과 암류의 세력이 흑암보를 노리고 있다는 점이었다.

'지금으로선 기다릴 수밖에 없군.'

하지만 머지않아 상황은 달라질 것이다. 자신의 계산대로 혁련세가가 움직여 준다면 틀림없이 의천맹과 암류 세력도 어떤 행동을 취할 것이 분명했다.

그렇게 한참 동안 생각을 정리하던 단리백이 문득 걸음을 멈추고 쓴웃음을 머금었다. 발길 닿는 대로 걷다 보니 어느새 임소하의 처소 근처에 이르러 있는 자신을 발견한 것이다.

그리고 보니 아까 한초설을 대하던 임소하의 표정이 왠지 마음에 걸렸다.

방문 앞에 이르러 단리백이 일부러 인기척을 냈다. 하지만 임소하는 모습을 나타내지 않았다.

의아한 마음에 기감을 펼쳐 방 안을 살펴보았다.

역시 임소하의 존재가 느껴지지 않았다.

단리백은 신형을 돌려 정원 쪽으로 걸음을 옮기기 시작했다.

정원 한쪽에 지어진 정자 안에서 이야기를 나누는 강호사사의 모습이 눈에 들어왔다. 단리백은 그들을 그냥 지나치려 했으나 문득 들려온 사염천의 음성이 그의 발길을 붙들었다.

"그렇다면 그 아이가 내 마음을 읽어낸 것인가?"

"아마도……."

말끝을 흐리며 고개를 끄덕이던 호계상은 문득 오한이 드는 것을 느끼며 고개를 돌렸다. 그리고 자신도 모르게 깜짝 놀라 자세를 고쳐 앉았다.

"언제 왔나?"

호계상의 말에 고개를 돌린 사염천과 백무쌍, 위송령 역시 흠칫하며 단리백을 바라봤다.

"소하가 보이지 않더군."

"그 아이라면 제 방에서 쉬고 있을 걸세. 처음엔 차를 가지러 식당에 간다 했으나, 이야기 도중 몸이 안 좋아 보여 들어가 쉬라 했네."

단리백이 미미하게 눈살을 찌푸렸다. 임소하가 자신의 처소로 향했다면 중간에 마주쳤을 터.

"여기에서 무슨 일이 있었지?"

단리백의 질문에 호계상은 난처한 듯 사염천을 바라봤다.

"그게⋯⋯."

우물쭈물하던 호계상이 단리백을 힐끔 바라봤다.

단리백과 눈빛이 마주친 순간 호계상은 일순 벼락같은 충격이 전신을 휘젓는 듯한 착각을 느꼈다.

완전한 무공을 되찾은 단리백.

그의 눈에서 흘러나오는 시선은 아주 독특했다.

그렇게 강렬하지도 않았고, 살벌함도 느껴지지 않았다. 오히려 무공을 되찾기 이전의 눈빛이 훨씬 더 무섭게 느껴질 만

큰 평범했다.

그런데도 그 시선을 받자 호계상은 왠지 모르게 모골이 송연해졌다.

'반박귀진(返璞歸眞)······!'

말하기 좋아하는 호사가들이 떠들어대는 그런 경지인 줄만 알았건만, 눈앞의 단리백을 보는 순간 생각이 달라졌다. 그러고 보니 줄기차게 퍼부어대는 빗줄기 속에서도 단리백의 옷깃에는 물기 한 점 묻어 있지 않았다.

단리백 주위로 튀어 오르는 물방울과 보이지 않는 벽을 타고 주르륵 미끄러지는 빗물이 호신강기의 존재를 깨닫게 해주고 있었다.

뒤늦게 이를 눈치 챈 사염천 일행도 경악한 표정을 지었다.

호신강기를 펼치려면 내공을 끌어올려야 한다. 진기를 운용하면 의당 안광이 폭사된다던가, 장포가 부풀어 오르는 등 특정한 반응이 뒤따라야 하는 법. 하지만 지금 단리백의 모습은 뭐라 설명해야 한단 말인가.

'이미 의지에 따라 자연스럽게 진기가 일어나는 경지에 이르러 있단 말인가!'

수십 년 동안 무공을 익혀온 그들에게 있어 이는 하나의 충격이었다.

도무지 끝을 짐작할 수 없는 가공할 무위. 그래서 더욱 단리백이 두려워졌다.

호계상은 결국 조금 전의 상황을 솔직히 털어놓았다.

임소하가 사염천의 술잔을 받는 순간 그의 마음을 읽었다는 대목에서 단리백은 자신도 모르게 인상을 찡그리고 말았다.

그동안 임소하의 능력을 억누르던 목걸이, 봉인석이 파괴된 시점에서 이와 같은 상황을 예상했어야만 했다.

'어리석은……'

이를 놓친 자신을 질책하며 단리백이 신형을 돌렸다.

호계상을 비롯한 강호사사는 멀어지는 단리백의 뒷모습을 부럽고도 복잡한 시선으로 바라보다 크게 한숨을 내쉴 뿐이었다.

임소하가 식당 안으로 들어서자 낮은 노랫가락 실내를 울리고 있었다.

"신구미월령(新鳩未越嶺). 어린 비둘기 아직 재를 넘지 못하니, 내 마음도 그와 같아 아무리 날갯짓한들 그에게 닿질 못하네."

임소하는 식당 입구에 멈춰 서서 조금이라도 움직이면 사라져 버릴 것 같은 그 목소리에 숨을 죽이고 귀를 기울였다.

노래를 부르는 이는 한초설이었다.

그녀의 노래는 듣는 이를 안타깝게 만드는 애잔함이 녹아 있었고, 이를 듣고 있자니 임소하는 자신도 모르게 노래에 동화되어 왠지 모를 슬픔이 복받쳐 오르는 것을 느꼈다.

한초설은 검을 끌어안은 채 창가에 걸터앉아 있었다.

창 옆에 놓인 탁자에는 아무렇게나 던져 놓은 그녀의 겉옷이 올려져 있었다.

이미 한차례 비를 맞은 듯 그녀의 옷은 흠뻑 젖어 있었다.

그녀는 노래를 부르며 창밖으로 손을 내밀고 있었는데, 손에 부딪쳐 튀어 오르는 빗물이 머리며 옷을 적시고 있음에도 신경 쓰지 않는 눈치였다.

경장을 벗은 탓에 그녀는 얇은 내의만을 입고 있는 상태였다.

빗물에 젖은 나삼이 몸에 찰싹 달라붙어 고스란히 여인의 굴곡을 드러냈다. 하지만 그녀는 조금도 개의치 않는 듯했다.

이따금씩 목이 마른지 노래를 멈추고 손에 들린 술병을 통째로 입에 가져갈 뿐이었다.

헐렁한 경장을 벗은 그녀의 몸은 예상했던 것보다 훨씬 풍만하고 굴곡이 뚜렷했다. 그녀가 숨을 몰아쉴 때마다 봉긋 솟은 가슴 부위가 묘하게 흔들렸고, 이는 여자인 임소하조차 가슴이 진탕될 만큼 도발적인 마력을 지니고 있었다.

"왜 그렇게 서 있어?"

갑작스런 한초설의 음성에 임소하가 깜짝 놀라 얼굴을 붉혔다.

자신도 깨닫지 못하고 있었다곤 하나 나신에 가까운 그녀의 모습을 한참 동안 지켜본 것은 큰 실수임을 깨달았던 것이다.

서로 눈이 마주치자 한초설이 빙그레 미소를 머금었다. 그리곤 다시 창밖으로 시선을 던지며 입을 열었다.

"있잖아, 난 비가 좋아."

한초설이 말을 이어갔다.

"눈앞에서 아스라이 흐려지는 풍광이랑 뿌옇게 피어오르는 물안개, 그리고 속삭이는 듯한 빗소리가 너무 좋아. 내가 자란 곳은 일 년 내내 눈만 내리거든. 그래서일까? 비를 보고 있으면 왠지 꿈을 꾸는 듯한 기분이 들어."

그런 한초설을 바라보던 임소하가 말없이 그녀에게 다가섰다.

"마실래?"

한초설이 건넨 술병을 바라볼 뿐 임소하는 이를 받지 않았다.

"마시고 싶지 않아요."

"이미 한잔했으면서 뭘."

여전히 우두커니 선 채 자신을 응시하는 임소하의 모습에 한초설은 피식 웃으며 고개를 끄덕였다.

"싫다는데 억지로 권하는 것도 예의가 아니지."

한초설이 술병을 입으로 가져가 술을 한 모금 넘기려던 때였다.

"의숙을 좋아하시죠?"

"콜록!"

난데없는 임소하의 질문에 한초설은 사레가 들려 연신 기침을 터뜨렸다. 하지만 다시 임소하를 바라봤을 때 그녀는 언제 그랬냐는 듯 의미 모를 웃음을 지어 보였다.

"그렇게 티가 났어?"

"그런데 왜 그랬어요?"

"응?"

"왜 의숙을 죽이려고 하셨죠?"

"……!"

한초설의 얼굴에서 미소가 사라졌다.

"내 눈앞에 서 있는 귀여운 아가씨는 어째서 그런 생각을 하게 된 걸까?"

표정은 장난을 치는 듯했으나 한초설의 눈빛은 이미 차갑게 식어 있었다.

"당신도 이미 알고 있잖아요. 우리 어머니에 대해서, 그리고 나에 대해서도."

"역시 그때 마음을 읽었구나."

천천히 고개를 끄덕인 한초설이 임소하를 바라봤다.

그런 그녀를 향해 임소하가 입을 열었다.

"묻고 싶은 게 있어요."

"뭔데?"

"제가 익힌 경하기에 대해서요."

한초설이 씁쓸한 미소로 반문했다.

"그걸 왜 나한테 묻지?"

임소하는 일순 할 말을 잃었다.

한초설이 임소하를 향해 손을 내밀었다.

"다시 잡아봐. 너라면 모든 걸 알 수 있겠지."

그러나 임소하는 그녀가 내민 손을 잡을 수 없었다.

그녀의 손을 잡던 순간 밀려들어 오던 복잡한 감정과 단편적인 기억들. 짧은 시간에 비해 너무 많은 정보를 받아들여 어느 것이 진실이고 어느 것이 거짓인지 알 수 없어 혼란스러웠다. 더구나 이처럼 낯선 경험은 몹시 불안하고 두려웠다.

사염천의 마음을 읽었을 때 역시 그랬다.

마치 다른 사람과 의식이 섞이는 듯한 기분. 다른 이가 느꼈던 감정과 기억을 느낀다는 것은 상상하기 힘든 괴로움을 동반했다.

손을 거둔 한초설이 입을 열었다.

"네가 생각하는 것보다 그와 나 사이의 관계는 훨씬 복잡해. 딱 잘라 설명하기 힘든 것도 그 때문이야."

임소하는 문득 지금까지 한 번도 느껴본 적 없는 감정에 휩싸였다. 분명 자신은 단리백에 대해 모르는 부분이 많았다. 하지만 한초설은 오래전부터 그를 알고 있었고, 그 점이 왠지 모르게 분하게 느껴졌던 것이다.

"너도 그를 좋아하지?"

갑작스런 한초설의 질문에 임소하가 당혹스러운 표정을 지었다. 하지만 이내 그녀를 똑바로 바라보며 고개를 끄덕였다.

"그래요. 전 의숙을 좋아해요."

"남자로? 아니면 단지 의숙으로서?"

"당연히 의숙으로서……."

한초설이 조용히 웃더니 손가락을 들어 자신의 가슴을 툭툭 두들겼다.

"남의 마음을 읽기 전에 자신의 마음을 먼저 들여다보는 게 어때?"

임소하는 마치 정곡을 찔린 것처럼 아무런 말도 할 수 없었다.

그런 그녀를 향해 한초설이 다시 질문을 던졌다.

"그럼 다른 걸 묻지. 왜 그가 좋은 거야?"

임소하가 망설이는 듯하자 한초설이 바짝 다가서며 은근한 어조로 말을 이었다.

"나는 너와 달리 마음을 읽지 못해. 사람 마음을 훔쳐봐 놓고 자신의 마음은 꼭꼭 숨기고 있으면 불공평하다고 생각되지 않아?"

임소하는 질끈 입술을 깨물었다.

확실히 한초설의 말은 묘하게 사람을 도발하면서도 정곡

을 찌르는 데가 있었다.

"의숙은……."

임소하가 입을 열자 한초설의 표정이 진지해졌다.

임소하가 머뭇거리며 말을 이어갔다.

"눈매라던가… 분위기라던가…… 사람을 압도하는 듯한 그 느낌은 마음에 들지 않아요. 그리고 어떤 면에선 저와 도저히 맞지 않는다는 생각이 들 때도 있어요. 하지만……."

임소하가 잠시 말끝을 흐렸다. 그리고 이어진 그녀의 말에 한초설의 마음은 더없이 복잡하게 변해 버렸다.

"의숙이 없으면 난 웃을 수가 없어요."

잠시 동안 말없이 임소하를 바라보던 한초설이 탄식을 터뜨렸다. 그리곤 술병을 들어 연달아 네 모금의 술을 넘겼다.

그때였다.

"여기 있었군."

갑작스레 들려온 음성에 고개를 돌린 임소하의 얼굴이 순식간에 붉어졌다.

"저 먼저 들어갈게요."

임소하가 후다닥 식당을 뛰쳐나가는 순간 단리백이 그녀의 손을 붙들었다.

"무슨 일이지?"

"놓으세요!"

자신도 모르게 빽 소리를 지른 임소하가 거칠게 단리백의 손을 뿌리쳤다.

"이, 이건……."

당황한 표정에서 서서히 굳어지는 단리백의 얼굴을 뒤늦게 발견한 임소하가 어찌할 줄 몰라 말을 더듬었다.

자신의 힘은 통제가 되지 않았다. 어느 순간 단리백의 마음을 읽을지 모르는 일. 임소하는 그것이 두려웠다. 그래서 그의 손을 뿌리친 것인데, 단리백은 이를 오해하고 있는 것이다.

"미안해요, 의숙. 하지만 전…… 저는……."

무언가 말을 하려던 임소하가 지그시 입술을 깨물었다. 그리고 우산도 쓰지 않은 채 빗속으로 뛰쳐나갔다.

단리백은 임소하를 붙들지 않았다. 빗속으로 사라지는 그녀의 뒷모습을 우두커니 바라볼 뿐이었다.

한초설이 탄식처럼 혼자 읊조렸다.

"목석처럼 둔해 빠진 사내의 마음이 여심을 알 리 있나."

그러나 그녀의 음성은 워낙 작아 단리백은 들을 수 없었다.

턱.

창가에서 내려선 한초설이 단리백을 향해 술병을 내밀었다.

"마셔."

단리백이 술병을 받아 들자 한초설이 화사한 미소를 지어 보였다.

지금 그녀는 몹시 술을 마시고 싶었다.

그런 면에서 단리백은 술을 같이 마시기에 적합한 사람이었다. 주사를 부리지도 않았고, 쓸데없는 말을 늘어놓아 사람을 피곤하게 하지도 않았다. 그리고 무엇보다 유일하게 자신을 이해해 주는 인물이 바로 그였다.

"산서분주야. 평소에 이걸 마셔보고 싶었는데, 생각보다 독하네."

"취했군."

"남이사."

단리백이 한 모금의 술을 마시고 다시 그녀에게 건넸다.

술병을 받으며 한초설이 중얼거렸다.

"이런 멋대가리없는 인간의 어디가 좋다는 거야?"

단리백이 눈살을 찌푸렸다.

"아까부터 뭘 그리 중얼거려?"

"비 맞았거든."

아니나 다를까, 흠뻑 젖은 그녀의 모습은 한눈에 보기에도 상태를 알아볼 수 있었다.

찰싹 달라붙은 속옷이 유난히 온몸의 굴곡을 돋보이게 했다. 언뜻 보기엔 몹시 선정적인 것 같으면서도 단순히 선정적이라고 말하기 힘든 묘한 분위기를 지니고 있었다.

얼음같이 차가운 마음도 단숨에 녹여 버릴 만큼 유혹적인 모습. 하지만 이를 바라보는 단리백의 눈빛은 털끝만큼의 흔들림도 느껴지지 않았다.

이때 유난히 도드라진 한초설의 붉은 입술이 열렸다.

"오라버니, 당신 너무 많이 변했어."

"무슨 말이지?"

"그건 오라버니가 더 잘 알잖아."

한 모금의 술로 입술을 축인 한초설이 다시 입을 열었다.

"자신의 뜻을 거스른 자를 살려주다니…… 예전의 촉산혈성이라면 상상도 할 수 없는 일이었는데 말이야. 혹시 저 아이 때문인가?"

"무슨 말이 하고 싶은 거야?"

"글쎄… 오히려 내가 묻고 싶은 말이야. 단리백 씨, 당신은 지금 무슨 생각을 하고 계시나요?"

"생각보다 많이 취했군."

단리백이 무시하며 돌아서자 한초설이 소리를 질렀다.

"야! 단리백! 너 자꾸 사람 말 무시할래?"

단리백의 눈에서 일순 차디찬 안광이 쏟아졌다.

"말조심해."

"흥! 그렇게 노려보면 내가 무서워할 줄 알고?"

"죽고 싶나?"

"훗."

단리백의 엄포에 한초설이 피식 웃었다.

"지금의 당신은 날 죽일 수 없어. 왜인지는 스스로가 더 잘 알고 있겠지?"

말없이 자신을 노려보는 단리백을 향해 한초설이 한숨을 내쉬었다.

"그 아이가 나에게 따져 묻더군. 왜 당신을 죽이려 했는지 말이야."

"……."

"사실이야. 만약 그때 그대로 마성에 잠겨 버렸다면 내 검은 주저없이 당신의 심장을 갈랐을 거야."

"촉산에 갔었나?"

"그래, 갔었어. 그런데 오라버니가 보이지 않더라고. 그리고 마령단도 사라진 걸 알았어. 최악의 상황을 염두하고 당신을 쫓았지. 그러다 강호사사란 놈들하고 마주쳤고, 그제야 마령단이 사라진 게 오라버니와 무관하단 사실을 알게 되었어. 그래도 혹시나 싶어 이곳까지 왔지. 자, 이제 말해줄 때가 되지 않았어? 대체 그동안 무슨 일이 있었던 거야?"

그녀의 추궁에 단리백은 한참 동안 입을 다문 채 우두커니 서 있었다.

그렇게 얼마나 시간이 흘렀을까.

"한 달 전쯤 검선이 나를 찾아왔다."

단리백이 천천히 이야기를 시작했다.

검선과의 비무와 그 결과, 그리고 촉산을 내려와 흑암보에 머물게 된 이야기까지.

그의 설명을 듣는 내내 한초설의 표정은 점차 싸늘하게 변해갔다.

단리백의 이야기가 끝나기 무섭게 한초설은 기가 막히다는 듯 단리백을 바라봤다.

"명려군이란 여자를 만나보고 싶어, 얼마나 대단한 여자이기에 죽어서까지 천하의 단리백을 움직일 수 있는지……."

그녀의 말에 단리백은 인상을 찌푸렸다. 하지만 그뿐이었다.

그 말을 한 사람이 한초설이 아닌 다른 사람이었다면 단리백은 결코 용서하지 않았을 것이다.

그만큼 그녀의 존재는 단리백에게 있어 특별한 의미를 지니고 있었다.

"정말 그것뿐이야?"

"무슨 말이 더 듣고 싶은 거지?"

"오라버니가 흑암보에 머무는 또 다른 이유."

"……."

말이 없는 단리백의 모습에 한초설은 무언가 깨닫는 바가 있었다.

"아예 데리고 살지 그래? 서른셋의 당신과 열여섯 살인 그 아이의 나이 차가 약간의 걸림돌이 되겠지만, 감히 누가 촉산혈성의 결정에 반발하겠어?"

"멍청한 소리 하지 마."

"안 될 것 없잖아? 보아하니 그 아이도 오라버닐 좋아하는 것 같고."

단리백이 나직한 한숨을 흘리며 고개를 저었다.

"지금 그 아이가 나를 보는 눈빛은 동경에 가까워. 갓 태어난 병아리가 어미 뒤를 쫓아 걷는 것과 다를 바 없지. 의지할 곳 없는 고립무원의 처지에서 나라는 존재에게 기대고 싶어 하는 것은 당연해. 하지만 언젠가 그 아이에게도 좋은 사람이 나타날 거야. 만약 가능하다면 그때까지 곁에서 그 아이를 지켜주고 싶을 뿐 네가 생각하는 그런 게 아니다."

"그럼 오라버닌?"

"난 그저 그 아이를 지켜보는 것만으로도 충분하다."

한초설은 말없이 단리백을 응시했다.

그러기를 잠시.

"픕."

한초설이 돌연 웃음을 터뜨렸다.

"깔깔깔."

"뭐가 그리 우습지?"

단리백의 질문에도 한초설은 손으로 탁자까지 두드려 가며 한참 동안 웃어댔다.

이윽고 고개를 든 한초설의 눈가에는 어찌나 웃었는지 눈물까지 맺혀 있었다.

"그렇게 진지한 표정으로 농담에 대꾸하는 모습이라

니…… 내가 웃지 않을 수 없잖아? 확실히 오라버닌 변했어. 예전 같았으면 그냥 무시하고 말았을 텐데 말이야."

"농담?"

한초설이 손가락을 들어 눈가에 맺힌 눈물을 찍어냈다.

"어이, 오라버니. 그럼 진담으로 들었어? 생각을 해봐. 비록 오라버니가 이십대 중반 정도로 보인다고 해도 어떻게 열여섯 살짜리 신부를 맞을 수 있겠어? 사람들이 욕해. 더구나 의형제라 해도 그 아이의 아버진 오라버니의 형님이잖아? 숙부와 질녀가 어떻게 결혼을 해?"

단리백의 살벌한 눈빛으로 노려보자 한초설이 질끔하며 웃음을 거두었다.

그리곤 애써 태연한 척 헛기침을 터뜨렸다.

"흠흠. 이게 다 아까 나를 구박한 벌이야."

단리백이 눈살을 찌푸리며 돌아섰다.

"적당히 마셔라. 그리고 옷 좀 걸쳐."

"왜? 마음이 흔들려?"

"쓸데없는 소리."

"또 그런다. 그러지 말고 사내답게 과감히 도전해 봐. 혹시 알아?"

단리백의 입가에 슬쩍 웃음이 걸쳐졌다.

"칼 맞는 건 한 번으로 족해."

"쳇. 십 년도 넘은 일 가지고 아직까지 꽁해 있기는……."

단리백이 식당을 나서며 입을 열었다.

"비가 차다. 몸을 말리는 게 좋아."

"괜찮아. 나 비 좋아하잖아."

"애들도 아니고……."

한차례 혀를 찬 단리백이 빗속으로 걸음을 옮기기 시작했다.

한초설의 얼굴에서 미소가 지워졌다.

그녀는 그렇게 석상처럼 제자리에 선 채 멀어지는 단리백의 뒷모습을 바라보고 있었다.

그렇게 얼마나 시간이 흘렀을까.

나직한 그녀의 음성이 실내에 번져 갔다.

"어쩔 수 없잖아. 내 비는 당신인걸."

쏴아아아.

쏟아지는 빗줄기는 점차 굵어져 주위는 온통 비 오는 소리에 잠겨졌고, 그녀의 음성 역시 빗소리에 묻혀 정작 단리백은 이를 들을 수 없었다.

제18장

불호신투 척대명

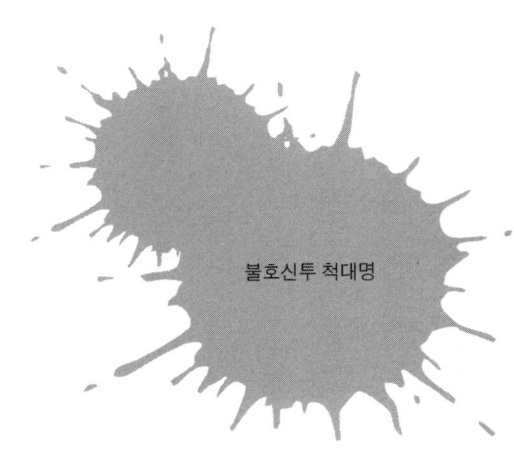

불호신투 척대명

"쿨럭."

"사부님!"

"괜찮다."

연청운이 손을 들어 자신을 부축하려는 사연강을 뿌리쳤다. 그리곤 비틀거리면서도 고집스레 신형을 일으켰다.

바닥에 흩뿌려진 검붉은 핏물을 바라보는 사연강의 눈빛이 미미하게 흔들렸다.

벌써 다섯 번째 기침이었다.

처음엔 단순히 마른기침이었지만 세 번째부턴 핏물이 섞여 나오기 시작하더니, 지금은 검붉은 핏물을 한 움큼이나 토해냈다.

연청운의 내상은 시간이 지날수록 악화되고 있었다. 하지만 달리 방법이 없었다. 청성에 오른 이후 검에만 정진한 사연강이었다. 의술을 배울 시간도, 마음도 없었다.

진기로 내상을 다스리는 방법은 엄두도 낼 수 없었다.

자신보다 월등히 높은 경지에 이르러 있는 연청운을 치료하기엔 그가 지닌 내공이 턱없이 부족했다.

사연강의 가슴이 바짝 타 들어갔다.

벌써 주위엔 어둠이 내려앉고 있었다. 설상가상으로 비까지 뿌려대니, 사연강은 도무지 이 상황을 어떻게 타개해야 할지 난감했다.

그때였다.

수풀 사이로 반짝이는 불빛을 발견한 사연강이 연청운을 향해 외쳤다.

"사부님! 인가가 있습니다!"

연청운은 대답조차 하기 힘든지 미미하게 고개를 끄덕일 뿐이었다.

그런 연청운을 잠시 바라보던 사연강이 나직하게 한숨을 터뜨렸다.

사연강이 자신을 들쳐 업으려 하자 연청운이 불같이 화를 냈다.

"놓아라! 내 발로 걸을 것이다! 누가 너에게 도와달라 하였

더냐!"

"사부님……."

"왜 그때 나를 말렸느냐? 이렇게 구차하게 사느니 차라리 깨끗하게 죽는 것이 나았다. 나를 이처럼 추한 모습으로 만든 것이 바로 너다. 그것도 모자라 이젠 나를 짐짝 취급 할 셈이더냐!"

사연강이 질끈 입술을 깨물었다.

평소 엄하기로 소문난 연청운이었으나 이처럼 삐뚤어진 사람은 아니었다. 오히려 남들의 눈이 닿지 않는 곳에선 누구보다 인자하고 따듯한 사람이 바로 그였다.

하지만 지금의 연청운은 자신이 알고 있던 사부가 아니었다.

핏발이 가득 선 두 눈엔 기이한 열기가 일렁이고 있었고 바짝 말라 갈라진 입술에선 핏물이 맺혀 있었다.

극심한 내상과 처음 겪은 뼈아픈 패배가 그를 이처럼 황폐하게 만들어 버린 것이다.

"사부님, 용서하소서."

마음을 독하게 먹은 사연강이 억지로 연청운을 들쳐 업었다.

"이, 이놈……!"

역정을 내는 사부의 모습에도 아랑곳하지 않고 사연강은 경공을 전개하기 시작했다. 그리고 달리면서 입을 열었다.

"이 벌은 나중에 달게 받겠습니다. 하지만 그것도 사부님께서 무사하시고 난 이후의 일입니다. 언젠가 사부님께서 제게 말씀하셨지요. 제가 아들이고 가족이라고. 그날 이후 사부님은 제게 단 한 분뿐인 가족이자 아버지가 되셨습니다. 어찌아들이 죽어가는 아비의 모습을 그냥 지켜볼 수 있단 말입니까?"

그 말에 연청운이 부르르 신형을 떨었다.

스스로 돌이켜 생각해 봐도 자신은 지금 온전한 상태가 아니었다.

'내가 미쳤구나. 내 마음속에 마가 스몄구나. 이 아이에게그토록 잔인한 말을 하다니……. 연청운아, 연청운아, 죽을때를 놓친 것도 모자라 살아서도 어찌 이리 한심한 모습을 보이는 것이냐.'

하지만 이도 잠시, 연청운은 이내 의식이 흐려지는 것을 느끼며 정신을 잃고 말았다.

등에 업힌 연청운이 잠잠해지자 사연강의 마음은 더욱 초조해졌다.

사연강이 더욱 속도를 높이기 시작했다. 그리고 약 일각의시간이 흘러 불빛이 비쳐온 곳에 이를 수 있었다.

"이건……."

사연강이 의아한 표정으로 주위를 둘러봤다. 수풀이 빽빽이 우거진 산속이 틀림없었다. 눈을 씻고 둘러봐도 인적이라

곧 찾아볼 수 없었다.

"이런 산속에 웬 객잔이……."

영문을 알 수 없는 일이었다. 오가는 사람도 없는 곳에 객
잔을 차려놓는 얼빠진 인간이 세상천지에 어디 있단 말인가?

'혹시…….'

그러고 보니 예전에 들었던 이야기가 떠올랐다. 가끔 노략
질을 일삼는 산적들이 관의 이목을 피하기 위해 본거지를 객
잔처럼 꾸며놓고 운용한다는 것과 때로는 산속에서 길 잃은
자들을 불빛으로 미혹하여 강도질을 일삼는다는 등의 이야기
가 그것이었다.

평소라면 상관없었지만 지금은 연청운이 부상을 입고 있
는 상태.

경각심을 북돋우며 객잔으로 다가간 사연강이 굳게 닫힌
문을 두드렸다.

텅텅.

"뉘시오?"

문을 두드리고 한참이 지나서야 한 사람이 모습을 나타냈
다.

작달막한 체구와는 어울리지 않게 장비를 연상시키는 수
염을 잔뜩 기른 중년인이었다.

방금 자다 일어났는지 그의 눈엔 눈곱이 껴 있었고, 이도
모자라 연신 하품을 하고 있었다. 하지만 서글서글한 눈매와

순박한 표정에서는 그 어디에서도 악의나 살기는 찾아볼 수 없었다.

신기한 듯 자신을 빤히 쳐다보는 중년인의 모습에 사연강이 입을 열었다.

"왜 그리 쳐다보시오?"

"허허. 삼 년 만에 맞는 손님이라 신기해서 그럽니다."

털털한 웃음을 흘리는 중년인의 모습에 사연강은 그만 실소하고 말았다.

"그러게 왜 이런 곳에 객잔을 지으셨소? 이처럼 깊은 산중에 오가는 사람이 적을 것은 당연한 게 아니오?"

"세상에 사연없는 사람이 어딨겠습니까? 그런데 머물고 가실 겁니까?"

"방을 하나 주시오. 그리고 음식도."

"들어오시지요."

중년인이 문 한쪽으로 비켜서자 연청운을 업은 사연강이 그 안으로 들어섰다.

이때 사연강의 등 뒤에서 젊은 청년의 음성이 들려왔다.

"여기 객잔 맞소?"

고개를 돌린 사연강은 낡아 해진 옷을 걸치고 있는 이십대의 준수한 청년이 싱글거리며 서 있는 모습을 발견할 수 있었다.

"하핫, 재밌군. 산속에 객점이 다 있다니. 덕분에 이슬은 피할 수 있어 좋긴 한데……."

말끝을 흐리던 청년이 중년인을 향해 질문을 던졌다.

"여기에서 하루 묵는 데 얼마요?"

"두 냥하고 서푼입니다."

중년인의 대답에 청년이 화들짝 놀라 반문했다.

"두 냥 서푼?"

그리고는 자신의 소매를 뒤져 동전을 꺼내더니 손바닥에 올려놓고 헤아리기 시작했다. 그리곤 한숨을 내쉬며 휙 돌아섰다.

"그럼 그렇지, 내 주제에 무슨."

그가 가진 돈은 한 냥하고도 닷 푼밖에 되지 않았던 것이다.

어둠 속으로 향하는 청년을 사연강이 붙들었다.

"괜찮다면 제가 대신 계산해 드리겠습니다. 같이 머무시는 건 어떻겠습니까?"

그 말에 청년이 휙 돌아서더니 성큼성큼 객잔 안으로 들어섰다.

"하핫. 꽤나 예의 바르고 반듯한 청년이로군. 마음에 들어."

자신의 어깨를 툭툭 두드리며 웃음을 터뜨리는 청년의 모습에 사연강은 어이가 없었다.

아무리 봐도 자신과 비슷한 연배였다. 더구나 호의를 베푼

이에게 이처럼 하대를 하다니.

"혹시 개방에 몸담고 계십니까?"

사연강의 질문에 청년이 의아한 표정을 지었다.

"개방? 그 거지 무리들하곤 전혀 상관없는데?"

결국 사연강은 인상을 찌푸리고 말았다. 누가 감히 천하의 제일방인 개방을 두고 거지 무리라 폄하한단 말인가.

이런 산속에 평범한 사람이 어슬렁거릴 이유가 없었다. 그래서 그의 남루한 의복을 보고 개방의 인물이 아닐까 짐작했었는데, 틀린 것이다.

"내 몸에서 냄새가 나나?"

킁킁거리며 자신의 옷 냄새를 맡는 청년의 모습에 사연강은 한숨을 흘리며 돌아섰다. 개방도였다면 도움을 청했겠지만 그는 개방도가 아니었다.

비록 거지로 구성된 개방이었으나 그들이 속한 개방에 대한 자부심은 구대문파에 못지않았다. 만약 그가 개방도였다면 당당히 자신을 개방의 제자라 밝혔을 것이다.

"방은 어디입니까?"

"이층에 있소. 전부 비어 있으니 아무 곳이나 골라잡으면 됩니다."

말을 마친 객점 주인은 피곤했던지 늘어지게 하품을 하고는 주방으로 들어가 버렸다.

사연강이 이층으로 이어진 계단을 오르려 할 때였다.

"이봐, 젊은 친구. 자네가 업고 있는 사람은 누군가?"

여전히 무례하게 하대를 사용하는 청년이었으나 사연강은 예의를 잃지 않고 대답했다.

"소생의 사부 되시는 분이오."

"다쳤구먼?"

잠시 사연강의 등에 업힌 연청운을 살피던 청년이 쯧쯧 하며 혀를 찼다.

"오늘 밤을 못 넘기겠네그려."

"……!"

"이리 데려와 봐. 내 한번 봐주지."

사연강이 무서운 눈빛으로 청년을 노려봤다.

사부의 위중함은 자신도 잘 알고 있었다. 하지만 이렇게 대놓고 오늘 밤을 넘기지 못할 거란 청년의 말은 매우 무례하기 짝이 없었다.

하지만 아무리 자존심이 중요하다 한들 사부의 생명이 먼저였다.

물에 빠진 사람이 지푸라기라도 잡고 싶은 심정으로 사연강은 청년에게 다가섰다.

막 청년과 반 장 정도의 거리를 남겨두었을 때였다.

"어디 보자."

청년이 가볍게 손을 휘두르자 등에 업혀 있던 연청운의 신형이 청년을 향해 날아갔다.

"……!"

빤히 눈 뜬 채 손 한 번 써보지 못하고 연청운를 뺏긴 사연강이 놀란 얼굴로 청년을 향해 달려드는 순간,

"이 녀석은 연청운이 아닌가?"

청년의 말에 사연강이 깜짝 놀라 그 자리에 멈춰 섰다.

"허허. 이놈 아주 호되게 당했네. 대체 누구냐, 이 녀석을 이리 만든 게?"

사연강이 당황한 표정으로 자신을 바라보자 청년이 짐짓 눈을 부릅떴다.

"이놈아, 어른이 물으면 냉큼 대답을 해야지."

"당신은 누구십니까?"

오히려 되묻는 사연강을 못마땅한 눈빛으로 바라보던 청년이 손가락을 까닥여 그를 가까이 불렀다.

따악!

사연강이 다가서기 무섭게 냅다 머리통을 쥐어박은 청년이 한심하다는 듯이 그를 바라봤다.

"같은 도문에 몸담고 있는 녀석이 도포도 몰라봐?"

사연강은 그제야 청년이 입고 있는 것이 낡고 해진 도포임을 알아볼 수 있었다.

"혹시 화산파의……."

따악!

"크윽……."

아픈 머리를 문지르는 사연강을 향해 청년이 씩 웃으며 입을 열었다.

"내가 화산의 명헌이다."

그는 화산을 내려와 단리백을 찾아가던 명헌자였다.

하지만 그의 명호를 듣고도 사연강은 그가 누구인지 알 수가 없었다. 그도 그럴 것이 오래전 화산을 떠나 산으로 들로 떠돌던 그였기에 알려진 것이 그만큼 적었고, 강호 경험이 적은 사연강으로서는 그를 알아보는 게 무리였던 것이다.

사연강이 멀뚱히 자신을 바라보자 오히려 명헌자가 난처해졌다. 그러다 이내 자신의 무릎을 탁 치며 자신을 가리켰다.

"사람들이 나를 가리켜 무음매영(無音梅影)이라 하더구나."

"무음매영!"

사연강은 경악한 눈으로 눈앞의 청년을 바라보았다. 하지만 이내 짙은 의혹에 사로잡혔다.

검선과 더불어 화산의 전설로 일컬어지는 무음매영의 이야기는 그 역시 들어본 적이 있었다. 하지만 그의 나이는 이미 구십의 세수를 바라본다 하지 않았던가.

오랫동안 세상에 모습을 드러내지 않았기에 대부분의 사람들은 그가 이미 세상을 떠났다고 생각하고 있었다. 그런데 기껏해야 스물 정도로 보이는 청년이 자신을 무음매영이라

하니 사연강은 이를 선뜻 믿을 수 없었던 것이다.

"당신이 정말… 흡!"

입을 열기 무섭게 사연강이 황급히 말을 삼켰다.

짜증 섞인 명현자의 눈빛과 시선이 마주하는 순간 갑자기 숨이 턱 막히며 머릿속이 멍해졌다.

"어디 보자."

그제야 명현자는 연청운의 몸을 살피기 시작했다.

"허허. 천지일기공의 호신강기는 매우 독보적인데 이를 단숨에 깨뜨리고 이처럼 치명적인 일격을 가하다니…… 정말 대단하구나. 천지일기공이 십성에 이르지 않았다면 죽어도 한참 전에 죽었을 게야."

감탄인지 탄식인지 모를 말을 흘리며 연청운을 진맥하던 명현자가 가볍게 손가락을 튕겼다.

파곽!

"헉!"

두 가닥의 지풍이 연청운의 미심혈과 인중혈을 때리는 순간 사연강이 헛바람을 들이켰다. 그도 그럴 것이 두 혈도는 약간의 자극에도 목숨을 잃을 수 있는 치명적인 사혈이기 때문이다.

그런데 믿을 수 없게도 그 순간 혼절해 있던 연청운이 번쩍 눈을 떴다.

흐릿한 눈으로 주위를 둘러보던 연청운이 청년 도사를 발견하고 이채를 떠올렸다.

"당신은⋯⋯."

"입 다물어라. 잘못하면 그대로 황천행이다."

연청운이 힘겹게 입을 여는 순간 명현자가 그의 말을 자르며 연달아 지풍을 날리기 시작했다.

파파파팍!

명현자가 날린 지풍이 연청운의 전신을 두드릴 때마다 연청운은 경련을 일으키듯 신형이 펄쩍 튀어 올랐다.

옆에서 이를 지켜보고 있던 사연강은 긴장하여 숨조차 쉴 수 없었다.

"운기해라."

그 말과 함께 명현자가 손을 내밀어 연청운의 등에 손바닥을 갖다 대었다.

연청운이 좌정한 채 급히 눈을 감자 명현자가 그의 명문혈에 진기를 불어넣기 시작했다.

"⋯⋯!"

한순간 연청운의 미간이 꿈틀거렸다. 명문혈을 통해 쏟아져 들어오는 해일 같은 진기! 하지만 황급히 마음을 다잡고 천지일기공의 운용에 집중하기 시작했다.

그렇게 얼마나 시간이 지났을까.

"우웩!"

돌연 연청운이 시커먼 핏덩이를 왈칵 토해냈다.

천천히 눈을 뜬 그의 얼굴은 온통 식은땀으로 가득했다. 하지만 이전의 창백한 모습이 아닌 혈색이 은은한 본래의 모습으로 돌아와 있었다.

"네 제자가 너를 살렸다."

갑작스레 들려온 말에 연청운이 의아한 눈으로 사연강과 명현자를 바라봤다.

자신에게 하대를 하는 청년의 모습이 기가 막혔지만 그가 자신의 목숨을 구했기에 화를 내기도 난감한 상황.

이때 사연강이 조심스레 입을 열었다.

"사부님… 그분이 화산의 무음매영이시랍니다."

"뭣이?"

벌떡 일어나 명현자를 뚫어지게 바라보던 연청운이 돌연 껄껄 웃음을 터뜨렸다.

"하하하. 어느 곳의 기인이신 줄은 모르겠으나 순진한 아이를 속이시면 아니 되오. 왜 하필 무음매영이오? 차라리 검선이라 하시지?"

따악!

"헉!"

갑작스레 울려 퍼진 소리에 사연강이 헛바람을 들이켰다.

머리를 감싸 쥐고 주저앉은 사부의 모습은 둘째 치고 눈에 쌍심지를 켠 명현자의 모습이 눈에 들어왔기 때문이다.

"이놈이 기껏 살려났더니 한다는 소리가 뭐 어째?"

막 화를 내려던 연청운이 서슬 퍼런 명현자의 일갈에 급히
입을 다물었다.

눈앞의 청년을 살피던 연청운의 눈에 고색창연한 한 자루
검이 들어온 것도 그때였다.

"운형!"

청년의 허리에 비스듬히 매달린 한 자루 검. 그 손잡이엔
운형(雲形)이란 글자가 뚜렷이 새겨져 있었다. 당대 화산의 장
문인인 조일 도장의 월림(月臨), 그리고 우일태의 풍아와 함께
화산삼대보검으로 불리우는 명현자의 신물이 틀림없었다.

그러고 보니 청년의 얼굴이 어딘가 낯이 익었다.

"헛!"

연청운이 귀신을 본 것마냥 황급히 뒤로 물러섰다.

"어, 어떻게……."

조명 도장이나 조일 도장과 크게 다르지 않은 그의 반응에
명현자가 푸욱 한숨을 내쉬었다.

"알아, 알아. 더 이상 말하지 마. 누군 젊어지고 싶어 젊어
졌나?"

금붕어처럼 입만 뻐끔거리는 연청운의 모습에 사연강은
명현자가 말한 것이 사실임을 깨달았다.

믿기 힘든 사실이었지만 그는 반로환동을 거쳐 자신들의
눈앞에 서 있는 것이다.

"자, 이제 한번 털어놔 봐. 누구에게 이렇게 당한 것이냐?"

명현자의 질문에 연청운의 얼굴이 붉어졌다. 하지만 눈빛으로 재촉하는 명현자 앞에서 언제까지 침묵으로 일관할 순 없는 노릇.

　결국 연청운은 자신이 겪은 모든 이야기를 명현자에게 털어놓기 시작했다.

　연청운의 설명이 이어지는 내내 명현자의 얼굴엔 때론 감탄이, 때론 짙은 호기심이 아른거렸다. 하지만 중간에 나서서 말을 자르지 않고 그의 설명이 끝나기를 기다렸다가 입을 열었다.

　"한심한 놈. 구대문파의 장로라는 놈이 잘하는 짓이다. 삐뚤어진 제자를 바로잡아 주진 못할지언정 오히려 두둔해? 네 놈 사부가 들으면 지하에서도 땅을 치시겠다."

　명현자의 질책에 연청운은 고개를 들 수가 없었다.

　당시엔 분노가 앞서 생각지 못했으나, 죽을 고비를 넘기고 이성을 되찾고 나자 자신이 한 행동이 한없이 부끄러워졌던 것이다.

　무안해하는 사부의 모습이 안쓰러웠던지 사연강이 끼어들었다.

　"이러실 게 아니라 들어가셔서 차라도 한잔하시지요."

　연청운이 사연강을 향해 눈을 부라렸다. 무례하게 어른들의 대화에 끼어든 제자를 눈빛으로 질책하는 것이다.

　따악!

"크윽…… 선배님, 어째서……."

아픈 머리를 문지르며 연청운이 의아한 눈으로 명현자를 바라봤다.

이에 명현자가 사연강을 가까이 불러 가볍게 어깨를 두드렸다.

"말했지? 네 제자가 너를 살렸다고. 이 아이가 내 대신 지불해 준 숙박비가 네 치료비다. 그리고 행여 이 아이가 나의 겉모습만 보고 무례하게 행동했다면 나는 결코 너를 도와주지 않았을 것이다. 칭찬은 못해줄망정 꾸짖기나 하다니. 그래서 자문이가 그 꼴이 된 것이다. 사부에게 뭐 배울 것이 있어야지."

꿀 먹은 벙어리가 된 연청운을 뒤로하고 명현자가 사연강을 바라봤다.

"이름이 뭐냐?"

"사연강입니다."

"나중에 시간 나면 화산에 한번 놀러 와라."

"예?"

의아한 얼굴로 반문하는 사연강의 모습에 연청운이 답답한 표정을 지었다. 눈치없는 제자가 자신에게 닿은 기연을 알아보지 못하는 것이다.

"냉큼 대답하지 않고 뭐 하는 것이냐?"

"네! 넵!"

따악.

황급히 대답한 사연강을 대신해 연청운의 머리에선 다시 한 번 불이 났다.

"일단 방으로 가자."

계단을 오르는 명현자의 뒤를 연청운과 사연강이 따랐다.

방에 들어가 자리를 잡기 무섭게 명현자가 입을 열었다.

"그래, 이제 어떡할 생각이냐?"

난데없는 질문에 연청운이 난처한 표정을 지었다. 하지만 이내 질문의 의미를 깨닫고 한숨을 흘렸다.

"모르겠습니다."

명현자가 입을 열었다.

"여기서 그만 미련을 접어라. 네가 죽었다 깨어나도 그는 네 상대가 되지 못한다. 만약 네가 청성 문하를 이끌고 그를 친다고 한다면……."

잠시 말끝을 흐리던 명현자가 단호한 음성으로 말을 이었다.

"그땐 정말 대형사고가 터진다."

"대형사고라면……."

"청성이 쑥대밭이 되어도 좋단 말이냐?"

"……!"

"어차피 명분없는 싸움이었다. 이 정도로 끝난 게 다행인 줄 알아."

"하지만……."

연청운이 입을 열려던 찰나 명현자가 그의 말을 자르며 입을 열었다.

"사형도 그에게 졌다. 그런데도 나는 본 파의 녀석들에게 결코 나서지 말라 일렀다. 왜 그랬겠느냐?"

연청운과 사연강의 눈이 더없이 크게 홉떠졌다.

명현자의 사형이라면 당대 최고 고수인 검선 우일태밖에 없었다. 당금 무림의 전설이라 불리우는 그가 촉산혈성에게 졌다니! 그야말로 엄청난 충격이 아닐 수 없었다.

이에 상관없이 명현자가 말을 이어갔다.

"그 진위야 나도 정확히 알 수 없지. 그래서 그를 만나러 가던 중이다. 내 성격 알지? 네가 중도에 끼어들어 흙탕물을 끼얹었다면 나는 무척 화가 날 거야."

"…알겠습니다."

이때 방문이 벌컥 열리며 누군가가 들어서자 연청운이 벌떡 일어났다.

"사부님, 그는 이 객점의 주인입니다."

사연강이 재빨리 설명했으나 연청운은 날카로운 눈빛으로 털보사내를 뚫어져라 노려보고 있었다.

"방금 전 한 이야기를 들었는가?"

연청운의 질문에 뻘쭘한 표정으로 다기를 들고 있던 중년인은 고개를 가로저었다.

"못 들었는뎁쇼."

"왜 허락없이 들어왔나?"

"차를 올리려고……."

말없이 객점 주인을 노려보던 연청운이 품속에서 작은 은 덩이 하나를 꺼내 들었다.

"거기 놓고 나가게. 무슨 일이 있더라도 얼씬거리지 말게. 또다시 이 방 근처를 어슬렁거리면 경을 치게 될 것이야."

"예……."

은덩이를 받아 든 객점 주인이 고개를 끄덕였다.

옆에서 이를 지켜보던 명현자는 연청운의 행동이 내심 못 마땅했으나 딱히 꾸짖지는 않았다.

청성의 명예와 관련된 이상 섣불리 알려져 좋을 게 없었다.

언젠가는 소문이 나고 말겠지만 그건 나중의 일.

명현자가 잔을 들어 한 모금의 차를 삼켰다. 그리곤 표정을 달리하며 탄성을 터뜨렸다.

"허, 좋은 맛이로군. 이처럼 외진 객점에서 이와 같은 맛을 느낄 수 있으리라곤 기대하지 못했네."

그 말에 연청운과 사연강도 각각 자신 앞에 놓인 차를 한 모금씩 마셨다.

"서호용정이로군요!"

사연강의 탄성에 연청운도 의외란 듯이 찻잔을 바라봤다.

용정차 중에서도 가장 품질이 좋다는 서호에서 생산된 최 상급 차가 틀림없었다.

탁.

소리나게 찻잔을 내려놓은 연청운이 막 방을 나서던 객점 주인을 불러 세웠다.

"이걸 어디서 구했나?"

"소인이 차를 좋아하는지라 지인에게 부탁해 구했습죠."

"으음……."

연청운의 표정이 복잡해졌다.

서호에서 생산된 용정차, 그것도 최상품이라면 능히 같은 무게의 금과 견줄 만큼 비싼 물건이었다. 달랑 조그만 은덩이 하나로는 결코 맛볼 수 없는 차를 내올 만큼 성의를 보인 그에게 자신이 너무 함부로 대한 것 같아 약간은 미안해졌던 것이다.

"필요하면 부르십시오. 그럼……."

한차례 허리를 굽힌 객점 주인이 방 밖으로 나설 때였다.

"그런데 왜 그가 흑암보에 머물고 있는 것일까요? 촉산혈성은 웬만해선 세상에 모습을 보이지 않는다 들었는데……."

사연강의 질문에 연청운은 설레설레 고개를 흔들었다.

"내 어찌 알겠느냐? 하지만 산서에 뭔가 심상치 않은 일이 벌어지고 있음은 틀림없다. 그렇지 않고서야……."

문득 입을 열던 연청운이 말끝을 흐렸다. 아직도 밖으로 나가지 않고 문 앞에 우뚝 서 있는 객점 주인을 발견했기 때문이다.

"언제까지 거기서 우리 말을 엿들을 셈인가? 썩 나가게!"

연청운이 한차례 호통을 질렀으나 객점 주인은 그 자리에 못 박힌 듯 꿈쩍도 하지 않고 있었다.

연청운과 사연강의 얼굴에 의아함이 떠올랐다.

반면, 객점 주인의 뒷모습을 바라보는 명현자의 얼굴에는 흥미로운 표정이 가득했다.

"방금 뭐라고 했지?"

연청운이 더욱 인상을 찌푸렸다.

질문의 내용 때문이 아니었다. 자신에게 질문을 한 사람은 다름 아닌 객점 주인이었던 것이다.

공손했던 말투는 어디 가고 그는 하대를 쓰고 있었다.

"이놈이!"

연청운이 노한 표정을 지으며 객점 주인을 향해 다가서는 순간이었다.

우드득!

갑자기 무시무시한 소리가 객점 주인의 전신에서 터져 나왔다. 그와 동시에 왜소하던 그의 몸이 팽팽하게 부풀어 오르기 시작했다.

찌익.

객점 주인의 옷이 찢어지며 그 사이로 꿈틀거리는 근육이 모습을 드러냈다. 그리고 꼽추처럼 굽어 있던 허리가 쪽 펴지더니 순식간에 키가 일 척이나 더 커졌다.

"……!"

순간적인 그의 변화에 연청운이 멈칫하며 걸음을 멈추었다.

그 순간 객점 주인이 천천히 돌아섰다.

"촉산혈성이라고 했나?"

"헉!"

객점 주인의 눈에서 폭사되는 섬전 같은 안광에 연청운은 헛바람을 들이켰다. 불과 일 장의 거리를 마주한 상태에서 그가 내뿜는 기파를 고스란히 뒤집어쓴 것이다.

반면 명현자는 '그럼 그렇지' 하는 표정으로 고개를 끄덕였다.

처음부터 여러 가지로 석연치 않은 점이 많았다.

이런 외진 곳에 객잔을 차리고 있다는 것부터가 그랬고, 비록 겉으론 드러내지 않았으나 객점 주인이 갈무리한 기파가 심상치 않았다. 더구나 대화를 나누는 와중이었다곤 하나 연청운 정도 되는 고수가 그가 다가오는 것도 알아채지 못했다.

열심히 자신을 숨기고는 있으나 은연중에 느껴지는 존재감.

그것이 명현자로 하여금 이 객잔에 머물게 한 이유 중 하나였다.

"자네는 누군가?"

명현자의 물음에 중년인의 시선이 그에게로 옮겨졌다.

그제야 연청운은 숨통이 트이는 것을 느꼈다.

"왁!"

연청운이 한 모금의 피를 토해냈다.

상대의 기파가 기맥으로 침투하여 그의 내부를 한차례 뒤흔들었던 것이다.

'내상이 낫자마자 다시 내상을 입다니……'

연청운은 부끄러워 죽고 싶은 심정이었다.

평소의 그였다면 이처럼 어이없이 당하지 않았을 것이다. 다만 단리백으로 인해 평정심을 잃고 있었고, 상대가 평범한 객점 주인이라 여긴 탓에 자신도 모르게 방심하여 이와 같은 결과를 가져왔다.

"흐흐. 어린놈이 영 말버릇이 없군."

중년인의 음성에 배어 있는 짙은 살기를 마주하고서도 명현자는 태연히 웃음을 머금었다.

쿵쿵.

명현자에게 다가선 중년인이 불쑥 손을 내밀어 그의 머리를 움켜쥐려 했다. 하지만 그의 손은 명현자의 머리에서 불과 한 치의 거리를 남겨둔 채 멈춰 섰다.

연청운과 사연강은 의아함을 금할 수 없었다. 금방이라도 명현자를 때려죽일 듯한 살기를 뿜어내던 중년인이 어째서 손을 멈췄는지 알 수 없었기 때문이다.

반면 중년인의 눈은 짙은 의혹을 담고 있었다.

조금 전만 해도 아무런 기운도 느껴지지 않았다. 그런데 막 손을 대려던 찰나 전신이 서걱서걱 잘려 나갈 것만 같은 살벌한 예기가 청년에게서 뿜어져 나오고 있었다.

"넌 누구냐?"

중년인의 질문에 명현자의 입가에 맺혀 있던 웃음이 짙어졌다.

"명헌이라 하네. 화산에 적을 두고 있지."

"무음매영?"

이번엔 명현자가 놀랐다.

연청운조차 처음엔 자신을 몰라봤다. 그런데 눈앞의 중년인은 자신의 이름만 듣고 별호를 알아낸 것이다.

"바로 맞췄네. 내가 바로 무음매영일세."

중년인은 잠시 뚫어져라 명현자를 바라봤다. 그리곤 이내 선선히 고개를 끄덕였다.

"그랬군. 무음매영이 아니라면 이 정도 검기를 지닐 수 없겠지."

중년인의 말에 연청운과 사연강이 의아한 표정을 지었다. 난데없이 검기 운운하는 중년인의 말을 이해할 수 없었던 것이다. 하지만 이는 당연했다.

고수는 고수를 알아보는 법.

명현자는 제한적으로 기파를 개방해 자신의 존재감을 알렸고, 이는 워낙 흐릿하여 중년인만이 알아챌 수 있었다.

천천히 손을 거둔 중년인이 명현자와 시선을 마주했다.

"척대명이요."

"불호신투?"

명현자의 반문에 자신을 척대명이라 밝힌 사내가 와락 얼굴을 찡그렸다.

"신투! 앞의 두 글자는 빼시오."

"……!"

두 사람의 대화를 듣고 있던 연청운과 사연강의 얼굴이 딱딱하게 굳어졌다.

마음만 먹으면 훔치지 못할 것이 없다는 사내. 비록 사람들은 강도라 부르며 비아냥거리지만 그 자신은 신투라 우기는 이상한 사람.

당금 십대고수에 당당히 이름을 올리고 있는 사괴 중 한 명이 바로 그였던 것이다.

이때 척대명이 고개를 돌려 연청운을 노려봤다.

"그자를 어디에서 봤지?"

"산서에서……."

경각심을 복돋운 연청운은 이미 그의 살기에 대비를 하고 있었다. 하지만 무위가 낮은 사연강은 그가 뿜어내는 살벌한 눈빛에 질려 그만 자신이 아는 바를 실토하고 말았다.

"산서라……."

비장한 표정으로 읊조리는 척대명을 향해 명현자가 질문을 던졌다.

"그에게 용무가 있나?"

"알 것 없소."

"아니, 알아야만 하겠네. 나도 그에게 볼일이 있거든."

휙!

척대명이 무시무시한 눈빛으로 명현자를 노려봤다.

"내가 먼저 그를 만나야 하오."

"어째선가?"

"십 년 동안 이때만을 기다렸기 때문이오."

"혹, 자네가 이처럼 인적없는 산속에 은거하고 있는 이유와도 관련이 있는가?"

순간 척대명의 눈에서 새파란 불꽃이 튀어 올랐다. 하지만 명현자는 담담한 미소를 머금은 채 대답을 기다릴 뿐이었다.

이윽고 척대명이 말없이 고개를 끄덕였다. 그리곤 신형을 돌리더니 쿵쿵거리며 계단을 내려갔다.

잠시 후.

우지끈!

뭔가가 부서지는 소리와 함께 객잔이 한차례 휘청이더니 점차 한쪽으로 기울어지기 시작했다.

"아무래도 오늘 밤은 이슬 피하기 힘들게 생겼군."

나직한 탄식을 흘리며 명현자가 밖으로 나섰다.

연청운과 사연강 역시 그 뒤를 따라 걸음을 옮겼다. 계단을 내려서는 순간 그들은 객점을 떠받치고 있던 중앙의 기둥이 산산조각나 있는 것을 발견할 수 있었다. 그리고 부서진 기둥 안에서 커다란 방천화극(方天火戟)을 집어 드는 척대명의 모습이 보였다.

"산서에서 보세."

빙그레 미소를 지으며 건넨 명현자의 말에 척대명은 대꾸
조차 없이 객점 밖으로 나섰다.

퐈지직!

그 순간 요란한 소리를 내며 객점이 무너지기 시작했다.

자욱한 먼지를 피워 올리며 무너진 객점의 잔해를 헤치며
명현자를 비롯한 연청운과 사연강이 걸어나왔다.

"우리도 이만 헤어지세. 내가 한 말 잊지 말게."

그 말을 남긴 명현자가 어둠 속으로 훌쩍 신형을 날렸다.

연청운과 사연강만이 마치 한여름밤의 꿈을 꾼 듯 멍하니
그 자리에 서서 쏟아지는 부슬비를 맞고 있을 뿐이었다.

*   *   *

어둠이 짙게 깔린 축시 무렵.

오롯한 산길을 오르는 사내가 있었다.

삼십대 중반이나 되었을까.

우뚝 솟은 코와 굳건한 입매, 매처럼 날카로운 눈빛이 인상
적인 사내였다. 단정한 이목구비만큼이나 시원한 이마를 지
닌 그의 얼굴은 전체적으로 강인한 인상을 주고 있었다.

유일한 흠이라면 오른쪽 눈가에서 시작되어 턱까지 이르

는 끔찍한 흉터였는데, 이 때문인지 그의 얼굴은 얼음장을 씌워놓은 듯 매우 냉막해 보였다.

짙은 청삼을 걸치고 훤칠한 키를 지닌 그가 한참을 걸어 당도한 곳은 대현사(大賢寺)라는 현판이 걸린 사찰이었다.

그가 문을 열고 안으로 들어서자 다섯 명의 사내가 기다리고 있었다는 듯 그를 향해 고개를 숙였다.

"수고하셨습니다, 대형(大兄)."

"오랜만이다, 흑승."

한차례 고개를 끄덕인 사내가 나머지 네 명을 둘러보다 인상을 찌푸렸다.

"두 사람이 보이지 않는군."

흑승이 한 걸음 앞으로 나서며 입을 열었다.

"일찍 보고를 하려 했으나 주위에 감시의 이목이 깔려 섣불리 움직일 수 없었습니다."

"하긴, 장님이 아닌 이상 의천맹의 너구리들도 뭔가 느꼈을 테지."

사내가 사찰 안으로 걸음을 옮기자 흑승이 그 뒤를 따르며 보고를 시작했다.

"예상치 못한 인물이 끼어들었습니다. 그자에게 호규와 대규가 당했습니다."

"호오?"

사내, 무간이 걸음을 멈추고 흥미로운 표정으로 흑승을 바라봤다.

"대규라면 몰라도 곽자문마저? 누군가, 그들을 죽인 자가."

"단리백이라는 자입니다."

"단리백? 들어보지 못한 이름이군."

"그는 당대의 촉산혈성입니다."

"촉산혈성? 그게 뭐지?"

"촉산혈성은 촉산혈문의 계승자로, 당금 정파무림의 십대
고수 중 한 명입니다."

"십대고수라…… 과연 호규가 당할 만하군."

선선히 고개를 끄덕이는 무간과 달리 흑승은 싸늘한 표정
으로 설명을 이어갔다.

"사실 그의 실력은 그리 대단한 것이 아니었습니다. 곽자
문과 거의 대등한 싸움을 벌였고, 비록 곽자문이 패하긴 했으
나 그 역시 치명적인 부상을 입었습니다. 그가 보인 무위는
다른 십대고수들에 비해 훨씬 밑돌고 있었습니다."

"자세히 말해봐."

흑승은 단리백에 대해 자세히 설명하기 시작했다.

그의 인상착의부터 시작해 곽자문과의 싸움, 그리고 대규
와 벌인 일전까지.

부상을 입은 단리백을 암살하려다 대규가 오히려 죽음을
당했다는 부분에서 무간은 잔뜩 인상을 찡그렸다.

"쯧쯧, 하여튼 정파 놈들이란…… 도움이 안 되는군."

혀를 차던 무간이 흑승을 바라보며 의미 모를 웃음을 머금었다.

"흑승."

"말씀하십시오."

"그가 붉은 장포를 입고 있었다 했나?"

"예."

"그 인물에 대해 더욱 깊이 조사해. 아무래도 마음에 걸리는군."

"예?"

"네가 판단한 만큼 그자는 만만한 상대가 아닐 거란 생각이 들어. 그처럼 만신창이의 몸으로 대규를 죽인 것도 그렇고…… 그가 무언가를 감추고 있다는 생각을 지울 수가 없군. 게다가……."

무간이 자신의 뺨에 난 흉터를 쓰다듬으며 말을 이었다.

"그자의 인상착의가 낯설지 않거든."

"알겠습니다."

무간이 다시 입을 열었다.

"흑점은 어찌 되었나?"

"조중원은 완전히 어둠 속에 숨어버렸습니다. 그리고 우리가 끌어들이려 했던 살황 역시 흑점에서 손을 뗐습니다."

"흐음……."

생각에 잠긴 듯 팔짱을 낀 무간의 모습에 흑승은 잔뜩 긴장한 채 이어질 그의 말을 기다렸다.

"모용가의 늙은이들은?"

"이미 본 교의 손에 놓여 있습니다."

"모용가는 잡았지만 흑점은 놓쳤단 말이군. 절반의 성과인가?"

무간이 고개를 들어 밤하늘을 바라봤다.

"흑승."

흑승이 막 대답을 하려던 찰나였다.

퍽!

"왁!"

입에서 한 사발이 넘는 핏덩이를 쏟아낸 흑승의 신형이 바닥에 주저앉았다.

"어째서 자네의 보고가 자꾸만 변명으로 들리는 것일까?"

"대형……."

"솔직히 실망했어, 자네들의 능력이 고작 이 정도밖에 되지 않는다니."

"죄송합니다."

"두 번 다시 나를 실망시키지 않았으면 하네. 나는 그리 너그러운 사람이 아니야."

"명심하겠습니다."

부러진 늑골이 폐부를 찔러와 숨을 쉬는 것조차 힘들었지만 흑승은 입가에서 흘러내리는 핏물도 닦지 않은 채 재빨리 대답했다.

"그럼 이제 더 이상 문제될 게 없겠군. 단리백이란 자가 그 정도 부상을 입은 상태라면 지금의 자네만으로도 충분할 테지."

"그게……."

잠시 망설이던 흑승이 난처한 듯 말끝을 흐렸다.

"내가 모르는 것이 또 있나?"

무간의 반문에 흑승이 한숨을 내쉬며 입을 열었다.

"그는 지금 멀쩡합니다."

"무슨 소리야? 곽자문과 대규에게 당해 다 죽어간다면서?"

"분명 그는 호규, 대규와의 연이은 싸움에서 죽음 직전까지 이르렀습니다. 하지만……."

흑승은 그날 밤 자신이 목격한 사실을 설명했다.

죽어가던 단리백을 살린 금빛 광채, 그리고 그 광채를 뿜어낸 사람이 다름 아닌 임소하란 사실도.

"천룡의 인!"

"아무래도 그런 것 같습니다."

잠시 얼떨떨한 표정을 짓고 있던 무간의 입꼬리가 천천히 치켜 올라갔다. 그리곤 이내 앙천광소를 터뜨리기 시작했다.

"하하하! 그랬군. 그런 거였어. 이제야 모든 것을 알겠다."

뚝.

웃음을 그친 무간의 얼굴에 짙은 살의가 넘실거렸다.

이를 마주한 흑승은 마음 깊은 곳에서 솟구치는 두려움을 느껴야만 했다.

자신이 아는 한 이처럼 두려운 사람은 세상에 없었다. 평생 동안 무공을 익히며 칼밭을 거닐어오길 삼십오 년. 평범한 무인들은 생각조차 할 수 없는 지옥을 경험했던 그조차 저런 무간의 표정을 볼 때마다 매번 한 자루 비수가 가슴을 파고드는 것 같은 섬뜩함을 경험하는 것이다.

"흑승, 움직일 때가 머지않았다. 흩어져 있는 팔대지옥 휘하 모든 소지옥에게 소집령을 내려라. 조만간 의천맹이 움직일 것이다. 그리고 그때가 본 교의 숙원이 이루어지는 때다."

"복명!"

부복한 흑승이 자리를 뜨자 무간이 잔인한 미소를 담고 자신의 뺨에 난 흉터를 쓰다듬었다.

"크크큭. 그토록 찾아 헤매던 두 사람을 이렇게 만나게 될 줄이야. 십육 년 만의 해후가 눈앞이군."

우우우웅.

그가 흘리는 가공할 살기에 바람마저 놀라 숨을 죽였다.

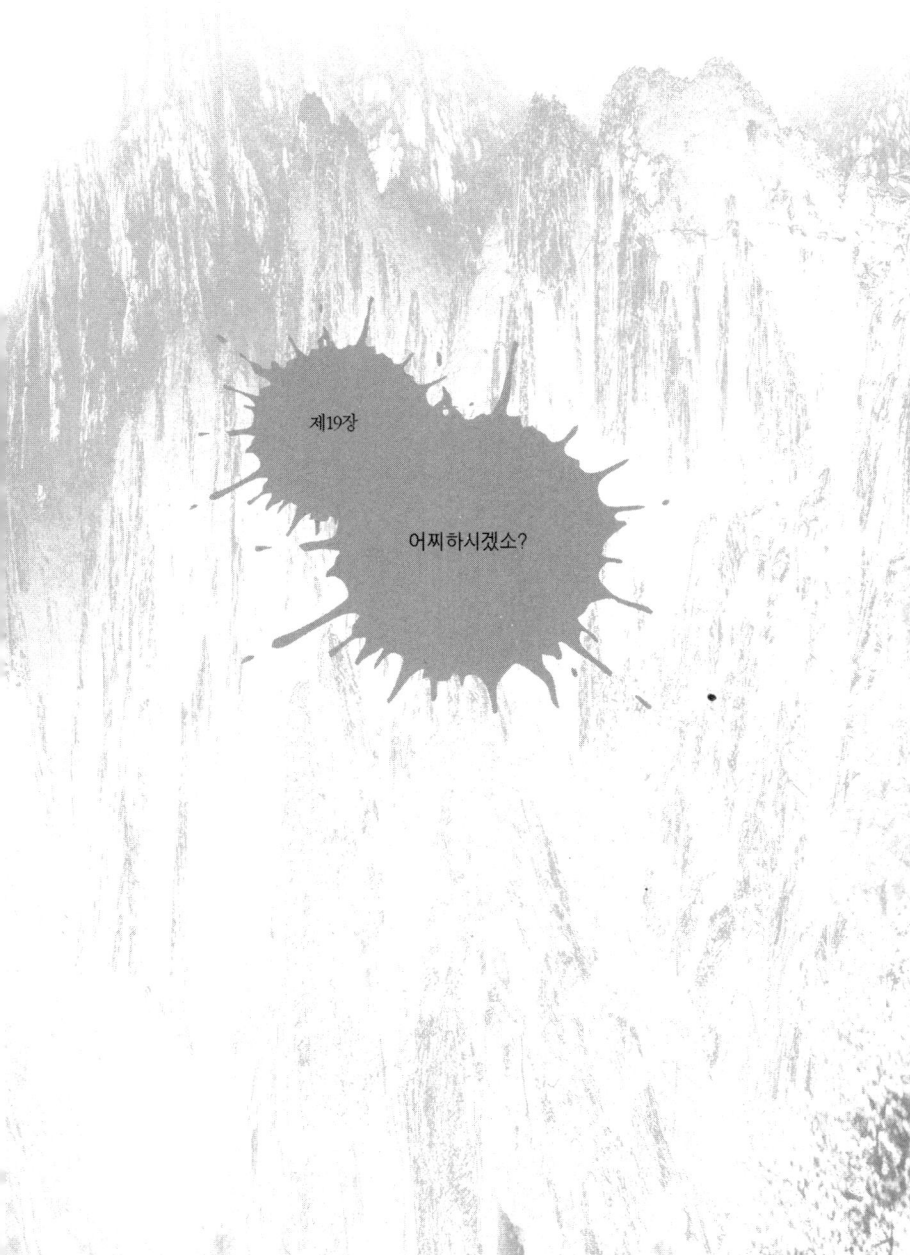

제19장

어찌하시겠소?

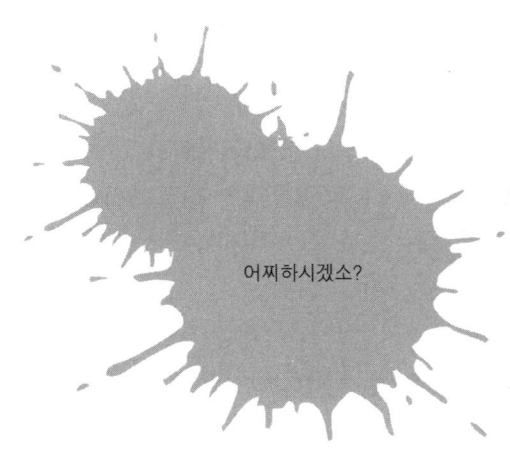

어찌하시겠소?

"멈춰라!"

푸르륵.

"어이쿠!"

갑작스런 제지에 놀란 말들이 투레를 쳤고, 그 바람에 수레가 몹시 흔들려 말을 몰던 노인이 그만 굴러 떨어지고 말았다.

"할아버지! 괜찮으세요?"

노인과 함께 나란히 앉아 있던 청년이 놀란 얼굴로 뛰어내렸다.

청년의 부축을 받으며 힘겹게 일어선 노인이 원망스런 눈빛으로 정문을 지키고 있던 위사를 바라봤다.

"그렇게 갑자기 멈춰 세우면 어떡하오?"

몹시 아팠는지 허리를 주무르는 그의 얼굴은 잔뜩 찌푸려져 있었다.

이에 상관없이 위사는 노인과 청년, 그리고 그들이 타고 있던 수레를 바라보며 피식 실소를 흘렸다.

혁련세가를 드나드는 인물은 크게 두 부류였고, 이를 구분하는 것은 매우 간단했다. 바로 정문으로 출입하는지 후문으로 출입하는지만 알면 되는 것이다.

혁련세가의 핏줄이거나 혁련세가에 초빙된 자들은 주로 정문을 통해 출입한다. 반면, 초대받지 않은 손님이나 생필품을 조달하는 상인들은 후문을 이용한다.

그런데 이들은 한눈에 봐도 정문으로 출입하는 자들이 아니었다. 게다가 혁련세가에 드나드는 인물이 지니는 통행패도 제시하지 않은 걸로 보아 이곳을 처음 찾는 뜨내기가 분명했다.

"무슨 일이야?"

뜻밖의 소란에 정문 안쪽에 도열해 있던 몇몇 위사들이 노인과 청년을 향해 다가섰다.

"정문으로 들어가려 하기에 제지했네."

꾀죄죄한 노인의 몰골을 위아래로 살피던 위사 한 명이 짜증 섞인 표정으로 엄포를 놓았다.

"여기가 어딘 줄 알고 함부로 기어드는 거냐. 어디 부러지기 전에 당장 꺼져라!"

한낱 위사 주제에 거드름을 피워대는 그들을 바라보는 노인의 눈에서 한순간 날카롭고 예리한 섬광이 번뜩였다. 하지만 이는 나타날 때보다 더욱 빨리 사라져 아무도 눈치 챈 이가 없었다.

오히려 최대한 불쌍해 보이는 얼굴로 위사들을 바라봤다.

"이곳은 혁련세가가 아니오?"

"그런데?"

"이곳에 용무가 있어 찾아왔습니다."

"용무?"

노인은 대답 대신 수레를 가리켰다.

수레로 다가서는 위사들의 표정에는 귀찮다는 표정이 역력했다.

"이게 무슨 냄새야?"

수레에 다가서기 무섭게 진동하는 악취에 위사들의 얼굴이 와락 일그러졌다. 하지만 수레를 덥고 있던 거적을 젖히는 순간 그들은 비명을 지르며 그대로 주저앉았다.

"억!"

"이… 이게 뭐야?"

그들의 경악 어린 표정을 바라보며 유장령은 내심 웃음을 머금었다. 하지만 겉으로는 겁먹은 노인의 얼굴을 연기하며 더듬더듬 입을 열었다.

"어떤 분이 이들을 혁련세가로 이송해 달라고······."

"이런 미친······.!"

위사들이 잡아먹을 듯이 유장령을 노려봤다.

수레에 실려 있는 것은 열 구의 시신이었다. 턱이 으스러져 얼굴을 알아볼 수 없는 시신도 있었으며 전신이 짓이겨져 도저히 사람이라 믿겨지지 않는 시신도 있었다. 심지어 머리가 송두리째 날아간 끔찍한 시신까지······.

굳어진 핏물 위에 고깃덩이처럼 아무렇게나 쌓여 있는 참혹한 시신들. 실로 모골이 송연한 광경이 아닐 수 없었다.

게다가 그동안의 여정으로 인해 시신은 이미 부패가 상당히 진행되어 있어 시체 썩는 냄새만으로도 머리가 어지러울 정도였다.

이때 시신들 가운데서 무언가를 발견한 위사 한 명이 소리를 질렀다.

"벼, 병공 어르신!"

위사들의 시선이 한곳으로 모아졌다.

다른 시신들과 달리 반듯한 자세로 수레 한쪽에 누워 있는 시신. 가슴 위로 포개진 손 위로 그의 성명병기였던 한 쌍의 금환정이 놓여 있었다.

채앵!

돌연 위사들이 검을 뽑아 들며 유장령과 유효명을 에워

쌌다.

"무슨 짓이오? 이들을 해친 것은 우리가 아니외다. 단지 돈을 받고 심부름을 했을 뿐……."

"닥쳐라!"

두려움에 질린 유장령의 음성을 자르며 위사 한 명이 다른 이에게 눈짓을 보냈다. 그와 동시에 위사 중 한 명이 미친 듯이 정문 안쪽으로 달려가기 시작했다.

그리고 일각쯤 지났을까.

정문 안쪽에서 두 명의 사내를 대동하고 한 사람이 모습을 드러냈다.

무척 우람한 체구의 사내였다.

전신에 붉은빛이 감도는 고동색 장포를 걸친 구레나룻의 중년인. 그는 혁련세가를 어깨에 짊어진 당대 가주 혁련걸이었다.

처음엔 주변에 진동하는 악취에 인상을 찡그리던 그였으나 이내 수레로 다가서 시신들을 자세히 살피기 시작했다.

"으음……."

나직이 신음을 흘리는 그의 얼굴에 실망인지 분노인지 모를 복잡한 감정이 떠올랐다.

흑암보를 치기 위해 보냈던 삼공과 그들에게 딸려 보낸 혈랑칠도수 전부가 싸늘한 시신이 되어 돌아왔기 때문이다.

병공 하운정만이 온전히 모습을 보전하고 있을 뿐, 그 외

인물들의 시신은 참혹하기 이를 데 없었다.

'종리청에게 그토록 호언장담했건만…….'

참으로 망신스러운 일이 아닐 수 없었다.

혁련걸이 시선을 돌려 시신들을 싣고 온 노인과 청년을 바라봤다.

번뜩이는 위사들의 검에 둘러싸여 벌벌 떨고 있는 그들을 유심히 바라보던 혁련걸이 입을 연 것은 근 일각의 시간이 지나고 나서였다.

"이들을 산서에서부터 운반해 왔나?"

"어, 어르신! 저희는 이분들을 해치지 않았습니다. 믿어주십시오!"

"묻는 말에만 대답해라."

싸늘한 혁련걸의 어조에 노인은 금방이라도 숨이 넘어갈 것처럼 부들부들 떨 뿐 아무런 말도 하지 못했다.

혁련걸이 위사들을 향해 입을 열었다.

"물러서라."

위사들이 검을 거두며 물러서자 혁련걸은 품속에서 말발굽 모양의 은덩이를 꺼내 노인 앞에 던졌다.

두려운 얼굴로 주위를 두리번거리던 노인이 조심스레 손을 뻗어 은덩이를 집어 들었다.

"이들은 보낸 것이 누구냐?"

혁련걸의 질문에 노인이 대답했다.

"저희는 단지 흑암보의 총관이 시키는 대로……."

"역시……."

고개를 끄덕인 혁련걸의 얼굴에 불쾌함이 잔뜩 묻어났다.

"치워라!"

그 말과 함께 혁련걸이 돌아섰다. 그러자 그를 따르던 두 명의 인물도 그 뒤를 따랐다.

이때 두 사람 중 반백의 머리를 지닌 매부리코의 중년인이 문득 걸음을 멈추었다. 그리고 고개를 돌려 유장령과 유효명을 칼날 같은 눈빛으로 유심히 살피기 시작했다. 하지만 이내 고개를 갸웃거리더니 다시금 혁련걸이 사라진 방향으로 걸음을 옮겼다.

그가 사라지자 유장령은 내심 가슴을 쓸어내렸다.

'저놈이 위대붕이군.'

허리에 감겨 있는 은빛 채찍은 그의 성명병기이자, 그에게 절정열편이란 명호를 얻게 해준 은룡편일 것이다.

'그렇다면 그 옆에 서 있던 다른 한 명이 이대빈객으로 불리우는 사도명일 테지.'

그들의 모습이 완전히 사라지자 유장령은 조심스레 신형을 일으켰다.

"저희들은 그럼 이만……."

주눅든 표정으로 뒷걸음질치는 그들을 위사 한 명이 불러 세웠다.

"어이."

"어이쿠, 저흰 아무런 죄도 없습니다. 그냥 보내주십시오."

유장령의 애원에 그를 불러 세운 위사가 쓴웃음을 머금었다.

"누가 잡아 가둔다던가? 수레를 끌고 안으로 들어와."

유장령은 내심 웃음을 머금었다.

혁련걸이 시신을 치우라 말했지만 위사들은 어느 누구도 선뜻 수레에 다가서지 못하고 있었다. 참혹한 건 둘째 치고 맡는 것만으로도 토악질할 것 같은 지독한 악취 때문이었다.

유장령과 유효명은 위사들의 안내에 따라 조용히 수레를 몰기 시작했다. 그리고 그런 유장령의 입가에 맺혀 있는 희미한 웃음을 발견한 이는 아무도 없었다.

어슴푸레 어둠이 깔리기 시작한 신시 무렵.

"너는 내당 쪽을 맡아라."

유장령의 지시에 유효명이 말없이 고개를 끄덕였다. 그리고 수레 밑에 숨겨두었던 복면과 야행의를 꺼내 입고 검을 들었다.

약간은 긴장한 듯한 유효명을 바라보며 유장령이 빙그레 미소를 머금었다.

"살막의 이름으로 된 오랜만의 청부다. 어련히 잘 알아서 하겠지만 혹 긴장하여 실수하는 일이 없도록 해라."

"알겠습니다."

그 말과 함께 유효명이 건물 그림자 속으로 스며들듯 사라졌다.

그제야 유장령도 가볍게 몸을 풀며 외당 쪽을 향해 신형을 날렸다.

숨죽이며 때를 기다리고 있던 그들이 드디어 움직인 것이다.

식사를 마치고 하루 일과를 정리하는 이때가 가장 경비가 느슨해진다는 것을 오랜 살수 경험으로 익히 아는 그들이었다.

아니나 다를까.

곳곳에 매복하고 있는 호위 무사들과 순찰을 도는 위사들의 얼굴은 한결같이 피곤에 절어 있었다.

더구나 살막 최고의 살수인 두 사람의 종적을 눈으로 좇을 만한 인물은 혁련세가 내에서도 두세 사람에 불과했다.

유장령이 초상비의 절정 경공을 펼쳐 근처의 숨어 있는 매복조를 향해 소리없이 다가섰다.

"컥!"

"크르륵!"

유장령의 손에서 차가운 칼날이 번뜩이자 매복해 있던 두 사람이 각각 목과 심장을 움켜쥐며 쓰러졌다.

단 일검에 두 사람의 목숨을 거둔 유장령이 싸늘한 눈빛으로 전방을 주시했다.

잠시 후 혁련걸의 첫째 아들이 이곳을 지날 것이다.

그는 혁련세가의 모든 경비를 총괄하는 업무를 맡고 있었고, 그가 직접 세가 내를 돌며 경비 상황을 점검하는 신시와 유시 사이가 그를 노리는 데 있어 가장 적기였다.

얼마나 시간이 흘렀을까.

멀지 않은 곳에서 들려오는 발자국 소리에 유장령이 눈빛이 반짝였다.

한 자루 도를 등에 멘 채 다가서는 인물.

삼십대 초반으로 보이는 사내의 얼굴은 눈매며 코가 혁련걸과 매우 닮아 있었다.

스윽.

유장령의 신형이 쓰러져 있는 시신 아래쪽으로 유령처럼 스며들었다.

자신을 기다리고 있는 살수의 존재를 알 리 없는 혁련수는 곧장 매복조가 운용된 곳을 향해 다가섰다.

'이놈들이?'

혁련수의 얼굴이 와락 일그러졌다. 이쯤 되면 의당 알아서 상황 보고를 해야 할 매복조가 조용했기 때문이다.

혁련수를 따르던 다섯 명의 호위 무사 중 한 명이 불편한 그의 심기를 눈치 채고 매복조 쪽으로 다가서려 했다. 하지만 혁련수는 손을 들어 그를 제지했다. 그리곤 홀로 수하들이 매복해 있는 곳을 향해 걸음을 옮겼다.

"네놈들이 정녕 죽고 싶은가 보구나. 근무 태만이 어떤 벌에 해당되는지 모른단 말이냐?"

싸늘한 일갈을 터뜨린 혁련수의 얼굴에 의아함이 떠올랐다.

자신의 호통에도 꿈쩍도 않는 수하들의 모습을 발견한 것이다.

'이건……!'

코끝에 아릿하게 떠도는 혈향! 그제야 혁련수는 상황이 심상치 않음을 깨달았다.

"누가…… 컥!"

호위 무사들을 부르려던 그의 입에서 신음이 터져 나왔다.

혁련수는 천천히 고개를 숙여 자신의 가슴을 파고든 검신을 바라봤다.

검신을 타고 흐르는 붉은 핏물. 그것은 분명 자신의 피였다.

"너……."

시체들 속에서 신형을 일으키는 유장령을 발견한 혁련수가 두 눈을 부릅떴다. 하지만 유장령이 천천히 검을 비틀어 잡아 빼자 그의 얼굴은 금세 고통으로 물들었다.

혁련수의 가슴에서 검을 뽑아 든 유장령이 한쪽으로 비켜섰다.

쿵.

그 순간 자욱한 피보라를 뿜으며 혁련수의 신형이 썩은 고목처럼 쓰러졌다.

실로 눈 깜짝할 사이에 벌어진 일이라 혁련수를 따르던 호위 무사들은 당혹감을 금치 못했다. 그리고 유장령은 그들이 당황한 찰나의 순간을 놓치지 않았다.

타탁.

가볍게 벽을 밟고 일 장이나 도약한 유장령은 허공에서 몸을 뒤집어 담 위로 착지했다. 그리고 그대로 담을 타고 달리기 시작했다.

"소가주께서 당하셨다!"

등 뒤에서 멀어지는 호위 무사들의 고함 소리를 들으며 유장령은 씨익 웃음을 머금었다.

써컥!

뼈를 쪼개고 살을 가르는 섬뜩한 파육음.

혁련중은 자신의 가슴을 뚫고 나온 피 묻은 검신을 믿을 수 없다는 눈으로 바라봤다.

하지만 그도 잠시, 억지로 고개를 돌린 혁련중은 자신의 등 뒤에 무표정한 얼굴로 서 있는 유효명을 발견하고 빠드득 이를 갈았다.

"너 이놈…… 네가 무슨 짓을……."

그러나 혁련중은 말을 잇지 못했다.

유효명이 가볍게 손목을 뒤틀자, 그의 손에 들린 검이 한차
례 회전을 하며 혁련중의 심장을 갈가리 찢어버렸기 때문이
다.

"끄으으……."

헛바람 새는 듯한 단말마의 신음을 뒤로하고 유효명이 돌
아서는 순간,

삐익!

"침입자다!"

"소가주께서 당하셨다!"

날카로운 호각 소리와 함께 곳곳에서 경악성이 들려왔다.

'조부님께서 한발 빠르셨군.'

슬쩍 웃은 유효명은 힐끔 고개를 돌려 혁련중을 바라봤다.
그리고 무슨 생각에선지 곧바로 그곳을 벗어나지 않고 검에
묻은 피를 닦아내기 시작했다.

잠시 후 방 밖이 소란스러워지며 벌컥 방문이 열렸다.

"도련님, 괜찮으십니까?"

퍼억.

이때를 기다렸다는 듯 유효명은 발로 혁련중의 시신을 걷
어찼다.

갑자기 눈앞으로 시커먼 물체가 날아들자 방 안으로 들어
서던 무사들은 크게 대경실색하며 검을 휘둘렀다.

좌악!

방 안 가득 자욱한 피보라가 뿌려졌다.

뒤늦게 자신이 벤 사람이 혁련중이란 것을 깨달은 무사의 얼굴이 흙빛이 되었다.

그 순간을 놓치지 않고 유효명이 그들 사이로 파고들었다.

츠츠츳!

"으악!"

"커헉!"

혁련중의 죽음 앞에 넋을 놓고 있던 두 명의 호위 무사가 피를 뿌리며 쓰러졌고, 유효명의 신형은 그대로 한줄기 빛살처럼 정면을 향해 쏘아져 나갔다.

하지만 불과 십 장도 채 달아나기 전에 유효명은 거대한 장력의 회오리가 자신을 막아서는 것을 느끼고 급히 허리를 틀었다.

찌이익!

장력에 스친 옷자락이 길게 찢어지며 그대로 가루가 되었다.

'무서운 위력!'

예상을 훨씬 상회하는 장력의 위력에 유효명은 훌쩍 뒤로 물러서 자신을 공격한 사내를 바라봤다.

'혁련걸!'

유효명의 얼굴이 굳어졌다.

뜻밖에도 자신을 막아선 사람은 혁련세가의 가주인 혁련걸 본인이었던 것이다.

상대가 혁련걸임을 알아챈 순간 유효명은 품속에서 한 자루 비수를 꺼내 손바닥 아래 감췄다. 흑암보를 떠나기 전 단리백에게 건네받은 월광비였다. 그리고 혁련걸을 향해 검기를 날리는 것과 동시에 그가 도를 꺼내 들 틈을 주지 않고 있는 힘껏 비수를 뿌렸다.

쉬이이익!

"홍!"

날카로운 파공음과 함께 코앞으로 지쳐드는 비수를 발견한 혁련걸이 차갑게 코웃음을 쳤다.

파파팍!

유효명이 뿌린 검기는 혁련걸의 몸에 닿기도 전에 허공에서 파란 불꽃을 일으키며 흩어졌다. 몇 줄기 검기로는 이미 내공을 끌어올려 공격에 대비하고 있던 혁련걸의 호신강기를 뚫기엔 무리였던 것이다.

손을 뻗어 비수를 잡아채려 하던 혁련걸의 얼굴이 딱딱하게 굳어진 것도 거의 동시였다.

그가 익힌 천황신기(天皇神氣)는 웬만한 검기는 튕겨낼 만큼 강력한 호신강기를 자랑했다. 그런데 우윳빛 감도는 비수에 닿기 무섭게 그토록 자부하던 호신강기가 비단폭처럼 찢겨지며 날카로운 예기가 사혈을 향해 파고들었던 것이다.

퍽.

"크윽!"

간신히 몸을 틀어 치명상은 면했으나 그대로 어깨에 비수를 허용하고 말았다.

비틀거리며 네 걸음을 물러선 혁련걸이 어깨의 비수를 뽑았다.

그러나 정작 비수를 던진 유효명의 모습은 그 어디에서도 보이지 않았다. 비수를 던진 것과 동시에 어둠 속으로 숨어버린 것이다.

으드득.

부서져라 이를 가는 혁련걸의 눈에서 자욱한 살광이 일렁이기 시작했다.

"경계령을 발동해라! 쥐새끼 한 마리도 본 가를 빠져나가게 해선 안 된다!"

분노한 그의 고함 소리가 혁련세가를 쩌렁하게 울렸다.

콰직!

태사의 손잡이 부분을 움켜쥔 손가락 앞에선 단단하기로 유명한 자단목조차 견뎌내지 못했다.

푸스스.

가늘게 쪼개진 목피는 허공으로 튀어 오르기 무섭게 가루가 되어 흩날렸다. 제아무리 강철과 같은 견고함을 지닌 자단

목이라 할지라도 극성에 이른 천황신기의 압력을 견뎌내지 못한 것이다.

잠시 후, 태사의에 기대고 있던 혁련걸이 천천히 신형을 일으켰다. 그리고 걸음을 옮겨 눈앞의 시신들을 향해 다가서기 시작했다.

하얀 면포로 덮여 있는 시신 앞에 무릎 꿇은 혁련걸이 손을 뻗어 천천히 면포를 젖혔다.

"……!"

호목을 부릅뜬 혁련걸의 얼굴이 꿈틀거렸다.

"수야…… 중아…… 너희들이…… 어째서 너희들이 이렇게 누워 있는 것이냐?"

정신 나간 사람처럼 자식들의 이름을 중얼거리는 혁련걸의 눈빛이 격렬하게 흔들렸다. 동시에 그의 전신에서 피어오르는 자욱한 살기가 실내를 가득 메웠다.

질식할 것만 같은 살기 앞에 장내의 인물들은 마른침조차 제대로 삼킬 수 없었다. 다만 두려움 가득한 눈으로 혁련걸을 바라볼 뿐이었다.

이윽고 한참의 침묵 끝에 혁련걸이 입을 열었다.

"누구냐……."

상처 입은 짐승이 으르렁거리는 듯한 나직한 음성.

하나 평소 불같은 그의 성정을 익히 아는 수하들은 두려움에 질려 감히 대답조차 할 수 없었다.

스윽.

차가운 불이 뚝뚝 떨어지는 혁련걸의 눈빛이 시신들 뒤에 부복해 있는 수하들을 향했다.

"누구냐고 묻지 않았느냐!"

쩌엉!

혁련걸의 일갈에 실내의 벽면이 거미줄처럼 가라졌다. 그와 동시에 천장이 들썩이며 부서진 기와 조각과 흙먼지가 우수수 쏟아져 내렸다.

"왁!"

"우웩!"

부복해 있던 혁련세가의 무사들이 그대로 피를 토하며 앞으로 고꾸라졌다. 혁련걸의 음성에 실려 있던 강력한 진기가 내부를 진탕시켜 버린 것이다.

그 충격을 견디지 못한 두 명의 무사는 그대로 혼절해 버렸다.

가운데 부복해 있던 사내만이 간신히 입을 열었다.

"그들은…… 복면을 하고 있어…… 정체를 알 수가…….."

덥석.

혁련걸이 손을 뻗어 사내의 목줄기를 틀어잡더니 억지로 일으켜 세웠다.

"너희들은 그때 무얼 하고 있었느냐?"

"워낙 순식간에 벌어진 일이라…… 게다가 그들은 저희들이 당해내기엔 역부족이었습니다."

"누군지도 모른다. 막을 수도 없었다. 그것이 본 가의 안위를 책임지는 호위 무사가 할 말이더냐?"

"크윽! 현재 조사를 하고 있습니다. 곧 그들의 정체를……."

"무능한 놈들."

뚝!

혁련걸의 손에 힘이 들어가자 꾸역꾸역 피를 게워내는 와중에도 힘겹게 입을 열던 사내의 목이 힘없이 꺾어졌다.

털썩.

죽은 수하를 집어 던진 혁련걸은 그래도 분이 풀리지 않았는지 혼절한 나머지 두 사람을 향해 손을 휘둘렀다.

퍼석!

빠악!

그의 가벼운 손짓에 그들의 머리가 수박처럼 부서졌다.

바닥에 흩어진 뇌수와 시뻘건 핏물이 장내를 떠도는 음습한 살기와 더불어 더없이 살풍경한 모습을 자아냈다.

"으아악!"

갑자기 소리를 지르며 혁련걸이 미친 듯이 손을 휘두르기 시작했다.

콰앙!

콰콰콰쾅!

그의 손을 떠난 가공할 경력의 파도는 집기를 비롯한 실내의 모든 경물을 박살 냈다.

그때였다.

"가주."

자신을 부르는 음성에 혁련걸이 돌아섰다. 그리고 막 방 안으로 들어서는 두 명의 사내를 바라봤다.

반백의 머리카락과 날카로운 인상을 지닌 사십대 중년인과 갈색으로 그을린 얼굴과 잘 잡힌 근육이 인상적인 삼십대 중반의 사내였다.

살기에 젖어 번들거리는 혁련걸의 시선을 받고도 두 사람은 안색 하나 변하지 않았다.

"진정하시오, 가주."

"지금 나더러 진정하라 했소?"

노골적으로 살기를 흘리는 혁련걸의 모습에 위대붕이 인상을 찡그렸다. 하지만 그는 절정의 고수답게 차분히 말을 이어갔다.

"삼공의 시신을 운반해 왔던 두 사람의 모습이 보이지 않더구려."

"그럼……."

"두 사람이 출발한 곳이 어디요?"

"흑암보!"

눈을 부릅뜬 혁련걸이 위대붕을 향해 성큼성큼 다가섰다.

"그들이 흑암보에서 보낸 살수들이란 말이오?"

"아마도."

붉으락푸르락하는 혁련걸을 향해 위대붕이 말을 이어갔다.

"미안하오, 가주. 이와 같은 일을 사전에 막지 못한 내 잘못이 크오."

그 말에 혁련걸은 내심 고개를 끄덕였다. 하지만 겉으론 이를 드러내지 않았다.

거금을 들여 초빙한 고수였다. 삼공을 잃고, 혈랑칠도수마저 시신으로 돌아온 상황에서 그마저 잃는다면 손실이 너무 컸다. 더구나 따지고 보면 모든 원인은 촉산혈성의 존재를 너무나 가볍게 생각한 자신에게 있었다.

"그 두 사람을 들여보낸 위사들을 끌어내 참하라!"

"복명!"

두려움에 질려 벌벌 떨고 있던 수하들이 혁련걸의 말이 떨어지기 무섭게 달아나듯 자리를 떴다.

애꿎은 수하들에게 분풀이를 한 혁련걸이 위대붕을 향해 입을 열었다.

"어찌하시겠소?"

"뭘 말이오?"

혁련걸이 빠드득 이를 갈며 소리쳤다.

"노부는 촉산혈성이라는 이름을 흑암보와 함께 강호에서

지워 버릴 생각이오!"

"흐음……."

고심을 거듭하는 듯 생각에 잠겨 있던 위대붕이 고개를 돌려 자신과 함께 안으로 들어선 오종원을 바라봤다.

"자네 생각은 어떤가?"

'이놈이……!'

오종원의 눈에서 일순 불똥이 튀었다.

자신보다 나이가 어림에도 불구하고 매번 반말을 하는 위대붕의 작태에 분노가 치밀었다. 하지만 불만을 드러낼 수도 없었다.

비록 나이는 자신보다 어리다 하나 강호에서 차지하고 있는 그의 명성은 자신을 훨씬 앞서고 있었다. 게다가 아직은 그와 일 대 일로 싸워 승부를 장담할 수 없었다.

애써 표정을 관리하며 오종원이 입을 열었다.

"글쎄…… 그다지 내키진 않는군. 사파를 건드렸다가 자칫 그들이 오래전 맺었던 상호불가침의 약조를 들먹이기라도 하면 입장이 난처해지지 않겠는가?"

모호한 대답을 흘리며 몸을 사리는 그 모습에 혁련걸은 내심 어이가 없었다.

'밥값도 못하는 놈이 제 매형만 믿고 뻣대다니!'

하지만 이내 혁련걸의 뇌리를 스치고 지나는 묘안이 있었다.

혁련걸이 품속에서 우윳빛이 감도는 한 자루 비수를 꺼내 들었다.

"그들이 남기고 간 물건이오."

"그건?"

"노부의 호신강기를 찢고 어깨에 박혔소."

혁련걸의 말에 오종원의 눈빛이 반짝였다.

혁련걸의 무위는 그 또한 잘 알고 있었다. 그의 강력한 호신강기를 뚫고 그에게 부상을 입힐 만한 무기는 결코 흔한 것이 아니었다. 게다가 뚜렷한 특징을 지닌 비수의 모양은 그의 기억 속에 오직 한 가지밖에 없었다.

"월광비?"

오종원의 눈 속에서 어른거리는 탐욕의 눈빛을 혁련걸은 놓치지 않았다.

"월광비는 본래 여덟 자루. 분명 그들이 나머지를 지니고 있을 것이오. 만약 이번 일을 도와준다면 나머지 월광비를 회수해 당신에게 주겠소."

오종원은 기쁜 마음을 애써 감추며 월광비를 받아 들었다. 그리곤 위대붕을 힐끔거리며 생각을 정리하기 시작했다.

'내가 저자를 이길 수 없는 이유는 본신의 무공 때문이 아니다. 그가 지닌 은룡편의 위력. 하지만 나 역시 칠대기보 중 하나인 월광비를 지니게 된다면…….'

생각만 해도 전율이 흘렀다.

칠대기보 중 하나만 있어도 차기 십대고수로 거론되는 위대붕과 자웅을 겨룰 수 있다 생각하니 벌써부터 십대고수가 된 기분이었다. 하나 이를 내색하지 않고 애써 태연한 신색을 유지하기가 힘이 들었다.

"험험. 이번 일은 그리 내키지 않으나 그동안 가주께서 보인 성의를 어찌 무시할 수 있겠소. 이번 일, 가주와 동행하리다."

속이 빤히 보이는 그의 대답에 혁련걸과 위대붕은 내심 코웃음을 쳤다.

혁련걸이 위대붕을 바라봤다.

"어찌하시겠소?"

잠시 턱을 매만지며 생각에 잠겨 있던 위대붕이 천천히 고개를 끄덕였다.

"그렇지 않아도 촉산혈성의 실력이 궁금하던 참이었소."

결정을 내린 위대붕의 얼굴 위로 오연한 표정이 자리 잡았다.

사실 오래전부터 그의 자존심은 상할 대로 상해 있는 상태였다. 십대고수에 능히 들고도 남을 실력을 지니고서도 세간의 평가는 늘 자신의 기대에 어긋났다.

솔직히 말해 그 역시 십대고수 중 상위에 속한 일선이나 이제를 상대할 자신은 없었다. 하지만 그 아래 삼왕과 사괴라면 달랐다.

십대고수에 들 수 없다면 십대고수 중 한 명을 쓰러뜨려 그 자리에서 끌어내리면 되는 것이다. 게다가 자신은 혼자가 아닌 혁련세가라는 어마어마한 세력을 등에 업고 있었다.

좀처럼 행적을 알 수 없는 사괴와 달리 촉산혈성은 모습을 드러낸 상태. 권왕과 수왕 역시 자신이 건드리기엔 결코 무시 못할 세력의 비호를 받고 있거나 그 세력을 이끌고 있었다.

십대고수에 이름을 올릴 수 있는 절호의 기회였다.

"그전에 걸리는 점이 있소."

혁련걸이 의아한 눈으로 자신을 바라보자 위대붕이 말을 이어갔다.

"이번 일에 대해선 사전에 의천맹의 허락을 얻어야 하지 않겠소?"

"그건 염려할 것 없소이다. 총사인 종리청과 이미 모든 말을 끝냈소."

"그렇다면 정파와 사파 사이에 약조했던 상호불가침은 어찌할 생각이시오? 나중에 이로 인해 강호가 시끄러워진다면……."

"살인멸구(殺人滅口). 죽은 자는 말이 없는 법이오. 나는 흑암보의 기왓장은 물론, 주춧돌 하나조차 남겨두지 않을 것이오. 게다가 지금의 강호는 의천맹에 의해 움직이고 있소. 그리고 본 가는 의천맹의 다섯 기둥 중 하나. 감히 본 가에 책임을 따져 물을 수 있는 세력은 강호에 존재하지 않소."

위대붕이 천천히 고개를 끄덕였다.

혁련결의 호언장담은 가히 틀린 말이 아니었다.

'모처럼 재미있어지겠군.'

아무도 모르게 위대붕이 슬쩍 웃음을 머금었다.

생각하면 할수록 대담한 자였다. 당금 강호에 누가 있어 감히 혁련세가의 소가주들을 살해한단 말인가?

허리에 매어진 은빛 채찍을 매만지는 위대붕의 얼굴 뒤에는 날카로운 살기가 살얼음처럼 도사리고 있었다.

*　　　　*　　　　*

정원을 거닐던 임소하가 문득 걸음을 멈췄다.

바람에 실린 아련한 선율. 그것은 다름 아닌 단소 소리였다.

끊어질 듯 말 듯 희미하게 들려오는 음색은 듣는 이의 마음을 뒤흔드는 묘한 울림을 담고 있었다.

그녀가 아는 한 흑암보 내에 이처럼 악기를 연주할 만한 사람이 없었다.

호기심에 이끌린 임소하는 자신도 모르게 구슬픈 음색을 쫓아 걸음을 옮기고 있었다.

그렇게 얼마나 걸었을까.

시간이 흐를수록 단소 소리는 더욱 가까워지고 있었다.

정원과 후원을 가로지른 담을 따라 걸음을 옮기던 임소하가 멈춰 섰다. 눈을 감은 채 담 한 켠에 기대서 있는 한초설의 모습이 눈에 들어왔던 것이다.

　지난번의 일로 그녀와 마주하는 게 약간은 서먹했지만, 그렇다고 여기까지 와서 그냥 돌아가기엔 호기심이 너무 컸다.

　"거기서 뭐 하고 계세요?"

　깜짝 놀란 한초설이 소매를 들어 재빨리 눈가를 훔쳤다.

　당황스러운 표정이 역력한 그녀를 향해 임소하가 다가섰다.

　"이 곡…… 연주하는 사람이 누구죠?"

　"누구긴 누구겠어?"

　"예?"

　반문하는 임소하를 향해 한초설이 빙그레 미소를 지었다.

　"이처럼 칙칙한 곡을 연주할 사람이 네 의숙 말고 달리 누가 있겠니."

　"아!"

　단리백에게 이와 같은 취미가 있을 줄은 예상하지 못했기에 임소하의 놀라움은 매우 컸다. 하지만 이내 의아함이 들었다.

　"그런데 왜 거기 그렇게……."

　"지난번 그 인간에게 주사(酒邪)를 부렸거든."

　"주사요?"

"묻지 마. 지금 생각해도 창피하니까."

"그게 언젠데요?"

"내가 처음 여기 온 날."

임소하가 눈을 동그랗게 뜨며 반문했다.

"그렇다면 벌써 열흘이나 지났잖아요?"

한숨을 푹 내쉰 한초설이 멋쩍은 미소를 배어 물었다.

"그러게. 근데 저 인간이 만나자마자 무슨 말을 할지 무서워서 얼굴을 못 보겠어."

의외로 어린애 같은 구석이 있는 한초설의 모습에 임소하는 그녀가 몹시 귀엽게 느껴졌다.

"그거 알아?"

"네?"

뜬금없는 질문을 던진 한초설이 임소하를 향해 웃으며 입을 열었다.

"십칠 년 전쯤에 그를 처음 만났어."

오래된 기억을 더듬는 그녀의 눈빛이 깊게 가라앉았다.

"설산검문과 촉산혈문은 본래 그다지 친분이 없었어. 하지만 칠십여 년 전의 어떤 일을 계기로 두 사문은 유대관계가 깊어졌지. 어느 날 여행에서 돌아오신 사부님께서 촉산혈문의 차기 문주에 대해 칭찬을 늘어놓으시더군. 나는 기분이 나빠졌어. 평소 칭찬에 몹시 인색한 분이셨거든."

한초설은 계속해서 말을 이어갔다.

"하루가 지나고 이틀이 지나고…… 그렇게 닷새째가 되던 날 도저히 가만있을 수가 없어서 그를, 촉산혈문의 계승자를 만나러 갔지. 그때 처음 그의 단소 소리를 들었어."

"그래서요?"

"그때 그 단소 소리는 정말 지독했지. 마치 캄캄한 어둠 속에 갇힌 야수의 처절한 포효 같았거든. 끊어지기 직전의 실처럼 가차없이 가슴을 후벼 파는 선율. 차마 마지막까지 들어줄 수 없었지. 그리고 그를 만나보고 나서 깜짝 놀랐어."

"왜요?"

"그 암울한 선율, 그 자체 같은 녀석이었거든. 지옥 밑바닥의 나라 같은 눈빛을 해가지고선 나를 보자마자 대뜸 '죽고 싶나?' 이러더군. 단소 연주하는 걸 엿들은 게 무척 기분 나빴던 모양이야."

"의숙답군요."

"지금이야 이렇게 웃으며 이야기하지만 당시엔 정말 장난 아니었어. 적개심 가득한 눈빛으로 나를 잡아먹을 듯이 노려보는데…… 이러다 여기서 죽겠구나 싶더라고."

임소하가 더욱 한초설에게 가까이 다가섰다.

단리백의 과거 이야기는 좀처럼 들을 수 있는 것이 아니었다. 그래서 더욱 그에 관한 이야기를 듣고 싶었던 것이다.

"나중에 알게 된 건데 그는 세상도, 그 자신도 모두를 증오하고 있었어. 나는 언젠가 그가 스스로 미쳐 죽고 말 거라 생각했지. 그래서 언제부턴가 그가 가엾게 느껴졌어. 마음속에 그런 어둠을 키우고 있어서는 사는 게 꽤나 힘겨웠을 텐데…….”

쓸쓸한 표정으로 과거를 회상하던 한초설이 조용히 웃으며 임소하를 바라봤다.

“하지만 지금은 달라진 것 같네.”

의아해하는 임소하와 달리 한초설은 손을 들어 벽 너머를 가리켰다.

“정작 자신은 인정하고 싶지 않겠지만 확실히 그는 변했어, 그것도 아주 많이.”

“어떻게요?”

“얼마 전 그를 보고 깜짝 놀랐어. 왜인 줄 알아?”

임소하가 고개를 흔들자 한초설은 꽃 같은 미소를 지어 보였다.

“제법 인간미 넘치는 눈을 지니고 있었거든. 그는 아마도…….”

“거기까지만 해.”

갑작스레 들려온 단리백의 음성에 한초설이 깜짝 놀라 돌아봤다.

언제부터인지 그곳엔 단리백이 서 있었다.

이야기하는 데 정신이 팔려 알아채지 못했을 뿐 단소 소리는 오래전에 멈춰 있었다.

불쾌함이 묻어나는 그의 표정에 한초설은 어색한 미소를 지으며 자세를 바로잡았다.

"하핫. 오, 오랜만이야, 단리 오라버니."

단리백의 얼굴은 여전히 냉막했다.

"주사가 오래가는군."

순간 발끈하며 뭔가 입을 열려던 한초설이 이내 배시시 웃으며 고개를 끄덕였다.

"아, 그놈의 산서분주. 정말 독하네. 해장이나 하러 가야겠다."

단리백의 눈치를 살피며 돌아서던 한초설이 임소하의 머리를 쓰다듬었다.

"왜 이렇게 얼굴 보기가 힘들어? 그 예쁜 얼굴 자주 좀 보자구."

그 말을 끝으로 한초설은 달아나듯 빠른 걸음으로 사라졌다.

임소하를 바라보던 단리백이 질문을 던졌다.

"왜 그렇게 웃지?"

"아뇨, 두 분 사이가 참 좋구나 싶어서요."

"쓸데없는 소리."

단리백이 임소하에게 다가섰다. 그러자 임소하는 마치 불에 덴 것처럼 놀라며 한 걸음 물러섰다.

의아해하는 단리백과 달리 임소하는 달아나고 싶은 심정

이었다.

그날 이후 그녀는 열흘 동안 거의 방 안을 벗어나지 않았다. 자신도 모르게 사염천의 마음을 읽었을 때의 혼란스러운 기억의 단편들과 자신에게 마음을 읽힌 사염천의 표정이 잊혀지지가 않았다.

임소하는 다른 사람의 마음을 읽고 싶지 않았다. 하지만 그녀의 힘은 통제가 불가능했고, 스스로의 의지를 벗어나 있었다. 다른 이들이 자신의 힘을 알게 되었을 때 어떤 반응을 보일지 길게 생각해 보지 않아도 짐작할 수 있었다.

누가 자신의 생각을 들여다보는 사람과 가까이 있고 싶겠는가? 당장 자신만 하더라도 그런 사람을 피하려 들 것이다.

하지만 무엇보다 두려운 것은 단리백의 진심을 알게 되는 것이었다.

솔직히 그녀는 최근 단리백과 만나지 못하게 되면서 내심 한시름 놓고 있었다.

단리백을 의식한 나머지 전처럼 그를 대할 자신이 없었다. 그날 한초설과의 대화를 통해 단리백에 대한 자신의 감정을 확실히 확인하게 되면서 그의 얼굴을 도저히 마주할 수 없었던 것이다.

그런데 일련의 그의 행동들이 단순한 동정심 때문이었다면?

상상하는 것만으로도 두려움이 밀려왔다.

"미안해요."

임소하가 돌아서는 순간이었다.

턱.

단리백에게 손목을 잡힌 임소하가 놀란 눈으로 그를 바라봤다.

"놓아주세요."

차마 단리백과 시선을 마주할 수 없어 푹 고개를 숙인 임소하가 손을 빼려 했다. 하지만 그녀의 손목을 움켜쥔 단리백의 손은 마치 바위처럼 꼼짝도 하지 않았다.

"계속 그렇게 달아날 생각이냐?"

"……!"

"넌 내게 분명 강해지겠다 약속했다. 하지만 넌 여전히 눈앞에 닥친 현실을 두려워만 하는구나. 그때 한 말은 그냥 해본 소리였나?"

"놓으세요……."

"대답해라."

"놔요!"

고함을 지른 임소하가 단리백을 노려봤다.

"내 고통도 모르면서!"

"그래, 몰라. 하지만 이건 알지."

단리백이 한자한자 끊어 뱉듯 입을 열었다.

"누구나 마음속에 어둠을 지니고 있다. 어둠에 사로잡히지 않고 떨쳐 내는 데 필요한 건 오직 자신의 의지뿐이다."

아무런 말도 하지 못하고 고개를 숙이고 있는 임소하의 모습에 단리백은 나직이 한숨을 터뜨렸다.

"어쩔 수 없군."

부드러운 단리백의 음성에 임소하가 천천히 고개를 들었다.

묘하게 찡그려진 단리백의 얼굴. 하지만 그것이 그 나름대로 애써 미소를 지어 보인 것이란 걸 깨닫는 순간 임소하는 뜨거운 무언가가 가슴을 채우는 것을 느꼈다.

"어린애를 달래는 데 이 방법은 무리였나."

단리백이 번쩍 임소하를 안아 들었다.

"의, 의숙!"

당황하여 소리치는 임소하를 향해 단리백이 무뚝뚝하게 입을 열었다.

"발버둥치지 마라. 떨어진다."

단리백의 팔에 안긴 임소하의 얼굴 위로 더없이 붉은 노을이 내려앉았다.

얌전해진 그녀를 바라보던 단리백이 성큼성큼 걸음을 옮기기 시작했다.

그렇게 열 걸음을 옮겼을 무렵 단리백이 불쑥 입을 열었다.

"네가 먼저 손을 거두지 않는 한 난 너를 놓지 않겠다."

"……!"

단리백을 바라보는 임소하의 눈빛이 크게 흔들렸다. 그 한 마디로 인해 더는 어쩔 수 없을 만큼 단리백이 좋아져 버렸다.

"약았어요."

"뭐?"

단리백의 반문에 임소하는 대답 대신 손을 뻗어 단리백의 목을 끌어안았다.

"어떡하죠?"

단리백의 귀에 대고 임소하가 속삭였다.

"더는 어쩔 수 없을 정도로 의숙이 좋아져 버렸어요. 나…… 의숙을 좋아해도 되나요?"

"쓸데없는 소리."

그저 피식 웃고 마는 단리백의 모습에 임소하는 가슴 한구석을 찌르르 울리는 아픔을 맛보아야 했다. 하지만 속절없이 지배해 가는 이 가슴의 아픔을 뭐라 해야 할지 달리 생각이 나지 않았다.

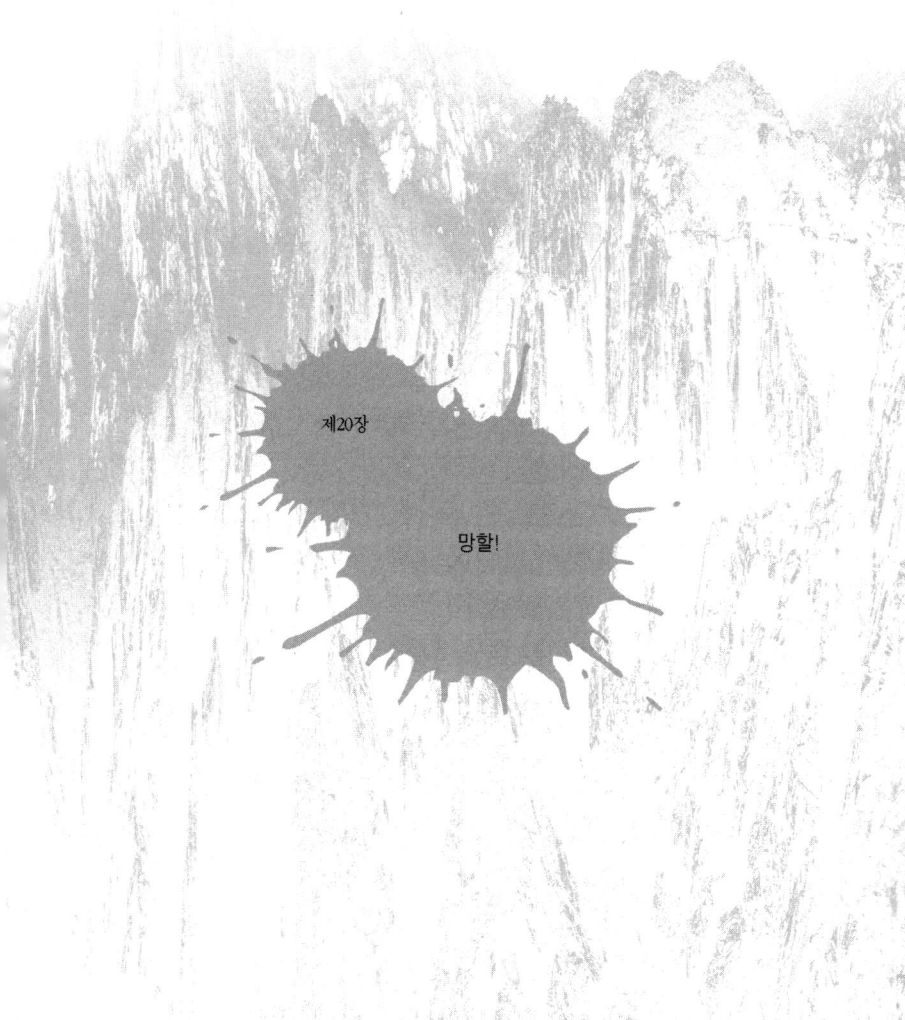

제20장

망할!

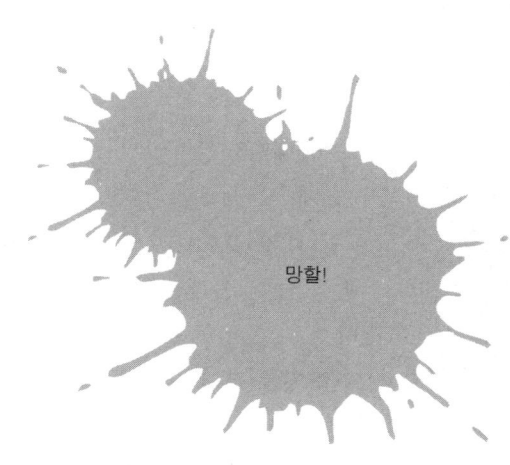

망할!

"손님이 오셨습니다."

"손님?"

산더미처럼 쌓여 있는 서류 더미를 뒤지던 노인이 손님의
방문을 알리며 들어선 총관을 의아한 눈으로 바라봤다.

"내가 업무를 보는 중임을 말했나?"

"분명히 전했습니다."

"그런데도 나를 만나자고 하던가?"

"예."

노인의 얼굴이 미미하게 찌푸렸다.

가장 바쁜 시간에 찾아온 손님이 달가울 리 없었다.

"누군데?"

"그게……."

"쉿! 내가 맞춰보지."

손을 들어 총관을 제지한 노인이 손가락으로 탁자를 두들겼다.

그러기를 잠시.

"종리청?"

총관이 고개를 끄덕이자 노인은 그럴 줄 알았다는 듯이 한숨을 내쉬었다.

자신의 업무 시간을 방해할 만큼 간 큰 자는 당금 무림에서도 그리 많지 않았다. 그중에서도 가장 반갑지 않은 손님이라면 종리청을 꼽을 수 있었는데, 총관의 마뜩찮은 표정에서 노인은 이를 정확히 읽어낸 것이다.

"들라 하게."

공손히 허리를 굽히며 총관이 물러가고 약간의 시간이 흘렀다.

주섬주섬 책상 위의 서류들을 정리하던 노인이 고개를 들자, 언제 들어왔는지 종리청이 웃음을 머금고 자신을 바라보고 있었다.

"공사가 다망할 터인데 직접 오시다니…… 오늘은 또 얼마를 뜯으러 본 장을 방문하신 겐가?"

"여전히 건강해 보이시니 다행입니다."

"자네 얼굴만 안 본다면 더욱 좋아질 텐데 말이지."

노인의 핀잔에 종리청은 무안한 표정으로 고개를 끄덕였다.

비록 무림인은 아니었으나 눈앞의 노인은 결코 얕잡아볼 수 있는 인물이 아니었다. 당금 무림의 상권을 한 손에 쥐고 흔드는 중원상단의 우두머리가 바로 그였기 때문이다.

재신(財神) 금대산.

열두 살 나이에 상계에 뛰어들어 열여덟에 시작한 운송업을 발판으로 불과 십 년 만에 상계의 무서운 거물로 성장한 인물이었다. 이후 인근의 표국과 상단들을 흡수해 어마어마한 기세로 세력을 확장하기 시작한 그는 오십 년이 지난 지금, 과거 진나라 시대의 거부였던 석숭에 버금갈 만큼 엄청난 부를 지니게 되었다. 오죽하면 그를 가리켜 재물의 신이라고 하겠는가.

마교와의 전쟁 이후 연이어 치른 사파와의 싸움. 이를 통해 의천맹이 입은 피해는 실로 헤아릴 수 없을 정도였다. 거기에 투입된 자금 또한 만만치 않았다.

결국 의천맹은 자금을 지원해 줄 상대를 물색하기 시작했고, 당금 상권의 정점을 차지한 금대산에게 제안을 하기에 이르렀다.

의천맹이 무력을 제공하는 대신 금대산은 의천맹을 운용하는 자금을 지원해 주는 것이 주 내용이었다.

상단이 지닌 힘만으로는 온갖 험한 일이 난무하는 강호에서 사업을 확장하는 데 한계를 절감하고 있었던 금대산은 이를 선뜻 수락했고, 이에 의천맹과 중원상단은 공생의 길을 걷게 되었다.

"오늘도 아쉬운 소리를 해야 할 것 같습니다."

"그게 어디 하루 이틀 이야긴가. 그래, 얼마가 필요한가?"

"제가 금 노야에게 청하고자 하는 건 돈이 아닙니다."

금대산의 얼굴에 의아함이 떠올랐다.

"그것 말고 자네들이 나에게 바랄 것이 있었던가?"

잠시 말없이 금대산을 바라보던 종리청이 나직이 한숨을 흘리더니 고개를 끄덕였다. 그리곤 전음으로 금대산을 향해 무언가를 설명하기 시작했다.

"으음……."

전음을 듣던 금대산이 침음성을 흘리며 인상을 찌푸렸다.

이윽고 금대산이 종리청을 향해 입을 열었다.

"어려운 부탁이구먼."

"알고 있습니다."

"그는 내가 마음대로 부리는 사람이 아닐세."

"그래서 이렇게 부탁을 하는 겁니다."

"알겠네. 일단 돌아가 있게나. 내 그에게 의중을 물어보지."

"감사합니다."

"그런데……."

고개를 숙이고 돌아서는 종리청을 금대산이 불러 세웠다.

"지난번 자네가 제안했던 산서 일대의 상권 말인데……."

종리청의 얼굴이 미미하게 흔들리는 것을 금대산은 놓치지 않았다.

"요새 희한한 풍문이 떠돌더구먼."

"어떤 말을 들으셨는지?"

"흑암보가 다시 일어섰다지?"

역시나 하는 얼굴로 종리청이 한숨을 내쉬었다.

"일이 약간 꼬였습니다."

종리청의 대답에 금대산이 미미하게 인상을 찌푸렸다.

"자네도 알다시피 나는 무림인이 아닐세. 이익을 쫓는 장사치일 뿐이야. 기약없는 약속을 믿고 언제까지 창고를 털어줄 수만은 없다네."

"걱정하지 마십시오. 약간 지체되긴 했으나 머지않아 산서에서 휘날리는 중원상단의 깃발을 보실 수 있을 겁니다."

"기억하게. 계약을 이행함에 있어 최선을 다하는 모습이 보이지 않는다면 나는 언제든지 손을 뗄 걸세."

종리청의 얼굴에 씁쓸한 웃음이 떠올랐다.

"그럼……."

종리청이 사라지자 금대산이 밖을 향해 입을 열었다.

"총관 있는가?"

총관이 서재에 들어서자 금대산이 물었다.

"그는 어디에 있나?"

"아가씨들과 식사를 하고 계십니다."

"나 좀 보자고 이르게."

"알겠습니다."

총관이 사라지고 얼마 지나지 않아 반듯한 인상을 지닌 청수한 차림의 중년인이 금대산의 서재로 들어섰다.

시원한 이마 아래 쭉 뻗은 짙은 검미, 서글서글한 눈매가 인상적인 사내였다.

"찾으셨습니까?"

"이리 앉게."

의자를 내민 금대산이 찻잔에 차를 채워 그에게 건넸다.

"좋군요. 보이차인가요?"

차를 음미하던 사내가 감탄성을 터뜨리자 금대산이 흐뭇한 표정으로 고개를 끄덕였다.

"운남(雲南) 서쌍판납(西雙版納)에서 생산된 것 중 올해 가장 뛰어난 걸세. 첫 잎을 딴 것이라 돈 좀 썼지. 좀 싸줄까?"

"괜찮습니다."

"아니, 가져가게. 자네에게 보이차 이야기를 들으면 틀림없이 예아가 날 들볶으러 올 게야. 미리 화근을 없애야지."

빙그레 웃는 사위의 모습에 금대산이 흡족한 표정을 지었다.

언제 보아도 든든한 사내였다.

상계에 몸담은 이후 온갖 추잡한 것을 보아오며 인간에 대한 불신이 뼛속 깊이 자리 잡은 그였다. 하지만 눈앞의 사내는 그가 진심으로 마음을 터놓는 몇 안 되는 사람 중 한 명이었다.

"이보게, 사위."

"말씀하십시오."

"지금 강호의 형국을 자넨 어찌 생각하는가?"

"글쎄요. 장원에만 머무는 제가 어찌 알겠습니까?"

조용히 웃으며 대답하는 그의 모습에 금대산은 나직이 한숨을 흘렸다.

"역시 그렇게 대답할 줄 알았어. 자넬 대할 때마다 느끼는 건데, 득도한 고승과 이야기를 나누는 느낌이야."

문득 씁쓸한 얼굴로 사내가 고개를 저었다.

"불가의 가르침이 버거워 속세로 도망쳐 온 저입니다. 고승이라니…… 가당치도 않습니다."

금대산의 눈에 일순 안타까운 빛이 흘렀다.

불문에 귀의한 지 얼마 되지 않은 새파란 승려. 하나 대정이라는 법호를 모르면 소림의 승려가 아니란 말이 나올 정도로 일찌감치 두각을 드러낼 만큼 뛰어난 학승이 바로 그였다.

비록 자신의 딸을 위해 가사를 벗었지만 아직도 불문에 미련을 남기고 있음을 그라 해서 모를 리 없었다. 그래서 그가 더욱 고마웠다.

"내 자네에게 부탁이 하나 있네."

"말씀하십시오."

"그전에 확실히 말해둘 게 있네."

잠시 말을 멈춘 금대산이 자신의 사위를 바라보며 다짐을 받았다.

"자네가 원치 않는다면 거절해도 무방하네. 억지로 나를 보아 허락할 필요는 없다는 말일세."

그제야 홍적문은 진지한 표정으로 금대산을 바라봤다.

그런 그를 향해 금대산이 입을 열었다.

"방금 전 의천맹의 총사가 다녀갔네. 나더러 자네를 빌려 달라 하더군."

"무엇 때문인지 물어봐도 되겠습니까?"

"산서에 머잖아 피바람이 불 모양이야. 자네를 통해 의천 맹의 피해를 조금이라도 줄여보고 싶겠지."

"산서 말입니까?"

홍적문의 표정이 일순 어두워졌다.

최근 의천맹과 장인 사이에 모종의 거래가 논의되고 있음은 알고 있었다. 하지만 막상 그 때문에 자신이 움직이는 것은 그다지 내키는 일이 아니었다.

"솔직히 말씀드려도 되겠습니까?"

금대산이 고개를 끄덕이자 홍적문이 무거운 얼굴로 입을

열었다.

"비록 스스로 원하지 않았다 하나 이미 씻지 못할 죄를 저지른 저입니다. 이 이상 손에 피를 묻히면 그 업보를 어찌 감당하겠습니까?"

"역시…… 무리겠지?"

"저 혼자의 안위를 위해서가 아닙니다. 홀로 감당할 수 있다면 능히 지옥에라도 뛰어들 것입니다. 하나 이는 훗날 장인어른에게나 안사람, 그리고 아이들에게까지 좋지 않은 영향을 끼칠 것입니다. 그리고 전 그것이 두렵습니다."

"자네 뜻은 알겠네. 의천맹엔 그리 전하지."

"죄송합니다."

"우리 사이에 죄송할 게 뭐 있나. 자자, 이것 가지고 가서 예아나 달래주게. 지난번 생일 선물이 마음에 들지 않았는지 이 아비에게 꽤나 서운했던 모양이야."

금대산이 보이차를 싼 종이 꾸러미를 내밀자 홍적문이 이를 받아 들었다.

공손히 고개를 숙이고 방을 나서는 그의 뒷모습을 바라보며 금대산이 슬쩍 웃음을 머금었다.

온순하고 부드러운 그의 성품을 겪어본 사람이라면 누구라도 그의 진정한 모습을 떠올릴 수 없을 것이다.

당금 십대고수에 당당히 이름을 올리고 있는 권왕. 그가 바로 홍적문이었던 것이다.

＊　　　　＊　　　　＊

"하아암."

늘어지게 기지개를 켜며 정원으로 나서던 호계상의 눈이 동그래졌다.

흑암보의 정문 밖을 **빽빽**하게 매운 수많은 인파.

"뭐, 뭐야, 저것들은?"

당황하여 주위를 둘러보던 호계상의 얼굴이 잔뜩 찌푸려졌다.

중인들의 시선을 받으며 거들먹거리는 위송령의 모습이 눈에 들어왔기 때문이다.

"뭐 하냐, 넌?"

"험."

낮게 헛기침을 토한 위송령이 대문 밖의 사람들에게 일부러 들으란 듯이 큰 소리로 호계상을 맞았다.

"해가 뜬 지 언제인데 이제 일어난단 말인가? 천하의 천면호리가 고작 술 몇 잔에 나가떨어지다니, 참으로 부끄러운 일이 아닐 수 없군."

"뭐 하자는 수작이야?"

연극 대사를 읊조리듯 **뻣뻣**하기 그지없는 위송령의 목소리에 호계상이 인상을 찡그렸다. 하지만 그와 달리 위송령의 말이 끝나자마자 사방에서 탄성이 터져 나왔다.

"천면호리! 천면호리 호계상이다!"

"오오! 저자가 바로 호계상이군!"

호계상이 주위를 둘러보니 담벼락 위로 비죽이 솟아올라온 머리통들이 나란히 도열해 있었다.

호계상이 지끈거리는 머리를 문지르며 위송령을 바라봤다.

"말해봐. 이게 대체 어찌 된 일이냐?"

목소리를 낮춰 위송령이 입을 열었다.

"글쎄, 나도 몰라. 아침에 일어나 밖에 나와 보니 벌써 이렇던걸?"

그리곤 또다시 잔뜩 거드름을 피우며 정원 이곳저곳을 거닐기 시작하는 위송령이다.

그 모습에 호계상은 나직이 한숨을 흘렸다.

'저놈 즐기고 있군.'

틀림없었다.

본래부터 위송령은 병적으로 중인들의 시선을 의식하곤 했다.

모처럼 촉산을 내려와 사람들에게 둘러싸이니 한껏 으스대고 싶어하는 것이 분명했다.

이때 몇몇 사람이 중인들을 헤치며 흑암보 안으로 들어섰다.

"니들은 또 뭐야?"

잔뜩 날이 서 있는 호계상의 음성에 사내들의 목이 움츠러들었다. 하지만 이내 살가운 미소를 머금고 호계상에게 다가섰다.

"백가준이오. 강호 동도들이 나를 가리켜 창천일검이라 부른다오."

호계상이 자신을 백가준이라 밝힌 사내를 바라봤다. 그 어디에서도 비범한 면은 찾아볼 수 없었다. 등에 한 자루 검을 매고는 있었으나 창천일검이라는 과분한 명호로 불리울 만한 구석도 없었다.

"창천…… 뭐?"

"창천일검……."

호계상이 피식 웃자 자신을 백가준이라 밝힌 사내가 무안한 듯 말끝을 흐렸다.

이때를 놓칠세라 대여섯 명의 인물이 앞 다투어 자신을 소개하기 시작했다.

"본인은 창원에서 무관을 책임지고 있는 하원종이오. 이렇게 호 대협을 뵙게 되어 영광이 아닐 수 없소."

"소생은……."

왁자지껄 떠들어대기 시작한 그들의 모습에 호계상이 신경질적으로 벅벅 머리를 긁었다.

"그래서? 본 보에는 무슨 일인데?"

호계상의 질문에 그들은 잠시 서로의 얼굴을 살피다 멋쩍은 표정을 지었다.

"본래의 위용을 되찾은 흑암보를 축하하고자⋯⋯."

"뭐, 우리가 도울 일이 있다면 한 팔 거들고자⋯⋯."

"본인의 웅지를 펼치기에 흑암보만한 곳이 없다고 판단하여⋯⋯."

그들의 말을 자르며 호계상이 반문했다.

"취직시켜 달라고?"

단도직입적인 그의 말에 그들의 얼굴은 떫은 감 씹은 표정이 되었다.

이에 호계상이 싸늘하게 눈빛을 빛내며 그들을 노려봤다.

"셋 셀 때까지 꺼지지 않으면 허락없이 본 보에 들어선 걸 아주 많이 후회하게 될 거야."

"그런⋯⋯."

"하나."

"잠깐만, 너무하는 것 아니오?"

"둘."

"책임자를 불러주시오. 우리는 흑암보주를 뵙고 싶소."

"셋."

"⋯⋯!"

호계상이 셋을 세는 순간 그들은 호계상이 천천히 혈영음도를 풀어 내리는 모습을 발견하고 사색이 되었다.

그리곤 누가 먼저랄 것도 없이 달아나 인파들 속에 묻혀 버렸다.

"아침부터 이게 웬 난리냐?"

마침 나타난 백무쌍과 사염천을 보며 호계상이 쓴웃음을 머금었다.

"저놈한테 물어봐."

고개를 돌린 사염천과 백무쌍의 표정 역시 처음 위송령을 발견한 호계상의 표정과 별반 다르지 않았다.

"하하하. 일어났나? 무쌍, 염천."

"갑자기 친한 척은 하고 난리야?"

"저리 가라. 술 냄새난다."

위송령과 달리 백무쌍과 사염천의 얼굴에는 짜증스러운 기색이 잔뜩 묻어났다.

"강호사사! 강호사사가 전부 모였다!"

누군가의 외침이 끝나기도 전에 대문 밖에 모여 있던 군중들이 술렁이기 시작했다.

"저들이 말로만 듣던?"

"오오! 드디어 그들이 은거를 깬 것인가!"

"산서에 한바탕 폭풍이 몰아치겠군!"

수많은 이들이 저마다 한마디씩 떠들어대자 그 소란은 이루 말로 표현할 수 없을 지경이었다.

"무슨 일입니까?"

어리둥절한 얼굴로 나타난 마운영과 송자필을 향해 호계상이 설레설레 고개를 흔들었다.

"몰라. 저놈들 좀 어떻게 해봐. 시끄러워 죽겠어."

눈치 빠른 송자필은 대충 상황을 짐작할 수 있었다.

그런데 인파들 가운데 누군가가 입을 열었다.

"엇? 저자는 기천문의……."

"연환쾌권(連環快拳) 마운영이다!"

"그럼 그 옆은 단월참도(斷月撕刀)!"

"기천문마저 흡수했단 말인가!"

"과연 소문이 사실이었군!"

호계상이 마운영과 송자필을 향해 피식 웃음을 흘렸다.

"그게 자네들 별호야?"

호계상의 질문에 마운영과 송자필의 얼굴이 벌겋게 달아올랐다.

흑암보에 머물고 있는 사람들 중에 자신들의 무공이 가장 뒤처졌다.

자신들의 입장도 모른 채 뭐 대단한 사람이라도 되는 것마냥 입방아를 찧어대는 사람들을 보고 있자니 부끄럽다 못해 쥐구멍에라도 숨고 싶은 심정이었다.

그 화는 애꿎은 군중들에게 쏟아졌다.

"당장 꺼지지 못해!"

버럭 고함을 지른 마운영이 중인들을 향해 성큼성큼 다가섰다.

살기등등한 그의 모습에 중인들이 움찔하며 뒤로 물러섰다.

"아휴…… 이게 무슨 일이래?"

어깨너머로 들려온 한초설의 음성을 듣는 순간 호계상은 한숨을 내쉬었다.

아니나 다를까.

"세상에, 저런 미인이!"

"오오오!"

"어디? 어디? 비켜! 나도 좀 보자!"

서로를 밀치다 넘어지는 사람은 말할 것도 없고, 사람들 사이에 몸이 끼어 비명을 지르는 자들도 속출했다.

그때였다.

"소란스럽군."

등 뒤에서 들려온 목소리에 고개를 돌린 강호사사의 얼굴에 난처함이 떠올랐다. 목소리의 주인은 다름 아닌 단리백이었던 것이다.

"촉산혈성이다!"

단리백이 나타나자마자 군중들 사이에서 지금까지와는 비교도 되지 않는 소요가 일어났다. 하지만 이도 잠시,

"꺼져!"

싸늘한 단리백의 음성에 장내는 쥐 죽은 듯이 고요해졌다.

216 촉산혈성

주위가 소란스러운 와중에도 그의 차디찬 음성은 똑똑히 들렸던 것이다.

단리백의 말이 떨어지기 무섭게 호계상을 비롯한 나머지 삼 인이 두 눈을 부라리며 중인들을 향해 다가갔다.

자칫 이로 인해 자신들이 경을 칠지도 모르는 일이었다.

자연 그들의 얼굴은 험악하게 일그러져 있었고, 그들이 흘리는 자욱한 살기와 위압감에 기가 질린 군중들은 순식간에 뿔뿔이 흩어지기 시작했다. 간 큰 몇몇 사람만이 담벼락 위로 고개를 내민 채 흑암보 안을 훔쳐보고 있을 뿐이었다.

"소하는?"

단리백의 말에 대답한 사람은 한 켠에서 아쉬운 표정으로 입맛을 다시고 있던 위송령이었다.

"아침 일찍 식당 쪽으로 향하는 것을 봤네."

"식당?"

호계상의 반문에 위송령이 고개를 끄덕였다.

"종령인지 일광인지 하는 그놈하고 한참 동안 투닥거리던 걸."

호계상이 혀를 차며 고개를 저었다.

"쯧쯧, 미련한 놈. 늑골이 석 대나 나가고도……."

눈으로 보지 않아도 상황을 능히 짐작할 수 있었다.

다친 심일광을 대신해 식사를 준비하려는 임소하와 이를 말리는 그의 모습이 눈앞에 그려졌다.

"어? 같이 가."

단리백을 쫓아 식당 쪽으로 향하는 한초설의 모습에 호계상이 일행들을 바라봤다.

"우리도 밥이나 먹자."

사염천을 비롯해 백무쌍과 위송령, 그리고 그 뒤를 송자필과 마운영이 따랐다.

"엇?"

식당에 들어서는 순간 호계상이 놀란 얼굴로 전면을 응시했다.

창가의 식탁에 자리 잡은 단리백과 한초설 때문이 아니었다. 언제 도착했는지 단리백의 옆 자리 식탁에는 유장령이 느긋한 표정으로 자신들을 기다리고 있었다.

"벌써 다녀오셨소?"

호계상의 질문에 고개를 끄덕인 유장령이 단리백을 향해 입을 열었다.

"의외로 싱거운 일이었어. 모르긴 몰라도 지금쯤 혁련걸은 바짝 독이 올라 있을 걸세."

"정말 그의 두 아들을?"

놀란 얼굴로 반문하는 호계상의 모습에 유장령이 묘한 웃음을 머금었다.

"누가 오대세가 아니랄까 봐 배웅 한번 요란하더군. 무려 십 리 밖까지 쫓아와 붙들고 늘어지는데…… 어찌나 집요한

지 뿌리치는 데 애를 먹었네."

'어련했을까.'

유장령은 농담을 던졌으나 호계상은 웃을 수 없었다.

혁련세가의 소가주 둘을 암살하고, 그들이 마음먹고 펼친 천라지망에서 유유히 빠져나올 수 있는 인물이 과연 몇이나 될까? 한데 이를 언급하는 눈앞의 노인은 마치 산책을 다녀온 것처럼 태연하기 그지없었다.

'저자도 괴물이야.'

설레설레 고개를 저은 호계상이 다른 강호사사 일행과 함께 식탁에 둘러앉았다.

그리고 잠시 후 임소하가 주방에서 요리를 들고 나왔다.

간단한 야채 볶음을 비롯해 양의 넓적다리를 얇게 저며 그 위에 죽순, 호박을 얹고 양념을 끼얹은 다음 솥에서 쪄낸 원롱옥(圓籠鈺), 배추 등 신선한 세 가지 채소와 기름에 튀긴 물고기를 함께 조리한 삼채어판(三菜魚板)까지. 거기에 몇 가지 반찬이 더해지자 그야말로 진수성찬이 아닐 수 없었다.

"이걸 다 네가 만든 것이냐?"

호계상의 질문에 임소하가 빙그레 웃으며 고개를 끄덕였다.

각자 음식을 집어 한 점씩 입으로 가져간 사람들이 저마다 감탄성을 터뜨렸다.

임소하가 내온 음식은 대부분이 산서 요리였다.

산서 요리는 다른 지방과 달리 무엇보다 재료 고유의 맛을 중시한다. 그래서 맛이 순수하고 뒷맛이 아주 좋은데, 이는 일반적인 재료를 사용하는 대신 다양한 조리법을 이용하여 뛰어난 요리를 만들어내는 산서 요리의 특징이었다.

"그래, 이 맛이야! 이런 맛을 느껴보고 싶었어. 아! 정말 설산을 내려온 보람이 있어."

처음 먹어보는 원룽옥의 맛에 반한 한초설이 감탄성과 함께 부지런히 젓가락을 움직였다.

이는 다른 이들도 크게 다르지 않아 저마다 앞에 놓인 음식을 먹느라 정신을 차리지 못하고 있었다. 특히나 사염천은 엄청난 먹성을 자랑하듯 다른 사람에 비해 족히 서너 배는 빠른 움직임으로 음식을 씹어 삼켰다.

오직 단리백만이 몇 가지 채소를 건드렸다가 말없이 일어섰을 뿐이다.

임소하가 걱정스러운 표정으로 단리백을 바라봤다.

"더 안 드세요?"

"그다지 입맛이 없군."

단리백을 향해 한초설이 핀잔을 던졌다.

"그거 알아? 음식 타박하는 남자는 매력이 없어. 입이 짧으면 여자한테 사랑받지 못한다구."

"……."

입 안 가득 음식을 우물거리는 한초설을 못마땅한 표정으로 바라보던 단리백이 신형을 돌려 걸음을 옮겼다.

그 순간 임소하가 재빨리 입을 열었다.

"지금 개수백채(開水白菜)를 만들고 있는 중이에요. 조금만 기다리시면……."

임소하의 말이 채 끝나기도 전에 단리백이 멈춰 섰다. 개수백채는 그가 좋아하는 몇 안 되는 요리 중 하나였던 것이다.

"얼마나 걸리지?"

"이제 끓기만 하면 돼요."

단리백이 의자를 끌어다 다시 앉자 한초설이 놀란 표정을 지으며 임소하를 바라봤다.

"굉장한걸! 천하의 단리백을 음식으로 굴복시키다니!"

"시끄러워."

"야수를 길들이는 방법이 반드시 채찍만은 아니었군."

단리백이 노려보든 말든 한초설은 하던 말을 마저 하고서야 다시 음식을 들기 시작했다.

"아! 건두부를 잊었어요. 잠시만 기다리세요. 금방 가져올게요."

황급히 식당을 나서는 임소하의 뒷모습을 바라보며 단리백은 희미하게 미소를 머금었다.

개수백채는 향긋하고 담백한 국물이 일품으로, 뜨거운 국물에 말린 두부를 넣었다 건지면 그 안에 국물이 배여 고소하고 쫄깃한 두부와 시원한 국물을 동시에 맛볼 수 있었다.

임소하가 나가고 얼마 지나지 않았을 때였다.

"단리배액!"

돌연 쩌렁한 고함 소리가 흑암보를 뒤흔들었다.

"엇!"

"이런 젠장!"

식사를 하던 강호사사의 입에서 저마다 욕설이 튀어나왔다. 웅혼한 내공이 실린 고함 소리에 건물 전체가 흔들리며 천장이 들썩이는 바람에 음식 위로 먼지가 우수수 쏟아졌던 것이다.

유장령이 단리백을 바라보며 입을 열었다.

"저들이 이처럼 빨리 움직일 줄은 몰랐군."

"혁련세가?"

호계상의 반문에 유장령이 고개를 끄덕였다.

"달리 누가 있을까."

호계상이 의외란 얼굴로 고개를 끄덕였다. 당금 강호에 이처럼 고함 소리로 건물을 뒤흔들 만큼 대단한 내공을 지닌 자는 흔치 않았다. 더구나 단리백과 원한을 지닌 자라면 지금 당장 혁련세가밖에 떠오르지 않았다. 하지만 그들이 이처럼 기민하게 움직였다는 것은 그로서도 예상 밖이었다.

이때 단리백이 미미하게 인상을 찌푸리며 자리에서 일어났다.

"들어본 음성이군."

단리백의 말에 유장령이 의아한 표정을 지었다.

"혁련걸을 알고 있나?"

"혁련걸이 아니야."

"그럼?"

단리백은 말없이 자리에서 일어나 식당 밖으로 향했다.

그 뒤를 따라 밖으로 나선 호계상의 눈이 휘둥그레졌다.

"엇? 저자는!"

작지도 크지도 않은 체구였으나 잘 잡힌 상체의 근육이 금방이라도 옷을 찢고 튀어나올 것만 같았다. 특히 한 자루 방천화극을 쥐고 있는 그의 팔은 웬만한 장정의 허벅지보다 훨씬 두꺼워 보는 것만으로도 위압적인 분위기를 풍기고 있었다.

게다가 장비를 연상시키는 덥수룩한 수염과 쭉 찢어진 눈에서 흘러나오는 안광은 패도적인 기운이 물씬 묻어나고 있었다.

"척대명……."

호계상이 신음을 흘리듯 사내의 이름을 읊조렸다.

"척대명?"

"저자가 불호신투라고?"

사염천과 위송령의 반문에 호계상은 말없이 손을 들어 척대명이 들고 있는 방천화극을 가리켰다.

방천화극은 창날 양쪽에 반월 모양의 칼날을 단 중병기로,

전장에서나 쓰일 법한 무기였다. 게다가 눈앞의 사내가 들고 있는 방천화극은 창신 전체가 쇠로 만들어져 있어 족히 칠십 근은 나갈 것 같았다.

중원에서 이와 같은 무기를 사용하는 이는 매우 드물었다. 육중한 무게도 무게였지만 자칫 관군의 눈에 띄일 우려가 있기에 소지하는 데 있어 여러 가지 제약이 뒤따르기 때문이다. 그리고 호계상이 아는 한 저처럼 무식한 방천화극을 무기로 쓰는 고수는 척대명이 유일했다.

"어째서 그가 흑암보에?"

영문을 몰라 의아해하는 중인들과 달리 단리백은 서늘한 눈빛을 흘리며 척대명을 향해 다가섰다.

"오랜만이군."

"십 년 하고도 정확히 두 달 보름 만이다."

눈썹을 꿈틀거리며 호목을 부릅뜨는 척대명의 모습에 단리백이 피식 웃음을 흘렸다.

"일일이 날짜나 계산하고 있었다니, 참 할 일도 없군."

"손님 없는 객점 지키고 있어봐라. 달리 할 일이 있나."

"객점?"

웬 뜬금없는 말이냐는 표정을 짓고 있는 단리백을 향해 척대명이 버럭 고함을 질렀다.

"잊었다고는 못하겠지! 그날 네놈이……."

무언가를 외치려던 척대명이 어리둥절한 얼굴로 자신을

바라보는 중인들의 모습에 황급히 말을 삼켰다.

뒤늦게 척대명이 한 말의 의미를 깨달은 단리백이 어이없는 얼굴로 실소했다.

"설마 그 말을 진심으로 생각한 건 아니겠지?"

"아니, 그 설마다!"

"멍청하기 짝이 없는 위인이로군."

그 말에 척대명의 이마에 핏대가 섰다.

"오냐. 그 멍청하기 짝이 없는 위인에게 한번 맞아봐라!"

말이 끝나기가 무섭게 척대명이 단리백을 향해 신형을 날렸다.

촤악!

드드드득!

거의 일 장에 달하는 방천화극이 허공을 찢자 그 뒤로 폭풍과 같은 경기를 동반한 먼지구름이 자욱하게 솟구쳤다.

쫘앙!

엄청난 충격음과 함께 칼날 같은 바람이 오 장 안의 공간을 집어삼켰다.

"……!"

이처럼 갑자기 척대명이 단리백을 공격할 줄 몰랐기에 중인들은 놀라움을 감추지 못했다. 하나 먼지가 걷히며 드러난 장내의 광경에 비하면 이는 아무것도 아니었다.

단리백의 발밑에는 깊은 고랑이 패어 있었다. 천하의 단리백이 무려 일 장 가까이 밀려난 것이다.

반면 척대명의 발밑으로는 깊은 족적 세 개만이 남겨져 있을 뿐이었다. 이 한 수의 격돌로 척대명이 우세를 점했음이 분명했다.

"십대고수에 이름을 올리고 있는 이유가 있었군."

유장령이 감탄성을 흘리자 강호사사를 비롯한 송자필과 마운영 역시 고개를 끄덕였다. 좀처럼 표정이 드러나지 않는 유효명조차 두 눈을 크게 뜨고 이 장의 거리를 두고 마주 서 있는 두 사람을 지켜볼 뿐이었다.

단리백의 얼굴에 싸늘한 살기가 자리 잡았다.

"죽고 싶나……."

"흐흐. 어디 죽여보려무나."

얼음 가루가 풀풀 날리는 듯한 단리백의 음성에 척대명이 이죽거리며 방천화극을 고쳐 잡았다.

단리백의 전신에서 서릿발 같은 기파가 흘러내리기 시작했다.

펄럭.

동시에 그의 핏빛 장포가 바람에 나부끼듯 펄럭이며 양 소매가 팽팽하게 부풀어 오르기 시작했다.

스스스스!

모래가 바스락거리는 듯한 미세한 소음.

순간 척대명의 눈에서 기광이 번뜩였다. 더없이 음유한 경력이 지척으로 접근해 오고 있음을 눈치 챈 것이다.

이미 십 년 전 단리백과 싸운 적이 있었던 척대명은 암경으로 인해 치러야만 했던 혹독한 결과를 똑똑히 기억하고 있었다.

"하압!"

기합성을 터뜨린 척대명이 방천화극을 뒤집어 땅을 찍었다.

쿠웅!

그가 칠십 근에 달하는 방천화극으로 대지를 내리찍자 그 충격으로 반경 일 장에 달하는 구덩이가 그의 주변을 둘러쌌다.

가가가각!

순간 척대명의 방천화극이 한차례 휘청이나 싶더니, 전면을 향하게 한 초승달 모양의 칼날에서 요란한 충격음이 터져 나오기 시작했다.

월아(月牙)라 불리우는 초승달 모양의 칼날에는 은은한 백색 서기가 맺혀 있었는데, 중인들은 그것이 검강이나 도강과 맥락을 같이하는 상승의 무공임을 알아볼 수 있었다.

찌익!

돌연 척대명의 장포가 갈가리 찢겨지며 철기둥을 연상케 하는 두꺼운 어깨와 팔이 드러났다.

"바보는 아니네."

뒤늦게 나타난 한초설의 음성에 중인들의 시선이 그녀에게 모아졌다.

한초설은 빙긋 웃으며 대답 대신 손을 들어 척대명을 가리켰다.

처음엔 구릿빛을 띠고 있던 그의 피부 위로 점차 늘어나기 시작한 생채기를 발견한 중인들은 그제야 상황을 짐작할 수 있었다.

척대명은 방천화극의 칼날에 강기를 맺어 노도처럼 들이닥친 암경을 찢은 다음 창대를 비스듬히 기울여 그 충격을 흘려내고 있는 것이었다. 이 때문에 창대를 타고 올라온 암경의 여력을 고스란히 어깨로 받아내야만 했고, 비록 현저히 위력이 줄어들었다고는 하나 이로 인해 칼날이 훑고 지나간 것처럼 피부에 생채기가 남는 것이었다.

"저런 미련한 방법을……."

설레설레 고개를 흔드는 호계상과 달리 한초설은 의미 모를 미소를 머금었다.

"과연 그럴까요?"

"……?"

중인들의 얼굴에 의아함이 떠올랐다.

단리백이 사용하는 암경의 위력을 한 번씩은 겪어본 그들이었기에 누구보다 그 무서움을 익히 알고 있었다.

더없이 음유하여 그 흐름조차 파악하기 힘들고, 끈끈하게

물고 늘어지는 집요함과 한순간 예리하게 돌변해 빈틈을 파고드는 경력의 날카로움은 예측할 수 없는 변화만큼이나 두려운 것이었다.

더구나 한 번 암경에 걸리고 나면 중첩되는 압력을 견디지 못해 손 한 번 제대로 써보지 못하고 당하기가 일쑤였다.

거리를 둬 피하면 모를까, 오히려 정면에서 암경과 맞부딪친 척대명의 모습은 마치 거미줄에 스스로 몸을 던진 투구벌레와 다를 바 없어 보였다. 제아무리 힘이 세다 한들 발버둥치면 칠수록 더욱 거미줄에 칭칭 감겨 먹잇감이 되고 마는 것이다.

이대로 암경을 막아낸다 해도 결국 내공을 전부 소진하는 순간 척대명은 쓰러지고 말리란 것이 한결같은 그들의 생각이었다.

그런데 한초설의 말은 그들의 예상을 뒤엎고 있었다.

모두가 숨죽인 가운데 한초설의 설명이 이어졌다.

"진기를 운용하는 방법에서 차이가 벌어질 뿐, 내공으로만 따지자면 척대명 역시 나나 오라버니에게 크게 밀리지 않아요. 한데 그는 약간의 부상을 감수하면서까지 최소한의 진기로 강기를 펼쳐 암경을 막고 있어요. 오히려 암경은 상당한 내력을 소모해야 하는 만큼 싸움이 길어질수록 오라버니가 불리하죠. 척대명은 지금 한순간의 기회를 노리고 있어요."

그녀의 말을 증명하듯 두 사람의 움직임에 변화가 보였다.

스윽.

단리백이 천천히 손을 들어올리자 그의 전신에서 붉은 서기가 아지랑이처럼 피어오르기 시작했다. 암경과는 다른 선명한 붉은 기운!

이는 점차 단리백의 어깨에서 시작돼 손끝으로 빠르게 움직이더니 점차 한곳으로 모아졌다.

피잉!

단리백이 손을 뿌리자 허공에 맺혀 있던 핏빛 서기가 격렬하게 꿈틀거리며 더욱 짙은 빛을 뿌리나 싶더니, 한순간 붉은 잔영을 남기며 척대명을 향해 격사되었다.

척대명의 눈에서 짙은 녹광(綠光)이 뿜어진 것도 그때였다.

마치 기다렸다는 듯이 척대명이 방천화극의 손잡이를 두 손으로 잡아당겼다.

쩌저적.

방천화극이 박혀 있던 대지가 거북이 등처럼 갈라지나 싶더니, 금방이라도 부러질 것처럼 창신이 크게 휘어졌다. 하나 휘어질 때보다 더욱 빠르게 방천화극의 칼날이 허공으로 솟구쳤다.

따앙!

귀청이 떨어질 것 같은 무거운 격중음!

부르르 떨리는 방천화극과 그 위로 부서지며 흩어지는 혈광이 모든 이의 주의를 끌어 모았다.

방금 작렬한 붉은 광채가 붉은 모래처럼 허공에 흩날리고 있었다.

한초설을 제외한 대부분의 사람들은 놀라움을 금할 수 없었다.

특히나 호계상은 경악을 넘어 불신 어린 표정으로 척대명을 바라보고 있었다.

검강을 다루던 연청운조차 팔성의 혈리탄 앞에 사색이 되었다. 그리고 이를 가까스로 튕겨내고도 삼 장이나 밀려나지 않았던가. 그것도 단리백이 완전히 무공을 회복하지 못한 상태에서 그와 같은 결과를 낳았다.

그런데 척대명은 이미 완벽하게 무공을 되찾은 단리백의 혈리탄을 완전히 와해시켜 버린 것이다.

그럼에도 불구하고 척대명은 어깨에 약간의 생채기만 난 것을 제외하면 거의 아무런 충격도 받지 않은 것 같았다.

오히려 짙은 녹광을 뿌리며 단리백을 향해 달려드는 그의 모습은 오랜 세월 무공을 익혀온 호계상조차 입이 쩍 벌어질 만큼 놀라웠다.

"치잇!"

이는 단리백조차 의외였던 듯, 미간을 찌푸리는 그의 얼굴에 약간의 당혹감이 스쳐 갔다.

두 사람의 거리는 어느새 일 장 정도로 좁혀져 있었다.

단리백은 잔뜩 암경을 끌어올렸다. 그리고 척대명의 방천화극의 공격권에 들어서는 순간 일제히 암경을 격발했다.

짜자자작!

한차례 대기가 요동치나 싶더니 요란한 파공음과 함께 날카롭기 이를 데 없는 암경의 칼날이 허공을 찢었다.

두 사람의 싸움을 지켜보던 유효명의 눈빛이 차갑게 빛난 것도 그때였다. 예전 단리백과의 일전에서 그 일격에 전신을 난도질당할 뻔했던 기억을 떠올린 것이다.

암도경(暗刀勁)이라 불리우는 그 수법 앞에는 호신강기도 소용없었다. 음유하게 호신강기 안으로 파고들어 지척에 이르는 순간 수십 자루의 칼날로 돌변하는 것이다.

눈에 보이지도 않고 어디에서 날아드는지도 모르는 경기의 칼날! 그것이 암도경의 가장 무서운 점이었다.

유효명은 척대명이 금방이라도 전신에서 피를 뿜으며 쓰러질 것이라 믿어 의심치 않았다.

콰콰콰쾅!

지축을 울리는 폭음과 함께 자욱한 흙먼지가 장내를 뒤덮었다.

"끝났군."

호계상의 음성이 채 끝나기도 전에 유장령이 눈을 부릅뜨며 소리쳤다.

"위다!"

그의 음성에 장내의 인물들이 고개를 들어 허공을 바라

봤다.

오 장 높이의 허공에서 바위처럼 떨어져 내리는 인물. 그는 틀림없는 척대명이었다.

대부분의 사람들은 어찌 된 영문인지 알 수 없었으나 유장령과 한초설은 척대명이 암경의 칼날을 어떻게 벗어났는지 똑똑히 주시하고 있었다.

암도경이 자신에게 들이닥치는 순간 척대명은 방천화극으로 땅을 찍었고, 달리던 속도로 인해 방천화극이 휘어지는 순간 그 탄력을 이용해 허공으로 도약한 것이다.

쾌애애액!

칠십 근이 넘는 중병기에 낙하하는 힘과 척대명의 근력이 더해진 방천화극은 무시무시한 위력으로 단리백을 향해 떨어졌다.

꽈앙!

비산하는 돌무더기와 함께 바닥에 한 치 깊이의 구덩이가 움푹 패었다. 단리백은 이미 한 발 옆으로 비켜서 방천화극을 피한 뒤였다. 하지만 이마저도 예상한 듯 척대명은 양손으로 창대를 움켜쥐더니 수평으로 방천화극을 쓸어갔다.

방천화극이 어찌나 빠른지 중인들은 일순 공간이 갈라지는 듯한 착각을 느껴야만 했다.

콰콰콰콰!

뒤늦게 방천화극이 지난 곳에서 흙바닥이 갈라지며 매서

운 경기가 몰아쳤다.

"헛!"

호계상을 비롯한 대부분은 자신도 모르게 헛바람을 들이켰다. 초승달 모양의 칼날이 지척에 이르렀음에도 석상처럼 서 있는 단리백을 발견했기 때문이었다.

단리백은 금방이라도 월아에 허리가 걸려 두 동강이 날 것만 같았다.

아니나 다를까.

"……!"

중인들이 눈을 부릅떴다. 방천화극이 단리백의 허리를 양단하고 지나간 것이다. 하지만 의당 허공에 뿌려져야 한 피보라가 보이지 않았다.

"이형환위(移形換位)!"

방천화극이 베고 지나간 것이 단리백의 환영이었음을 뒤늦게 깨달은 호계상이 감탄성을 흘렸다. 너무나 빠른 움직임으로 인해 일순 잔상이 남겨진 것이다.

진짜 단리백은 거의 바닥에 엎드리다시피 자세를 바짝 낮춰 척대명과의 거리를 좁혀가고 있었다.

"어딜!"

쩌렁한 고함과 함께 척대명의 방천화극이 그를 중심으로 크게 한 바퀴 선회하더니 곧장 단리백을 향해 짓쳐들었다. 하지만 이미 단리백은 척대명의 코앞에 이르러 있었다.

쾅!

"쳇!"

인상을 잔뜩 찌푸린 척대명이 훌쩍 뒤로 물러섰다.

단리백의 팔에 가로막힌 창대를 타고 손바닥을 찌르르 울리는 충격이 전해졌다. 이는 곧 손목을 울리더니 어깨까지 저릿하게 만들어 일순 방천화극을 움직일 수 없었기 때문이다.

이를 놓칠 단리백이 아니었다.

단리백은 곧장 척대명을 향해 바짝 다가서며 팽팽하게 부풀어 오른 장포를 휘둘렀다.

"헛!"

피처럼 붉은 장포가 눈앞으로 날아들자 헛바람을 삼킨 척대명이 황급히 허리를 굽혀 이를 피했다.

꽈직!

자신의 오른편에 있던 바위가 산산이 으깨지는 광경에 척대명의 얼굴이 딱딱하게 굳어졌다. 단순히 소매에 진기를 실어 휘두르는 위력이 이러할진대 주먹이나 팔꿈치, 무릎 등에 가격당하면 어떤 결과로 이어질지 생각만으로도 섬뜩해지지 않을 수 없었다.

쉬익.

그리고 연이어 날아드는 단리백의 무릎.

척대명은 재빨리 상황을 판단했다.

장병기를 쓰는 이상 근접전에서는 자신이 불리했다. 더구나 단리백은 중원에서 두 번 다시 찾아볼 수 없는 근접전의 고수. 지근거리에서 싸우면 그 결과는 명약관화(明若觀火). 자신의 패배가 불 보듯 뻔해 의심할 여지가 없었다.

'어떻게든 이놈을 떼어놔야 한다.'

약간의 피해를 감수하더라도 방천화극을 운용하는 데 필요한 간격을 만들어야만 했다. 그래서 척대명은 단리백의 무릎을 피하지 않고 그대로 그의 가슴을 향해 일장을 내갈겼다.

콰직!

퍼억!

두 개의 다른 충격음이 두 사람 사이에서 터져 나왔다.

'젠장!'

피하리라 예상했던 단리백이 어깨로 자신의 장력을 받아내자 척대명의 얼굴이 급격히 굳어졌다. 더구나 옆구리가 으스러지는 듯한 고통 역시 예상을 훨씬 웃돌고 있었다.

고개를 들어올린 척대명은 자신의 눈앞에서 창대를 움켜쥔 채 섬뜩한 안광을 뿌리는 단리백의 모습에 이를 악물었다.

그런 척대명과 달리 두 사람의 싸움을 지켜보던 중인들은 척대명의 가공할 무위에 할 말을 잃었다.

단리백을 상대로, 게다가 그의 모든 공격을 무위로 돌린 것도 모자라 거의 대등한 싸움을 벌이고 있는 것이다.

"십대고수라 불리우는 이유가 있었어."

침음성인지 감탄인지 모를 유장령의 음성에 강호사사를

비롯한 대부분이 크게 동감하며 고개를 끄덕였다.

그때였다.

팽팽하게 대치하고 있는 가운데 단리백이 입을 열었다.

"십 년 전과 비슷한 상황이군."

척대명의 얼굴이 와락 일그러졌다.

"하지만 결과는 다르지. 이 자리에서 쓰러지는 사람은 내가 아니라 바로 너다!"

으르렁거리는 듯한 척대명의 음성에 단리백이 무표정한 얼굴로 다시금 입을 열었다.

"그때의 약속은 여전히 유효한가?"

"얼마든지. 네가 이기면 한 가지 질문에 대답해 주겠다."

"좋아. 신의가 있는 사내로군."

빙그레 웃는 단리백의 모습에 척대명은 참을 수 없는 노기가 부글부글 끓어오르는 것을 느꼈다. 그러나 내심이야 어떻든 척대명은 냉철하게 현재의 상황을 정확히 인지하고 있었다.

단리백의 도발에 넘어가 근접전을 벌일 만큼 척대명은 어리석지도, 무모하지도 않았다. 오히려 대화가 오가던 그 짧은 순간에도 척대명의 머릿속에서는 단리백을 거꾸러뜨릴 정확한 계획이 세워지고 있었다.

"닥쳐!"

고함 소리와 함께 척대명이 손목을 뒤틀었다.

홰르륵!

그러자 그의 손안에 들려 있던 방천화극이 엄청난 속도로 회전을 일으켰다. 그와 동시에 척대명이 두 팔로 창대를 넓게 잡고 비틀어 쳐올리자 월아가 방향을 틀어 일도양단의 기세로 단리백의 사타구니를 향해 날아들었다.

단리백이 창대를 놓고 훌쩍 뒤로 물러서자 척대명이 방천화극의 손잡이 끄트머리를 움켜쥐더니 그대로 단리백을 향해 던졌다.

쾌애애액!

한 자루 섬전처럼 가슴을 향해 날아드는 방천화극을 발견한 단리백이 급히 소매에 진기를 실었다. 그리고 교차하듯 양팔을 겹쳐 지금까지와는 비교도 되지 않는 기세로 쇄도하는 방천화극을 막았다.

까앙!

차가운 쇳소리가 장내를 울렸다.

단리백의 팔에 부딪친 방천화극이 벼락맞은 뱀처럼 마구 휘청였다.

단리백 역시 방천화극을 막긴 했으나 두 발이 지면에서 떨어진 상태로 십여 장이나 날아가서야 겨우 자세를 바로잡을 수 있었다.

그 순간 단리백의 눈에 들어온 것이 있었다.

어느새 신형을 날려 방천화극을 잡아챈 척대명이 창끝으

로 바닥을 찍은 다음 창신을 구부린 채 자신을 노려보고 있었
다.

단리백의 눈에 의아함이 떠올랐다.

이는 처음 그가 혈리탄을 막아낼 때 썼던 수법이었다. 그러
나 척대명의 눈빛에서는 수비가 아닌 공격의 의지가 묻어나
고 있었다.

순간 단리백의 얼굴이 차갑게 굳어졌다.

활처럼 휘어진 창신과 마치 활시위를 잡아당기듯 천천히
무언가를 움켜쥔 채 팔을 뒤로 빼고 있는 척대명의 모습 때문
이었다.

'설마?'

그 순간 척대명이 손을 놓았다.

칙!

단리백은 강맹한 무언가가 눈으로 좇을 수 없는 빠르기로
자신을 향해 날아드는 것을 느낄 수 있었다.

콰앙!

폭음과 함께 단리백 주위로 칼날 같은 경기가 휘몰아쳤다.

폭풍과도 같은 회오리의 여력에 중인들은 눈을 뜰 수가 없
었다.

척대명은 이를 놓치지 않고 연달아 화살을 날리듯 쉬지 않
고 창신을 튕겼다.

취리리리릭!

매서운 소음이 수십 차례 대기를 찢었다.

콰콰콰콰쾅!

동시에 지축을 흔들고 하늘을 뒤집는 듯한 가공할 경력의 폭풍이 이어졌다.

"헉헉……."

이윽고 방천화극을 거둔 척대명이 가쁜 숨을 몰아쉬었다. 창백한 그의 얼굴에는 식은땀이 흐르고 있어, 처음의 살기등등한 모습은 찾아볼 수 없었다. 그러나 지친 기색이 역력한 가운데서도 그의 얼굴엔 웃음이 떠올라 있었다.

"흐흐…… 빌어먹을 자식. 이걸로 빚은 다 갚았다."

활 대신 창대를 이용해 강기를 날리는 수법. 용극탄강(用戟彈罡)이라 이름 붙인 비장의 한 수였다. 척대명이 처음부터 내공의 소모를 최대한 줄이며 단리백과 상대한 것 역시 모두 이 한 수를 위해서였다.

단리백에게 패한 이후 불철주야 그를 쓰러뜨릴 방법을 연구했던 척대명이었다. 하나 검이나 도와 달리 방천화극의 특성상 척대명은 이기어검 같은 상승의 무리를 뛰어넘을 수 없었다. 그래서 이기어극(以氣御戟) 대신에 고안한 절기가 진기로 시위를 만들어 강기를 날리는 용극탄강이었다.

방천화극이 지닌 본래의 탄성에 전력을 쏟아 부은 내력이 더해진 결과 용극탄강은 단순히 위력만으로 따져도 이기어검을 훨씬 상회하는 파괴력을 지니게 되었다. 다만 그만큼 내력

소모가 커서 척대명조차 이를 시전한 이후엔 일순 내공이 공백 상태에 이른다는 것이 유일한 단점이었다.

하지만 단리백을 쓰러뜨린 지금 더 이상 두려울 건 없었다.

처음 실전에서 사용한 용극탄강이었다. 그것도 다른 사람도 아닌 단리백을 상대로 이처럼 멋지게 성공시킬 줄이야.

가슴 가득 밀려드는 뿌듯함을 맛보며 척대명이 크게 웃음을 터뜨렸다.

"하하하! 천하의 촉산혈성도 별것 아니군. 꼴 좋구나, 단리백. 날 건드린 것을 저승에서 통탄하고 후회해라!"

중인들은 할 말을 잃은 채 척대명과 단리백이 서 있던 곳을 번갈아 바라봤다. 하지만 단리백이 서 있던 곳은 자욱한 먼지구름에 뒤덮여 아무것도 보이지 않았다.

"그가…… 당했다고?"

믿을 수 없다는 듯이 중얼거리던 호계상이 한초설을 힐끔 바라봤다. 그리곤 순식간에 안색이 창백하게 변해 버렸다. 단리백이 싸우던 내내 여유로운 표정을 보이던 한초설의 얼굴이 딱딱하게 굳어진 것을 발견하고 나서였다.

확실히 거대한 활처럼 휘어진 창신에서 쏘아진 강기의 위력은 지금까지 호계상이 보아왔던 어떤 무공보다 위력적이었다.

당혹감은 순식간에 일행에게 전염되었다. 심지어 단리백이라면 자다가도 이를 갈던 강호사사조차 기뻐하는 모습은 찾아볼 수 없었다. 다만 복잡한 감정으로 얼굴을 잔뜩 찌푸린 채 척대명을 노려볼 뿐이었다.

그때였다.

"대단한 위력이군. 그토록 호언장담한 이유가 있었어."

"......!"

척대명의 얼굴에서 웃음이 사라졌다.

잠시 후, 자욱한 먼지를 헤치며 단리백이 모습을 나타내자 척대명은 떫은 감을 씹은 듯 얼굴이 잔뜩 일그러졌다.

붉은 장포 곳곳이 찢겨진 점을 제외하곤 단리백은 이렇다 할 충격을 받지 않은 것 같았다. 오히려 섬뜩한 핏빛 안광이 줄기줄기 흘러내리는 두 눈에서는 이전과 비교할 수 없을 정도로 위압적인 기파가 뿜어지고 있었다.

저벅저벅.

단리백이 자신을 향해 다가서자 척대명의 눈빛이 미미하게 흔들렸다. 단리백의 전신에서 소리없이 피어오르는 가공할 기세가 가슴을 답답하게 짓눌렀기 때문이다.

솟구치는 불안함을 애써 감추며 척대명은 싸늘한 표정으로 단리백을 노려보았다.

"홍! 이것도 버텨봐라!"

척대명이 다시 한 번 용극탄강을 준비했다.

뿌드득.

금방이라도 터져 나갈 듯 팽팽히 부풀어 오른 팔에서는 굵은 핏줄이 솟아올랐고 급격히 휘어진 창대에서는 섬뜩한 소리가 터져 나왔다. 그와 동시에 휘어진 창대 가운데 짙은 서기가 일렁이나 싶더니, 예리한 형태를 이뤄 뭉쳐지기 시작했다.

그 순간 척대명이 힘껏 잡아당겼던 손을 놓았다.

칙!

보이지 않는 시위를 떠난 강기의 화살이 한순간 허공을 갈랐다.

투웅.

공기를 울리는 묵직한 진동음.

척대명이 두 눈을 부릅떴다.

자신이 쏘아낸 강기의 화살이 전면을 가득 메운 붉은 벽에 가로막혀 앞으로 나아가지 못하고 있었다.

"강기…… 벽?"

자신도 모르게 침음성을 흘리던 척대명은 반투명한 강기 벽 너머로 어른거리는 단리백의 얼굴 위로 서서히 번져 가는 웃음을 발견할 수 있었다.

이때 척대명은 눈앞으로 거대한 강기 벽이 확산되는 듯한 착각이 느껴졌다.

드드드드!

"헉!"

척대명이 헛바람을 들이켰다. 지축을 뒤흔드는 굉음과 사방으로 비산하는 먼지를 보고 나서야 오 장에 달하는 강기 벽이 자신을 덮쳐 오고 있음을 깨달은 것이다.

피하기엔 이미 늦었다 판단한 척대명이 남은 진력을 끌어올려 방천화극에 쏟아 부었다. 그리고 방천화극 전체가 짙은 녹광에 휩싸이는 순간 두 손으로 힘껏 움켜쥔 채 강기 벽을 향해 힘껏 후려쳤다.

콰앙!

거대한 충격음이 사위를 집어삼켰다.

주르륵.

그대로 뒤로 오 장가량 밀려난 척대명의 발밑으로 한 자에 달하는 고랑이 깊게 패어졌다.

가가가각!

핏빛 선명한 강기 벽과 방천화극 사이에서 연신 새하얀 불꽃이 튀어 올랐다.

이를 악문 척대명의 얼굴은 마치 불붙은 석탄 가루가 내려앉은 것처럼 붉게 달아올라 있었다. 해일처럼 짓누르는 무지막지한 압력 앞에 한계에 다다른 전신의 근육은 금세라도 끊어질 것처럼 비명을 질러댔고, 뼈마디에선 삐그덕거리는 소리가 들리는 것만 같았다. 두 발은 이미 무릎까지 흙바닥을 파고들었고, 허리는 반 이상이 뒤로 젖혀져 있었다.

'어떻게든 이것만 막아내면……!'

필사적으로 버티던 척대명의 얼굴에서 급격히 핏기가 사

라졌다.

강기 벽 너머, 오 장 정도 거리를 두고 서 있던 단리백의 얼굴에 잠시 감탄의 빛이 떠오르나 싶더니 이내 싸늘한 미소가 자리 잡았다. 그리고 천천히 들어올린 그의 오른손을 따라 물결처럼 일렁이며 형성되기 시작한 또 다른 강기 벽이 눈에 들어왔기 때문이다.

콰르르르!

두 번째 강기 벽이 척대명을 향해 쇄도했다.

콰앙!

"망할!"

수십 개의 벽력탄을 동시에 터뜨린 것 같은 엄청난 폭음 사이로 비명인지 욕설인지 모를 처절한 고함 소리가 터져 나왔다. 하지만 이내 사방으로 비산하는 돌무더기와 자욱한 먼지에 묻혀 사라졌다.

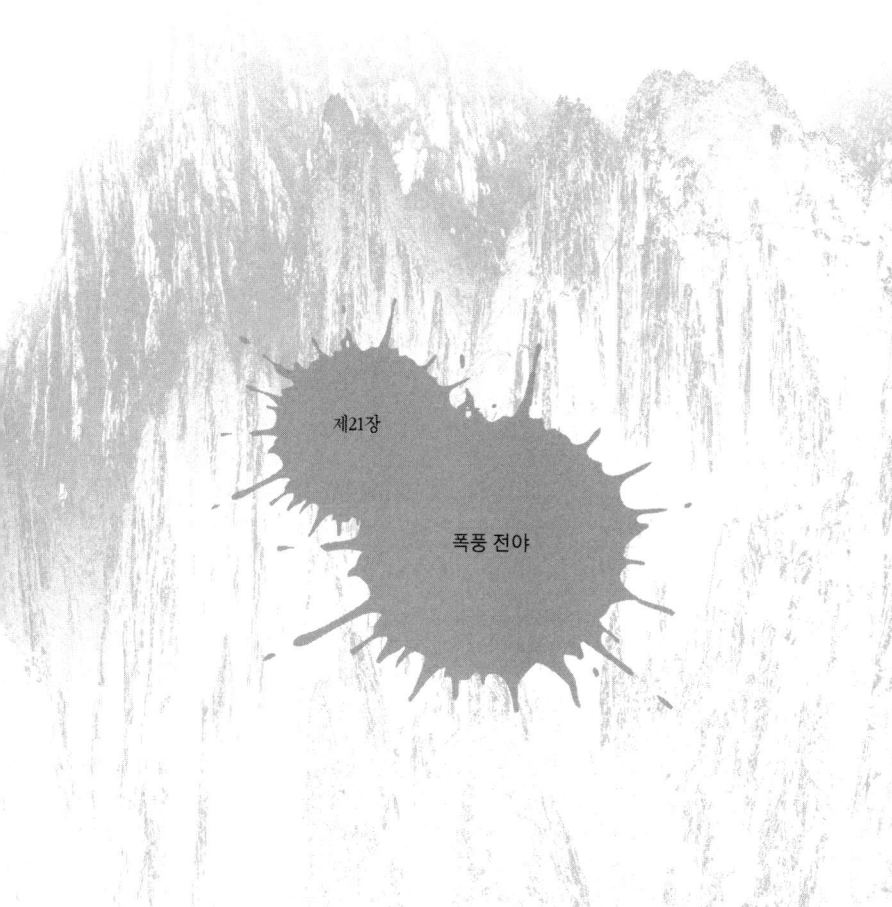

제21장

폭풍 전야

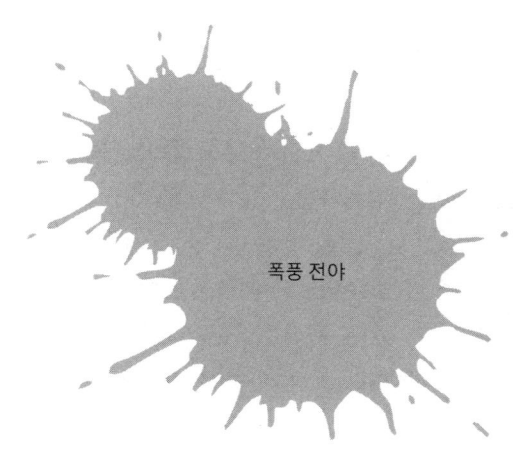

폭풍 전야

후두둑.

비처럼 쏟아지는 정원의 잔해들을 바라보던 단리백이 그 안으로 성큼 들어섰다.

그리고 잠시 후,

먼지 구덩이 안에서 단리백이 한 사람을 잡아 질질 끌고 나왔다.

털썩.

거품을 입에 문 채 혼절해 있는 척대명의 모습을 발견한 중인들은 아연한 표정을 감추지 못했다.

제아무리 척대명이 천생의 신력을 지니고 있다 한들 연이어 중첩된 천강마벽의 위력 앞에서는 견뎌낼 재간이 없었던 것이다.

그의 방천화극은 중간 부분이 뚝 부러져 절반밖에 남아 있지 않았다. 게다가 코피는 말할 것도 없고 구릿빛 감돌던 피부 곳곳에는 검붉은 피멍이 뒤덮고 있어 처음 단리백과 마주했을 때 보여줬던 박력은 어디에서도 찾아볼 수 없었다. 십대 고수 중의 한 명인 척대명이 불과 일 다향도 넘기지 못하고 박살이 난 것이다.

단리백을 적으로 삼지 않은 것을 다행이라 여기며 장내의 인물들은 한결같이 한숨을 내쉬었다. 그리고 마지막에 단리백이 선보였던 무지막지한 강기 벽의 위력에 기가 질려 버렸다.

한초설마저 한때나마 단리백의 죽음을 의심했을 만큼 용극탄강의 위력은 어마어마했다. 하지만 이를 무위로 돌려 버리고 단번에 승부를 뒤집어 버린 단리백의 천강마벽과는 비교할 수가 없었다.

이때 단리백이 발끝으로 척대명의 명치 어림을 가볍게 걸어찼다.

"우웩!"

혼절해 있던 척대명이 돌연 한 사발이 넘는 피를 토하며 정신을 차렸다.

처음엔 얼빠진 표정으로 주위를 둘러보던 척대명은 흐릿

하던 눈에 점차 초점이 돌아오기 시작하자 이내 자신이 처한 상황을 깨달을 수 있었다.

"제길!"

털썩.

욕설을 내뱉은 척대명이 그대로 바닥에 대 자로 누워버렸다.

그 상태에서 단리백을 올려다보며 척대명이 입을 열었다.

"그게 뭐였냐?"

"천강마벽."

"천강마벽? 마벽이라…… 이름 한번 그럴듯하군."

중얼거리듯 나직이 읊조리던 척대명이 쭉 찢어진 눈을 부릅뜨며 단리백을 노려보았다. 그리곤 반 토막만 남은 방천화극을 신경질적으로 집어 던졌다.

그런 그를 향해 단리백이 질문을 던졌다.

"알고 싶은 것이 있다."

"물어봐. 딱 한 가지만 대답해 주지."

이에 단리백은 기광이 일렁이는 눈빛으로 척대명을 응시했다.

"십 년 전 당신에게 마령단을 훔쳐 오라 의뢰했던 사람이 누구지?"

"그건……."

척대명이 난처한 얼굴로 말끝을 흐렸다. 설마 십 년도 더

된 일을 단리백이 물어올 줄은 예상하지 못했던 것이다.

이윽고 약간의 시간이 흘러서야 척대명이 결심한 듯 입을 열었다.

"좋아, 약속을 지키지. 그는 자신을 사도운이라 했다."

"사도운?"

단리백의 짙은 검미가 꿈틀거렸다.

이를 눈치 채지 못한 척대명이 그에 관해 설명하기 시작했다.

"그는 짙은 청삼을 입고 있었는데, 얼굴 왼쪽에 큼직한 흉터를 지니고 있었다. 그리고 얼추 보아도 최소한 나와 비슷하거나 그 이상의 기도를 지니고 있었어."

"자세히 말해봐."

"내가 아는 건 그게 전부야."

덥석.

단리백이 척대명의 멱살을 잡아 억지로 일으켜 세웠다.

단리백과 시선이 마주치는 순간 척대명은 머리털이 쭈뼛 서는 기분을 맛보아야만 했다. 자신을 노려보는 단리백의 눈 속에서 흔들리는 작은 불꽃. 그것이 들끓어 오르는 살기로 인한 것임을 깨달았기 때문이다.

"공공문주(空空門主) 척대명."

"……!"

척대명이 표정을 달리했다.

단리백이 자신의 신상 내력을 이처럼 정확히 꿰뚫고 있을 줄은 그 역시 짐작하지 못하고 있었다.

이는 장내의 인물들 역시 마찬가지였다. 척대명이 십대고수 중 일인이라는 것과 마음만 먹으면 훔치지 못할 것이 없다는 당대 최고의 도둑, 혹은 강도라는 것은 알고 있었지만 그가 공공문의 문주라는 것은 아무도 아는 이가 없었기 때문이다.

공공문은 하오문만큼이나 오랜 역사를 지닌 사파의 문파였다. 하오문과 다른 점이 있다면 그들이 장물 거래와 정보를 팔아 얻은 수익으로 문파를 꾸려 나간다는 점이었다. 실제로 그들은 사파의 개방이라고 불리울 만큼 뛰어난 정보력을 지니고 있었다. 다만 개방과 같은 무력이 없기에 점조직으로 구성되어 어둠 속에 몸을 숨긴 채 강호의 표면 위로 부상하는 일이 거의 없었다. 그래서 그 존재 유무조차 확인하기 어려웠다.

"굳이 본 문을 들먹이는 이유가 뭐냐?"

"장물을 비롯해 온갖 정보 등을 사고파는 공공문이 아닌가?"

"그래서?"

"당신에게 정보를 사고 싶다."

"정보를 사고 싶다고?"

단리백이 고개를 끄덕이자 척대명이 단리백의 손을 뿌리치려 했다. 그러나 단리백의 손은 꿈쩍도 하지 않았다. 오히려 더욱 척대명을 끌어당겨 얼굴을 바짝 들이댔다.

단리백의 눈에서 차가운 한광이 쏟아졌다.

이에 위축된 척대명이 한차례 흠칫하더니 가까스로 입을
열었다.

"의, 의뢰비는?"

"의뢰비?"

"정보를 원한다면 당연히 그에 합당한 가격을 치러야지."

단리백이 슬쩍 웃으며 고개를 끄덕였다.

"당연히 그래야겠지."

단리백이 천천히 다른 팔을 들어올리자 그의 손 위로 붉은
기운이 아지랑이처럼 일렁였다.

금방이라도 자신의 머리를 내려칠 것 같은 살기등등한 단
리백의 모습에 척대명이 표정을 달리했다.

"네 목숨값은 얼마나 되지?"

"……!"

척대명의 얼굴이 굳어졌다. 하나 척대명은 고집스런 표정
으로 단리백을 응시했다.

"나를 협박하는 것이라면……."

"협박이 아니야. 당신 목숨값으로 의뢰비를 대신하겠다는
것뿐."

척대명의 말을 자른 단리백이 천천히 말을 이어갔다.

"만약 네 목숨값이 내가 원하는 정보를 사기에 부족하다면

공공문도 전원의 목숨값을 걸지."

"흥! 너는 결코 본 문의 문도들을 찾을 수 없다."

"과연 그럴까?"

단리백의 입가에 맺힌 웃음이 짙어질수록 척대명의 불안함은 더욱 커져 갔다.

아니나 다를까, 이어진 단리백의 말에 척대명은 혼비백산했다.

"공공문이 살문보다 더욱 은밀하게 숨어 있다면 나로서도 찾기 힘들겠지."

"살문? 그럼 설마 이십 년 전 살문이 무너진 건……."

단리백이 대답 대신 고개를 돌려 유장령을 바라봤다.

이에 척대명도 단리백의 시선을 따라 고개를 돌렸다.

척대명과 시선이 마주친 유장령이 씁쓸하게 웃으며 고개를 끄덕였다.

"그의 말은 거짓말이 아닐세."

"당신은 뭐야?"

"노부가 살막의 막주였던 살황이네."

척대명이 의심스러운 눈빛으로 자신을 바라보자 유장령이 품속에서 손바닥만 한 크기의 철패를 꺼내 들었다.

"……!"

척대명의 얼굴이 밀랍처럼 하얗게 변했다.

다른 건 다 위조하더라도 살막의 명패는 결코 위조할 수 없었다. 누가 감히 천하에서 내로라하는 살막의 살수들을 사칭하려 하겠는가. 만약 그랬다간 지옥과 같은 살수들의 추적에 남은 생을 공포에 떨며 지내야 할 것이다.

척대명은 고민에 휩싸였다.

아무리 공공문이 은밀하다 해도 전설적인 살수 조직인 살막과는 비교할 수가 없었다.

단리백 역시 결코 허언을 입에 담을 인물이 아니었다. 그가 한번 공공문을 쓸어버리려 마음먹는다면 어느 누구도 그의 손을 벗어날 수 없을 것이 자명했다.

이윽고 척대명이 긴 한숨을 터뜨렸다.

"알고 싶은 게 뭐야?"

"그 사도운이란 자에 대해 알고 있는 것 전부."

척대명이 미간을 좁힌 채 처음 그를 만났던 당시의 기억을 더듬었다. 그리고 생각나는 대로 설명을 시작했다.

"그를 처음 만난 건 여름이었다. 우연히 그와 술자리에서 합석을 하게 되었는데, 그는 이미 나에 관해 소상히 알고 있었다. 그 자리에서 그가 제안을 했지. 나와 내기를 하고 싶다고."

"내기?"

"그래. 촉산혈문에서 비밀리에 보관하고 있는 어떤 환약을 훔쳐 올 수 있다면 나를 신투로 인정하겠다는 것이었다. 당연히 처음엔 이를 거절했다. 굳이 응하지 않아도 나는 당대제일

도둑이 틀림없으니까. 그런데…….”

잠시 말끝을 흐리던 척대명이 얼굴을 찌푸린 채 이야기를 이어갔다.

“그는 '마음만 먹으면 훔치지 못할 것이 없다 하지 않았 소? 역시 강호의 소문은 믿을 것이 못 되는군. 신투란 말도 다 허언이었어' 라며 나의 자존심을 긁어댔다. 분노한 나는 바로 그자를 혼내주기로 마음먹었지. 하지만 결과는…… 나의 패 배였다. 고작 그와 이십 합을 겨루기도 전에 땅바닥에 패대기 쳐진 사람은 바로 나였지.”

“그는 장법을 썼나?”

단리백의 질문에 척대명의 눈이 크게 떠졌다.

“어떻게 알았지? 그놈의 장력은 매우 기괴해 나로서도 처 음 접하는 종류였다. 마치 중원의 것이 아닌 듯한 음험한 기 운이 담겨 있어 상대하기가 몹시 까다로웠어.”

“역시…….”

단리백의 얼굴에 더없이 짙은 살기가 자리 잡았다.

“아는 사람인가?”

단리백이 천천히 고개를 끄덕였다.

“내가 한 번 죽였던 놈이다. 그리고 나를 죽였던 놈이지.”

“뭐?”

척대명이 의아한 얼굴로 단리백을 바라봤다. 단리백의 설 명은 앞뒤가 맞지 않았기 때문이다. 죽었던 사람이 어떻게 살아 돌아다닌단 말인가? 그것도 서로를 죽였다면 단리백도 이미 산 사람이 아닐 터.

영문을 모르기는 장내의 인물들도 매한가지였다. 다만 한초설만이 연유를 짐작한 듯 희미하게 고개를 끄덕였을 뿐이다.

"계속해."

단리백의 말에 척대명이 다시금 입을 열었다.

"그가 말했네. '고작 이따위 실력으로 십대고수라 불리운단 말인가? 이런 형편없는 작자가 십대고수라면 중원의 무학도 별 볼일 없군. 신투란 것도 허울만 좋을 뿐 결국 부풀리기 좋아하는 중원인들이 멋대로 갖다 붙인 별호겠지' 라고. 결국 난 내가 신투란 것을 증명해야만 했고……."

"그래서 마령단을 훔치려 했던 것인가?"

부끄러워 얼굴을 들지 못한 채 척대명이 고개를 끄덕였다.

이때 말없이 그들의 대화를 듣고 있던 한초설이 단리백을 향해 다가섰다.

"저자가 마령단을 훔치려 했어?"

"촉산에 설치해 놓은 진을 억지로 뚫고 들어와 대뜸 나에게 내기를 걸더군."

"내기?"

"어디서 이상한 걸 배워온 거겠지."

단리백의 말에 척대명의 얼굴이 술 취한 사람마냥 잔뜩 붉어졌다.

"무슨 내긴데?"

"비무를 해서 이긴 사람의 요구를 들어주는 것이었어."

"그래서?"

"당연히 내가 이겼지. 호기심에 그가 요구하려 했던 것이 무언지 물어봤더니 이러더군, '내가 질문에 대답하길 원하나?' 라고."

"대충 무슨 내막인지 알겠군."

틀림없이 단리백은 고개를 끄덕였을 테고 척대명은 자신이 원하는 게 마령단임을 밝혔을 것이다. 당연히 마령단에 관한 이야기를 누구에게 들었냐고 단리백이 물었을 테고 척대명은 이미 한 가지 요구를 들어줬다며 한사코 입을 열지 않았을 것이다.

"그런데 그가 처음 객점 운운했던 건 무슨 말이야?"

"아, 그거."

단리백이 피식 웃으며 척대명을 바라봤다.

"이제 두 번 다시 신투라 할 수 없으니 강호에 얼굴을 들고 다닐 수 없다며 한탄하더군. 그래서 도둑질은 때려치우고 객점이나 차리라고 했지."

한초설이 척대명을 향해 의아한 얼굴로 질문을 던졌다.

"당신, 그 말을 곧이곧대로 들었어? 왜?"

척대명이 우물쭈물하며 입을 열었다.

"그건…… 그러지 않았다면 그가 그 자리에서 나를 죽였을 테니까."

"그때가 언제였지?"

"유월하고 열하루째 되던 날."

"잠깐…… 그렇다는 이야기는?"

손꼽아 날짜를 계산하던 한초설이 갑자기 깔깔거리며 웃음을 터뜨렸다.

"하하하. 그때 거절했어도 당신은 죽지 않았을 거야. 그날만큼은 천하의 단리백도 사람을 죽일 수 없거든."

웃음을 그친 한초설이 이유를 설명했다.

"그날은 오라버니 부친 되시는 분의 기일이야. 부친의 위패를 모시고 있는 그곳에서 피를 볼 수는 없는 일 아니겠어?"

"그럼 나는……."

와락 인상을 구기는 척대명을 향해 한초설이 빙그레 웃으며 고개를 끄덕였다.

"그래. 당신은 십 년 동안 헛세월 보낸 거야."

척대명이 벌떡 일어나며 소리쳤다.

"그럼 훗날 다시 만나자고 한 그 말은 무슨 뜻이었지? 나에게 설욕의 기회를 준다는 의미가 아니었나?"

한초설이 한심하다는 표정으로 고개를 저었다.

"정말이지 사람 보는 눈이 없네. 그가 누구라고 생각하는 거야? 아마도 그는 부친의 기일을 피해 당신을 죽이려고 했겠지. 한 번 촉산에 오른 사람은 살아 돌아갈 수 없다는 것이 기본적인 관례니까 말이야."

허탈한 표정으로 할 말을 잃은 척대명의 모습에 중인들은 쓴웃음을 머금었다. 그러나 삼엄한 살기를 뿜어내고 있는 단리백의 모습에 이내 웃음을 거두었다.

단리백은 우두커니 선 채 허공을 노려보고 있었다.

'사도운…….'

유일하게 자신에게 뼈아픈 패배의 기억을 남긴 사내.

분명 그는 자신의 손에 심장이 갈가리 찢겨 절명했다. 그런데 그가 아직도 살아 있다고?

믿을 수 없는 일이었다. 하지만 믿지 않을 도리가 없었다. 자신만 해도 두 번이나 죽음의 문턱에서 발걸음을 돌리지 않았던가.

죽었던 사람이 살아 돌아온다 해도 하등 이상할 것이 없었다.

문제는 그가 마령단의 존재를 알고 있다는 점이었다.

십육 년 전, 그에게 쫓겼던 명려군은 이렇게 말했다. 자신을 손에 넣으려는 무서운 세력을 피해, 그리고 그들로부터 은 일족의 안전을 지키기 위해 은 일족을 떠났다고. 그리고 중원에 뿌리를 두지 않은 기이한 무공.

여러 가지 단편적인 사실들로부터 단리백이 유추할 수 있는 세력은 천하를 통틀어 오직 한 곳뿐이었다.

'마교…….'

단리백의 전신에서 스멀스멀 피어오르는 핏빛 아지랑이. 그것이 유형화된 살기임을 깨달은 중인들은 긴장된 표정으로 마른침을 삼켰다.

*　　　*　　　*

열 평의 공간 안을 빽빽이 채운 수많은 책들과 서류.

끊임없이 흔들리는 대황촉 불빛만이 서재의 어둠을 걷어 내고 있었다.

서재 가운데엔 향목으로 만든 질 좋은 다탁이 놓여 있었고, 이를 사이에 두고 선풍도골을 지닌 노인과 수려한 얼굴과 사내다운 기개가 물씬 묻어나는 눈매가 인상적인 사십대 중년인이 마주 앉아 있었다.

무슨 말을 들었음일까. 두 사람 중 오른쪽에 앉아 있던 중년인이 벌떡 일어섰다.

챙강.

그 바람에 탁자가 흔들리며 찻잔이 바닥에 떨어져 산산조각났다.

"방금 마교라고 하셨습니까?"

"앉으시게, 남궁 가주."

튀어오른 찻물을 소매로 훔친 종리청이 차분한 음성으로

입을 열었다.

"마교라고 단정하진 않았네. 다만 지금 암암리에 움직이는 지옥련이란 단체가 마교와 관련이 있을지도 모른다 말했을 뿐일세."

그러나 남궁기는 믿을 수 없다는 표정으로 종리청을 바라봤다.

그런 남궁기를 바라보던 종리청이 나직이 한숨을 흘렸다.

"맹주님을 시해하려 할 세력이 있다면 두 곳만을 생각할 수 있네. 구대문파가 그중 한 곳이지. 본래 그들은 본 맹이 정파의 피해를 수습하는 동안 문을 굳게 걸어 잠그고 힘을 기르려 했네. 하지만 이후에도 본 맹이 그들의 행사를 막아왔지. 그리고 그들이 다시 전면으로 나설 명분 자체를 허락하지 않았네. 지금의 정파를 만들기 위해 이제껏 본 맹이 치른 희생은 결코 적지 않았으니까. 따라서 기득권을 빼앗긴 구대문파로서는 당연히 본 맹이 달갑지 않을 테지."

쪼르륵.

찻잔에 차를 따르며 종리청이 말을 이어갔다.

"본 맹의 구심점인 맹주님께서 돌아가신다면 오대세가끼리 자중지란(自中之亂)을 일으키리란 사실을 그들도 잘 알고 있을 걸세. 하지만 그들은 구대문파. 보이지 않는 곳에서 암수를 쓰는 치졸한 행동은 결코 하지 못하네. 오히려 명분을 내걸고 정면에서 싸움을 걸겠지. 그렇다면 남은 세력은 오직

한 곳, 마교뿐일세. 그들 역시 누구 못지않게 맹주님의 존재가 거슬릴 테니까."

"그렇다면……."

"흑암보의 일은 자네도 알고 있겠지?"

"그 문제 때문에 지난번 오대세가 회의가 열렸지 않습니까?"

"그것이 본래 혁련세가를 축출하기 위한 계획이었음을 아는가?"

남궁기의 얼굴에 의아함이 떠올랐다.

"혁련세가 말입니까? 어째서 그들을?"

"단체는 세우기보다 유지하기가 어렵고, 특히 우두머리의 권력이 막강해서 그의 힘만으로 균형을 유지하고 있을 경우 그 우두머리의 빈자리는 분쟁의 근원이 된다네. 혁련세가의 가주 혁련걸은 야심이 매우 큰 인물일세. 맹주님이 주화입마에 드신 이후 모습을 보이시지 않자 그는 은밀히 다른 세가와 접촉하기 시작했네. 그리고 모용세가를 축출했을 당시 그랬던 것처럼 자네 가문, 남궁세가의 대한 사전 음모를 준비하기 시작했지."

"혁련걸 그자가 감히……."

"그래서 나는 오히려 그에게 접근해 차기 맹주라는 미끼를 던졌네. 아니나 다를까, 그는 대번에 미끼를 물더군."

"그럼 혁련세가가 흑암보를 친 것은?"

남궁기의 반문에 종리청이 고개를 끄덕였다.

　"혁련가를 축출해 내기 위한 명분을 만들기 위해서였네. 정사 상호불가침이 여전히 유효한 이상, 산서를 상징하는 흑암보를 공격한 것은 명백한 조약 위반. 정파와 사파 어느 곳에서도 용인될 수 없는 행위니까. 그리고 여기엔 다른 이유도 있었네."

　한 모금의 차로 목을 축인 종리청이 남궁기를 향해 질문을 던졌다.

　"본 맹이 중원상단으로부터 막대한 재정 지원을 얻고 있음을 자네도 알고 있을 테지?"

　"알고 있습니다."

　"흑암보는 산서의 이권을 쥐고 있었네. 흑암보가 무너지면 사파의 입장에선 당장 혁련세가를 비난하는 여론이 들끓었겠지. 하지만 정작 다시금 힘을 모으기는 어려웠을 게야. 나는 무주공산과 다름없는 산서의 이권을 중원상단에 이양시키려 했네. 하지만 거기서 예상치 못했던 일이 벌어졌네."

　"예상치 못했던 일이라면?"

　"흑암보주의 부인이었던 명려군이라는 여자 때문일세."

　남궁기가 의아한 얼굴로 종리청을 바라봤다. 그러나 이어진 종리청의 말에 놀라움을 금치 못했다.

　"그녀는 은 일족의 여인이었네, 그것도 천룡의 인을 지닌."

　"단순한 전설이 아니었단 말입니까?"

"보고를 듣기 전까진 나도 전설이라 치부했지. 하지만 사실이었네."

말을 마친 종리청이 더없이 무거운 얼굴로 탄식을 흘렸다.

"만약 그녀가 있었다면 맹주님의 주화입마를 치료할 수 있었을 게야. 하지만 내게 보고가 올라왔을 땐 이미 그녀가 죽은 다음이었네."

남궁기의 얼굴에 감출 수 없는 실망의 기색이 떠올랐다.

종리청이 다시금 입을 열었다.

"나는 당장 산서로 향해 이에 대해 조사하기 시작했네. 그 와중에 모종의 세력이 움직이는 것을 포착했네."

"그들이…… 지옥련?"

종리청이 고개를 끄덕였다.

"그들은 흑점 뒤에 모습을 숨기고 있었네. 암암리에 그들을 지원하는 한편 그들을 통해 중원의 정보를 얻고 있었던 게야. 그래서 나는 일부러 흑점에 의뢰를 청부한 뒤 그들의 움직임을 살폈다네."

"그들이 예상대로 움직였습니까?"

종리청이 고개를 끄덕였다.

"그뿐만이 아닐세. 그로 인해 생각지도 못한 인물이 끼어들었지."

"생각지도 못한 인물이라면?"

"촉산혈성."

"그렇다면 기천문에 투입되었던 집법사자가 전멸한 것은?"

"그렇네. 바로 그자 때문일세."

"……!"

종리청이 나직이 한숨을 흘렸다.

"흑암보주와 촉산혈성이 의형제 사이였을 줄은 짐작도 하지 못하고 있었네. 하지만 정작 가장 큰 문제는 우리가 그와의 일전을 피할 수 없다는 것일세."

"어째서입니까? 이대로 혁련세가에 모든 것을 덮어씌운다면……."

"흑암보주에겐 딸이 한 명 있네. 그리고 그녀 역시 제 어미로부터 천룡의 인을 물려받았네."

"사실입니까?"

"죽어가던 자가 살아나는 모습을 내 눈으로 직접 확인했네. 맹주님을 치료하기 위해선 우린 그 아이가 필요해."

"으음……."

남궁기가 나직이 침음성을 흘렸다.

그 역시 단 한 번도 직접 촉산혈성을 본 적은 없었다. 하지만 강호에 떠도는 소문이 사실이라면 촉산혈성의 존재는 의천맹으로서도 적지 않은 부담이 될 것이 분명했다. 강호 십대고수에 이름을 올릴 수 있다는 것은 그만큼 그가 대단한 무위를 지니고 있다는 말이었고, 한 번도 아닌 대대로 그 자리를 차지하는 촉산혈성이라면 말할 것도 없었다.

　남궁기가 고민을 거듭하고 있을 때였다.

　"총사! 하운입니다."

　자신을 부르는 다급한 음성에 종리청이 서재 밖으로 나섰다.

　"무슨 일인가?"

　자신이 중요한 대화를 나누고 있음을 모를 리 없는 하운이었다. 그런데도 그가 이처럼 사색이 되어 달려왔음은 무언가 심상치 않은 일이 벌어졌다는 사실을 의미했다.

　종리청의 질문에 하운이 짤막하게 입을 열었다.

　"혁련걸이 이대빈객과 혁력세가의 정예들을 이끌고 산서로 향했습니다."

　종리청이 경악하여 소리쳤다.

　"그게 언제더냐!"

　"이각 전의 일입니다."

　"이런!"

　당혹감에 젖어 있는 종리청의 모습에 남궁기가 의아한 표정으로 다가섰다.

　"오히려 잘된 일 아닙니까, 이번 기회에 혁련세가와 촉산혈성이 양패구상한다면?"

　"아닐세. 그게 아니야."

　"예?"

어리둥절한 얼굴로 반문하는 남궁기를 뒤로하고 종리청이 하운을 향해 질문을 던졌다.

"어째서 혁련걸이 직접 나선 것이냐?"

혁련걸이 삼공과 혈랑칠도수를 흑암보로 보냈다는 것은 이미 그에게 들어 알고 있었다. 하나 그들만으론 촉산혈성을 상대하긴 무리였다. 분명 그들은 죽음을 피하지 못했을 것이다.

그때 종리청이 혁련걸을 말리지 않았던 것은 이를 통해 혁련세가의 전력이 상당 부분 잃게 되리라 생각했기 때문이다. 한데 혁련걸이 직접 나서다니! 그가 아는 혁련걸은 수하들의 죽음을 통탄해할 만큼 의리 깊은 인물이 아니었다. 하지만 하운의 대답에 그 이유를 깨달았다.

"그의 두 아들이 흑암보에서 보낸 살수에 의해 죽었다고 합니다."

종리청이 질끈 눈을 감았다.

아무리 촉산혈성이라 하더라도 이처럼 대담하게 오대세가에 싸움을 걸어올 줄은 그조차 예상치 못한 일이었다.

"총사?"

자신을 부르며 다가서는 남궁기를 향해 종리청이 무거운 얼굴로 입을 열었다.

"지옥련의 존재를 알게 된 이상 당장 혁련세가를 축출할 수 없게 되었네. 만약 혁련세가가 촉산혈성과 양패구상한다면 의천맹을 떠받치는 오대세가 중 한 곳이 비게 되네. 나머지 사대세가는 혁련가가 차지하고 있던 것을 조금이라도 더 나눠 갖기 위해 이전투구를 벌이리란 것은 자명한 일. 그리되면 의천맹은 혼란에 휩싸이고 그때 바로 지옥련이 본격적으로 움직이게 될 것일세. 아직은 혁련세가가 무너질 때가 아니야. 그리고 무엇보다⋯⋯."

말끝을 흐리는 종리청의 모습에 남궁기는 왠지 모르게 불안함을 느껴야만 했다.

아니나 다를까, 이어진 종리청의 말에 남궁기의 얼굴도 핼쑥해졌다.

"분노에 미친 혁련걸은 필시 흑암보의 풀뿌리 하나 남기지 않으려 할 걸세. 만약 그의 분노에 휩쓸려 천룡의 인을 지닌 여아가 죽게 된다면⋯⋯ 그땐 맹주님을 구할 유일한 방법이 사라지게 되는 것일세."

*   *   *

맥문을 통해 스며드는 한줄기 청량한 기운을 느끼며 척대명이 힘겹게 눈을 떴다.

"정신을 차렸는가?"

누군가가 자신의 머리맡에 앉아 있음을 깨달은 척대명이 억지로 몸을 일으키려 했다.

"크윽⋯⋯."

몸을 움직이기 무섭게 전신 곳곳에 맺혀 있던 고통이 일제히 아우성을 질러댔다. 그리곤 자신의 의지와는 다르게 손가락 하나 까딱할 수 없음을 깨달은 것은 그로부터 약간의 시간이 지나서였다.

눈에 초점이 잡히지 않아 시야가 흐릿했다. 그래서 척대명은 잔뜩 인상을 찌푸리며 눈앞의 청년을 응시했다.

"어떻게 된 거지? 그리고 여기는?"

그런 척대명을 가만히 내려다보던 청년이 빙그레 웃음을 머금었다.

"길바닥에 버려져 있는 걸 노도가 주워왔네."

척대명의 얼굴에 의아함이 떠올랐다. 가만히 듣다 보니 목소리가 상당히 귀에 익었다. 그리고 나이에 걸맞지 않은 중후한 어투 또한 들어본 적이 있었다.

"무음매영?"

명현자가 웃으며 고개를 끄덕였다.

"나 말고 자넬 주워올 사람이 달리 누가 있을까."

"⋯⋯."

척대명의 얼굴이 와락 구겨졌다.

'하필이면 도움을 받아도⋯⋯.'

입맛이 몹시 썼다.

망신도 이런 망신이 없었다. 소위 십대고수 중 한자리를 차지하고 있는 자신이 실컷 얻어터진 것도 모자라 길바닥에 의식을 잃고 쓰러져 있었다니…….

분명 스스로 흑암보를 걸어나온 것까지는 기억이 났다. 비틀거리며 위태하게 걸음을 옮기는 자신을 둘러싸고 수군거리던 군중들의 모습도 떠올랐다.

'제길!'

내심 욕설을 삼키는 척대명을 향해 명현자가 웃으며 말을 건넸다.

"지난번 노도를 빗속으로 내몬 벌을 받는 게야."

"……."

"그나저나 호되게 당했군. 어찌 이번 여행길에 마주치는 녀석들은 죄다 이 모양인지 원…… 뭐, 이것도 나름대로 인연은 인연인가?"

"……."

"갑자기 벙어리가 된 것이냐?"

"할 말 없소."

"그나저나 더욱더 궁금해지는군. 연청운 그 녀석이야 그렇다 치고 십대고수 중 한 명인 불호신투마저 이리될 줄이야."

"신투요! 앞의 두 글자는 빼시오!"

"어떤 정신 나간 놈이 강도를 도둑이라 불러?"

"이익!"

홧김에 자신도 모르게 상체를 일으키려던 척대명은 눈앞

이 노래지며 다시금 털썩 침상 위로 쓰러졌다.

"쯧쯧, 아서라. 늑골은 말할 것도 없고 전신의 뼈마디가 모두 제자리를 벗어났다. 제아무리 동피철골(銅皮鐵骨)이라 해도 족히 한 달은 정양해야 될 것이야."

"그를 만나러 갈 것이오?"

숨을 헐떡이며 묻는 척대명의 말에 명현자가 고개를 끄덕였다.

"이제 와 발걸음을 돌린다면 뭐 하러 이곳까지 힘든 걸음을 했겠나?"

"미리 말해두지만 그는 무서운 놈이오."

명현자의 눈에 흥미로운 빛이 떠올랐다.

이를 아는지 모르는지 척대명이 다시금 입을 열었다.

"십 년 전에도 그랬지만 지금은 더욱 무시무시한 괴물이 되어버렸소. 나와 달리 그는 싸우는 내내 전력을 다하지 않았소. 만약 내게 그가 원하는 정보가 없었다면 나는 지금처럼 숨을 쉬고 있지도 못했겠지. 그를 꼭 만나야겠다면 당신 역시 각오를 해두는 것이 좋을 거요."

"그 말을 들으니 더욱 그를 만나고 싶어지는군."

"후회하게 될 거요."

명현자가 조용히 웃으며 고개를 끄덕였다.

"그를 만나지 못한다면 더욱 후회할 걸세."

막 신형을 일으키던 명현자가 갑자기 생각난 듯 질문을 던졌다.

"이곳에 오는 도중 한 무리의 인마(人馬)와 마주쳤다네. 처음엔 마적 무리가 아닌가 하여 주의를 기울였는데, 뜻밖에도 그들의 우두머리는 혁련가의 가주더군. 아무래도 그들 역시 흑암보로 향하는 것 같던데, 혹시 이에 대해 아는 게 있나?"

"혁련세가? 그들이 왜?"

"모르지. 다만 흉흉한 살기를 뿜어내는 혁련 가주의 분위기가 심상치 않더군."

"정파와 사파의 상호불가침은 아직도 유효한 게 아니었소?"

"모른다면 되었네. 직접 가보면 알게 되겠지."

신형을 일으킨 명현자는 척대명을 향해 한 번 웃어주고는 그대로 신형을 돌려 금방이라도 쓰러질 것 같은 관제묘를 나섰다.

펄럭.

어디선가 불어온 한줄기 바람이 그의 장포를 흔들었다.

잠시 우두커니 서서 바람을 맞던 명현자는 이윽고 바람이 불어오는 방향을 향해 걸음을 옮기기 시작했다.

*   *   *

"그들이 방금 조가촌을 지나쳤네. 이제 약 일각 후면 이곳에 도착할 거야."

전서구를 확인한 호계상의 얼굴은 긴장으로 잔뜩 굳어져 있었다. 그러나 단리백의 얼굴에서는 이렇다 할 표정 변화를 찾아볼 수 없었다.

"얼마나 끌고 왔지?"

"어림잡아도 오백."

호계상의 대답에 중인들의 표정이 굳어졌다.

유장령이 인상을 찡그리며 혀를 찼다.

"쯧쯧…… 전력을 기울여 이곳을 칠 생각이로군. 혁련걸이 아주 바짝 독이 오른 모양이야."

단리백은 대수롭지 않다는 듯 호계상을 바라봤다.

"위대붕과 오종원은?"

"그들도 있었네. 혁련걸이 그들과 함께 직접 나섰더군."

이때 말없이 대화를 듣고 있던 유효명이 단리백을 향해 입을 열었다.

"어떡할 생각이오?"

단리백이 자신을 바라보자 유효명이 특유의 딱딱한 어조로 말을 이어갔다.

"그들의 숫자는 오백. 이곳 흑암보에 모인 사람은 모두 열두 명이오. 전력만 추린다면 임 보주를 제외한 열한 명뿐. 그중 가 숙수는 부상이 심해 싸울 수 없으니 남은 인원은 열 명이오. 열 명만으론 결코 오백을 맞아 이곳을 지킬 수 없소."

유장령이 고개를 끄덕이며 이에 수긍했다.

"맞는 말이야. 여기에 모인 이들 개개인의 무위는 혁력세가의 무인들보다 크게 앞선다 하나 머릿수의 차이를 극복하기 어려워. 그들이 만약 화공계(火攻計)라도 쓴다면 이곳은 순식간에 잿더미가 되고 말 걸세."

"그런 일은 벌어지지 않는다."

단호한 단리백의 말에 중인들의 시선이 모두 그에게 쏠렸다.

"그들이 이곳에 도착하기 전에 먼저 친다."

"확실히…… 그렇게 되면 흑암보의 피해는 줄어들겠지. 하지만 그들 또한 혁련세가의 정예들일세. 그리 쉽지만은 않을 거야. 자네와 저 아가씨가 각각 혁련결과 위대붕을 맡는다 치고 오종원이란 자를 내가 맡는다 해도 효명이와 강호사사만으로 나머지 수하 전부를 도맡기엔 그 짐이 너무 커."

"우리는 왜 빼는 겁니까?"

퉁명스러운 마운영의 질문에 위송령이 피식 웃음을 흘렸다.

"바닷물에 소금 한 수저 떠 넣는다고 바닷물이 더욱 짜질까? 니들은 딱 소금 한 수저, 그만큼밖에 안 돼. 그러니 조용히 찌그러져 있어."

그 말에 마운영과 송자필의 얼굴이 잔뜩 붉어졌다. 하나 딱히 틀린 말은 아니었다. 자신들이 아무리 기천문에선 날고 기는 무인이었다곤 하나 이 자리에 있는 사람들 중 가장 무공이 뒤처지는 건 사실이기 때문이다.

이때 단리백이 자리에서 일어나며 입을 열었다.

"그들을 치는 건 나 혼자다."

"자네 제정신인가?"

어이없다는 표정을 짓는 유장령을 향해 단리백이 입을 열었다.

"당신들은 이곳에 남아 흑암보를 지켜."

"뭔가 대책이 있는 것인가?"

"있어. 그러니 내 말에 따라."

"한 소저와 함께 가는 건 어떤가?"

"보이는 칼보다 보이지 않는 칼이 더 무섭다는 걸 말한 사람은 당신이야."

한순간 유장령의 눈이 차갑게 번뜩였다.

"내가 없는 사이 흑암보를 노리는 자들이 있을지도 몰라. 만약 그들 중 내가 아는 인물이 포함되어 있다면 당신들만으로는 절대 흑암보를 지킬 수 없어."

"으음……."

유장령이 침음성을 흘렸다. 이미 단리백이 지닌 가공할 무위를 눈으로 확인한 유장령이었다. 그런 단리백조차 이토록 경계하는 인물이라면 확실히 자신들만으론 무리였다.

"의숙……."

걱정스러운 표정으로 자신을 바라보는 임소하를 향해 한초설이 다가섰다.

"걱정 마. 네 의숙은 결코 무모한 사람이 아니니까. 틀림없이 뭔가 생각이 있을 거야."

"하지만 그들은 혁련세가의 정예들일세. 한낱 산적 무리가 아니야. 무인검의 경지에 이른 고수가 최소한 스무 명은 될 텐데……."

사염천의 말에 임소하의 얼굴이 더욱 어두워졌다.

이때 단리백이 품속에서 붉은빛이 감도는 퉁소를 꺼내 들었다.

"적룡소(赤龍簫)!"

이를 발견한 백무쌍의 눈이 휘둥그레졌다.

"그래, 그런 수가 있었군."

위송령과 사염천도 고개를 끄덕였다.

이때 한초설이 고운 아미를 찡그리며 단리백을 바라봤다.

"그걸…… 쓸 생각이야?"

단리백은 묵묵히 고개를 끄덕일 뿐 이렇다 할 말을 하지 않았다.

그때였다.

"신풍마유(迅風魔儒)의 유물이 아직도 남아 있었단 말인가."

갑자기 들려온 탄성에 중인들의 시선이 한곳으로 모아졌다.

거기엔 낡아빠진 도포를 걸친 이십대 중반의 청년이 휘둥 그레진 눈으로 단리백과 그의 손에 들려 있는 적소(赤簫)를 바라보고 있었다.

"당신은 누구요?"

인상을 찌푸리며 질문을 던지는 호계상과 달리 단리백과 한초설의 얼굴은 살얼음이 내려앉은 듯 싸늘하게 식어 있었 다.

그들조차 그가 이처럼 가까이 접근할 때까지 아무런 기척 을 눈치 채지 못하고 있었다. 뿐만 아니라 겉으론 평범해 특 별한 점이 느껴지지 않았지만 청년의 눈 속에 깊이 갈무리된 안광은 절정고수가 아니면 절대 들여다볼 수 없는 날카로운 예기가 도사리고 있었다.

문득 단리백의 눈에 이채가 떠올랐다.

청년의 전신에서 희미하게 흐르는 기운. 그것은 분명 누군 가와 무척이나 닮아 있었던 것이다. 그리고 이는 결코 단리백 에게 달갑게 기억되는 기파가 아니었다.

"검선……."

나직이 중얼거리는 단리백의 음성에 중인들은 저마다 경 악한 표정을 지었다.

'검선이라니! 검선은 분명 단리백에게 죽었다 하지 않았던 가?'

의아함을 금치 못하는 그들과 달리 명현자는 빙그레 웃으며 단리백을 바라봤다.

"자네가 당대의 혈왕(血王)이로군. 난 무음매영이라 하네. 검선은 노도의 사형이었지."

"노도?"

호계상이 고개를 갸웃거렸다.

노도란 분명히 늙은 도사가 자신을 가리킬 때 쓰는 말이었다. 눈앞의 애송이가 언급할 만한 단어가 결코 아니었다. 게다가 검선이 자신의 사형이라니…… 비록 한 자루 검을 등에 메곤 있으나 어디에서도 무공을 익힌 흔적을 찾아볼 수 없었다. 게다가 고작 스무 살 안팎으로밖에 짐작되지 않는 나이. 참으로 황당무계한 일이 아닐 수 없었다.

"미친놈! 감히 여기가 어딘 줄 알고. 사칭할 게 없어 그런 걸 사칭해? 어서 썩 꺼져라. 그렇지 않으면……!"

버럭 고함을 지르던 호계상이 황급히 말을 삼켰다. 분명 아무런 기파도 느끼지 못했건만 명현자가 자신을 바라보는 순간 말로는 설명하기 힘든 섬뜩한 느낌이 비수처럼 가슴에 날아들었던 것이다.

이때 한초설이 단리백에게 다가섰다.

"거짓말 같진 않은데?"

순간 명현자의 얼굴에 감탄인지 놀람인지 모를 감정의 흔적이 떠올랐다.

"아가씬 누군가?"

“알아서 뭐 하게요?”

“혹 노도가 아는 사람의 제자인가 싶어 묻는 말일세.”

“한 번 맞춰보세요.”

명현자가 부드러운 웃음을 담고 한초설을 바라봤다.

“자네에게선 눈 냄새가 나는군.”

한초설도 마주 웃으며 명현자를 바라봤다.

“노망나셨나 봐. 처녀한테 냄새라뇨. 그러니 아직까지 여자가 없죠.”

“도사 좋다는 여자가 어디 흔해야지. 그래, 검후께서는 잘 지내시는가?”

한초설은 대답 대신 자신의 손에 들린 현사검을 들어 보였다.

이에 명현자가 탄성을 터뜨렸다.

“그럼 자네가 당대의?”

“제가 설산검후예요.”

“놀랍군!”

단리백이 나직이 입을 열었다.

“반로환동.”

단리백의 말에 명현자가 빙그레 웃으며 고개를 끄덕였다.

“반로환동? 그런 게 정말 가능하단 말이야?”

한초설의 질문에 단리백이 인상을 찡그렸다.

“우화등선하는 인간도 보았는데, 반로환동 역시 없으란 법도 없지."

지금껏 부드러운 신색을 유지하던 명현자의 표정이 딱딱하게 굳어졌다.

"사실인가?"

"내가 왜 당신에게 거짓말을 해야 하지?"

"음……."

침음성을 흘린 명현자가 뚫어져라 단리백을 응시했다. 빙굴처럼 차디찬 그의 시선을 마주한 단리백의 눈에서도 점차 붉은 아지랑이가 일렁이기 시작했다.

둘 사이의 심상치 않은 기류를 느낀 임소하가 재빨리 명현자를 향해 입을 열었다.

"그럼 아저씨의 실제 나이는 어떻게 되시나요?"

"음? 나?"

임소하를 바라본 명현자의 얼굴에 일순 감탄의 빛이 스쳤다 사라졌다. 하지만 이는 나타날 때보다 더욱 빨리 사라져 본인밖에 알 수 없었다.

"어디 보자…… 올해로 아흔넷이던가?"

"그럼 정말 반로환동하신 건가요?"

명현자가 껄껄 웃음을 터뜨렸다.

"아무래도 그런 모양이야. 그런데 아이야, 너는 이름이 어찌 되느냐?"

"소하, 임소하예요."

"임소하라… 좋은 이름이구나."

이때 단리백이 두 사람 사이를 가로막으며 명현자를 노려봤다.

"꿈도 꾸지 마, 영감."

싸늘하기 그지없는 단리백의 음성에 명현자는 씁쓸한 웃음을 머금었다.

"어찌 알았나?"

"내가 살아 있는 이상 이 아이는 도문 따위에 적을 두게 하지 않아."

아쉬운 듯 입맛을 다신 명현자가 특유의 웃음으로 임소하를 바라봤다.

"그것은 본인이 결정하는 것 아닌가? 어떠냐, 소하야. 너는 나를 따라 화산을 구경해 보고 싶은 생각이 있느냐?"

"죽고 싶나, 영감."

단리백의 표정이 싸늘해질수록 명현자의 얼굴에 맺힌 웃음은 더욱 짙어졌다.

"솔직히 삶에 미련은 없네. 나에게도 우화등선의 기회를 줄 텐가?"

단리백의 눈썹이 꿈틀거렸다.

명백한 도발. 하지만 지금은 한가하게 그와 비무를 할 여유가 없었다.

그런 단리백의 마음을 짐작했음인지 명현자는 자신의 도

포를 터는 척하며 슬쩍 시선을 돌렸다. 그리고 중얼거리듯 입을 열었다.

"보아하니 노도보다 선약이 있는 듯싶은데…… 나머지 이야긴 돌아와서 하지."

잠시 명현자를 노려보던 단리백이 천천히 고개를 끄덕였다. 그리고 걸음을 옮겨 명현자를 지나쳐 흑암보 밖으로 나섰다.

대문을 나서 막 경공을 전개하려던 순간 단리백은 뒤에서 들려오는 다급한 발소리를 들었다. 고개를 돌리니 거기엔 임소하가 서 있었다.

"무슨 일이냐?"

"꼭 돌아오실 거죠?"

"돌아온다."

"무사히?"

"아마도."

그제야 임소하가 안심했다는 듯 미소를 배어 물었다.

"그래도 저랑 약속 하나 해요."

"약속?"

"반드시 무사히 돌아오신다고요."

새끼손가락을 내미는 임소하의 모습에 단리백이 인상을 찡그렸다. 멀리서 자신들을 지켜보는 눈이 수십 개였다. 그들 앞에서 낯간지러운 모습을 보이기엔 단리백의 뻣뻣한 자존심이 결코 용납하지 않았다. 하지만 이어진 임소하의 말에 단리백은 자신도 모르게 희미한 웃음을 머금었다.

"의숙은 제가 살렸어요. 그러니 절대 제 허락 없이 다치면 안 된다는 걸 기억하세요."

단리백이 콧잔등을 찡그렸다.

"너는 갈수록 겁이 없어지는구나."

"그래도 의숙만 하겠어요?"

보일 듯 말 듯한 미소를 남긴 채 단리백이 돌아섰다.

그의 얼굴은 어느새 싸늘하게 가라앉아 있었다.

저벅저벅.

한 걸음씩 옮길 때마다 단리백의 눈에선 점차 혈광이 짙어지기 시작했다.

비록 뒷모습뿐이었으나 단리백을 바라보는 대부분의 사람들은 자신도 모르게 숨을 죽였다. 그를 지나쳐 불어오는 바람에 짙은 혈향이 묻어나는 듯한 착각을 불러일으킬 만큼 단리백의 전신에서 피어오르는 살기는 전율 그 자체였던 것이다.

제22장

시산혈해(屍山血海)

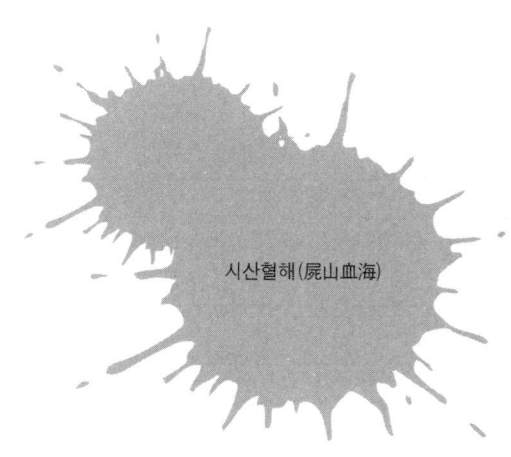
시산혈해(屍山血海)

두두두두두!

잘 닦인 관도 위로 질주하는 오백 기에 달하는 인마(人馬). 그들이 지나가는 곳마다 자욱한 먼지가 일어났고, 말발굽 소리만으로도 천지를 울리는 것만 같았다.

"흑암보는 아직인가?"

추상같은 혁련걸의 음성에 나란히 말을 달리던 혁련세가의 무인이 재빨리 대답했다.

"조가촌을 지난 지 일각 정도가 흘렀으니 조금만 더 달리면 흑암보가 보일 것입니다."

혁련걸이 이글거리는 눈으로 전면을 응시했다.

"뼈까지 씹어주마!"

분노한 짐승이 으르렁거리는 듯한 그의 음성에 주변의 수하들은 숨을 죽였다.

열흘 밤낮을 거의 쉬지 않고 달렸다. 도중에 지쳐 죽은 말들이 속출했으나 분노에 사로잡힌 혁련걸의 발목을 붙들지는 못했다. 이미 혁련세가의 입김이 닿는 곳곳에 전서구로 연락을 취했기에 항시 건강한 말이 대기되어 있었고, 말이 지쳐 죽으면 다시 새로운 말로 바꿔 타면 되는 것이다. 하지만 말은 둘째 치고 혁련세가의 무인들은 대부분 녹초가 되어 있었다.

무공이 뛰어난 자들은 내공으로 버티곤 있다 하나 대다수의 무인들에게 열흘의 강행군은 참으로 가혹한 것이었다. 하루에 불과 한 시진의 수면을 취하는 그들에겐 식사 시간조차 주어지지 않았다. 식사는 달리는 말 위에서 건량으로 때워야만 했으며 용변조차 자는 시간을 쪼개 해결해야 했다.

그러나 어느 누구 하나 감히 불만을 토로하는 자가 없었다.

깊은 잠에 빠져 출발이 늦은 수하 두 명이 혁련걸의 일장에 머리가 짓이겨진 게 불과 하루 전이었다. 금방이라도 터질 것만 같은 혁련걸의 분노를 아는 이상 그의 신경을 건드려 죽음을 자초할 만큼 그들은 어리석지 않았다. 반면 그만큼 혁련걸에 대한 두려움이 커질수록 혁련세가의 무인들은 그야말로 죽을 맛이었다.

"흑암보가 보입니다!"

선두에서 달리던 수하의 외침에 혁련걸의 눈에 광기가 일렁였다.

그때였다.

"엇!"

선두에서 들려온 짤막한 경호성에 혁련걸과 나란히 말을 몰던 수하가 크게 외쳤다.

"무슨 일이냐?"

"관도 한가운데 사람이 서 있습니다!"

수하가 자신을 바라보자 혁련걸이 싸늘하게 외쳤다.

"밟아라!"

"하앗! 핫!"

혁련걸의 명령이 떨어지자 기수들은 더욱 박차를 가해 말을 몰았다.

인마들과 사내의 거리는 순식간에 좁혀졌다.

두두두두!

자욱히 피어오르는 먼지와 함께 수십 마리의 말들이 그대로 전면의 사내를 향해 짓쳐들었다. 그대로 사내를 으깨듯 짓밟아 버릴 심산이었다.

가장 선두에 있던 말이 발굽을 높이 쳐들었다.

그 순간 사내는 그 자리에 우뚝 선 채 자신의 머리를 향해 떨어지는 말의 앞발에 오른손을 가져다 대었다. 그리고 밑을 수 없는 일이 벌어졌다.

우두둑!

끼히히힝!

뼈가 부러지는 섬뜩한 소리와 처절한 말의 비명이 허공 가득 울려 퍼졌다. 그와 동시에 말은 허공에서 완전히 한 바퀴 회전해 그대로 관도 위로 기수와 함께 처박혔다.

"헉!"

기수들의 입에서 헛바람이 새어 나왔다. 갑자기 쓰러진 말에 걸려 뒤따르던 말들도 성벽이 무너지듯 우르르 쓰러졌기 때문이다.

"산개(散開)!"

누군가의 다급한 외침과 함께 말들이 좌우로 황급히 갈라졌다. 그러나 처음 말을 쓰러뜨렸던 사내는 이마저도 허락지 않았다.

우두둑!

끼히이이잉!

사내가 양손을 펼쳐 말을 건드릴 때마다 말의 앞다리가 부러지는 소리와 함께 말의 비명이 터져 나왔다.

말들은 공포에 휩싸였다. 방향을 잃고 자신에게 달려드는 다른 말들과 부딪쳐 뒤엉키는 상황이 곳곳에서 속출했고, 오십여 마리에 이르는 말이 관도 위에 쓰러지자 혁련세가의 무인들은 결국 고삐를 잡아챌 수밖에 없었다.

장내는 매우 조용했다.

이따금 고통에 울부짖는 말의 울음소리와 말에 깔린 자들의 신음과 욕설이 들려올 뿐이었다.

"이 미친놈, 감히……!"

말에 깔렸던 자들 중 한 명이 일어서며 사내를 향해 입을 열었다.

퍽!

그러나 그는 일어서기도 전에 머리가 박살 나며 그대로 주저앉고 말았다.

"……!"

경악한 혁련세가의 무인들이 황급히 자세를 바로잡았다. 하지만 그보다 더욱 빠르게 사내는 마치 산책을 하듯 쓰러진 말 사이를 거닐며 양손을 휘둘렀다.

빠악!

"크헉!"

우두둑.

"켁!"

그가 지나는 곳마다 소름 끼치는 파육음과 자욱한 피보라, 그리고 단말마의 비명이 이어졌다. 그렇게 순식간에 삼십에 달하는 혁련세가의 무인들이 길 위에서 고혼이 되어버렸다.

"무, 물러서라!"

누군가의 외침에 인마들이 황급히 사내와 거리를 만들었

다. 그리고 인마들이 양쪽으로 나뉘더니 그 사이로 한 사람이
모습을 드러냈다.

"누구냐, 넌."

혁련걸의 물음에 단리백의 입가에 싸늘한 웃음이 떠올랐
다.

수많은 고수들에게 에워싸여 있으면서도 하얀 이빨을 드
러낸 채 웃고 있는 단리백의 모습은 마치 양 떼에 둘러싸여
눈빛을 빛내는 한 마리 늑대를 연상케 했다.

"나를 찾아온 것이 아니었던가?"

"그럼 네놈이!"

"내가 단리백이다."

"……!"

단리백의 웃음을 마주하는 순간 혁련걸은 등줄기가 서늘
해지는 것을 느꼈다. 나직한 그의 음성에는 듣는 이의 가슴을
철렁하는 만드는 무언가가 담겨져 있었기 때문이다.

그것이 자신을 향한 살기임을 깨달았을 때 혁련걸은 태어
나 처음으로 두려움을 느꼈다.

'저게 사람의 눈빛이란 말인가!'

이제껏 살아오며 수많은 무인들을 겪어본 혁련걸이었다.
그러나 맹세코 이런 눈빛을 지닌 자는 본 적이 없었다. 그건
마치 끝도 짐작할 수 없는 지옥의 나락을 들여다보는 것만 같
았다.

그만큼 고요한 가운데 깊이 갈무리된 살기.

그 눈빛을 마주하고 있자니 혁련걸은 쭉 소름이 끼쳤다.

단리백의 살기에 가장 먼저 반응한 것은 말이었다.

푸르륵!

마구 투레질을 하며 말이 뒷걸음질치기 시작하자 혁련걸은 자신이 물러선 것 같아 몹시 기분이 나빠졌다. 하지만 아무리 고삐를 잡아채도 이미 말은 그의 통제를 벗어나 있었다.

"이익!"

우득!

혁련걸이 내려친 일장에 말 머리가 목에서 뜯겨져 나갔다.

머리를 잃은 말은 사방에 피를 흩뿌리다 무너지듯 바닥에 주저앉았다.

말에서 내려선 혁련걸이 단리백을 노려봤다.

제아무리 촉산혈성이라 할지라도 상대는 한 명. 그의 기도는 혁련걸로서도 처음 접할 만큼 무시무시했으나 적들 한가운데 스스로 들어선 무모함은 참으로 어리석은 짓이었다.

"쳐라!"

혁련걸의 명령이 떨어지기 무섭게 혁련세가의 무인들이 순식간에 단리백을 에워쌌다. 그럼에도 불구하고 단리백은 그 자리에 우뚝 선 채 오연한 눈빛을 뿌리고 있을 뿐이었다.

쉬쉬쉭!

누가 먼저랄 것도 없이 일곱 자루의 도가 단리백의 등과 허리를 노리며 날아들었다.

그 순간 단리백의 어깨가 그림자처럼 흔들렸다.

카카카캭!

바닥을 두드린 도에 의해 사방으로 흙더미와 돌조각이 비산했다.

이를 신호로 십여 명의 무인이 가세해 일제히 흙먼지 속으로 뛰어들며 손에 든 도를 벼락같이 내려쳤다.

물샐틈없는 합공은 그야말로 완벽에 가까웠다. 그 어떤 고수라도 이처럼 무시무시한 연수합격을 견뎌낼 수 없으리라! 하지만 그들은 곧 자신들이 얼마나 무모한 행동을 했는지를 뼈저리게 절감해야만 했다.

난무하는 도기와 자욱한 흙먼지 속에서 붉은 섬광이 번뜩였다.

콰쾅!

가공할 폭풍 앞을 막아선 가랑잎의 모습이 그러할까?

단리백의 앞을 가로막은 십여 명의 신형이 순식간에 피떡이 되어 먼지를 뚫고 튀어 올랐다. 그리곤 그대로 실 끊어진 연처럼 핏물을 뿌리며 십여 장 밖으로 날아가는 그들의 모습은 도저히 살아 있는 인간의 모습을 하고 있지 않았다.

단리백의 배후를 노리며 처음 공격을 가했던 일곱 명 역시 마찬가지였다.

그들 대부분은 머리가 박살 난 채 쓰러져 있었고, 어떤 이는 가슴에 주먹만 한 구멍이 뚫린 채 핏물 속에 잠겨 있었다. 팔다리가 떨어져 나간 것은 예사였고, 내장이 박살 나고 아예 가슴뼈가 으스러져 죽어서조차 검붉은 피를 게워내는 이도 있었다.

어디선가 바람이 불어오자 장내에 짙은 피비린내가 화악 끼쳤다.

"……!"

아무도 입을 여는 사람이 없었다. 경악과 공포에 질린 눈으로 단리백의 뒷모습을 응시하고 있을 뿐이었다.

장내에 있는 인물들은 거의 대부분이 혁련세가의 무인들이라는 것만으로도 강호무림에서 존경과 선망을 받아왔다. 그만큼 실력에 있어 누구에게도 크게 뒤처질 게 없는 인물들이었다. 하지만 그들 중 어느 누구도 대체 단리백이 무슨 방법으로 동료들을 차가운 시신으로 만들었는지 아는 사람이 없었다.

심지어 혁련걸조차 무언가 번뜩이는 홍광을 목도했을 뿐, 수하들을 격살한 수법을 정확히 볼 수 없었다.

"너…… 이놈……!"

혁련걸의 눈가에 미미하게 경련이 일어났다.

그때 단리백이 천천히 몸을 돌렸다.

그리고 고개를 쳐들었다.

갑자기 주위가 조용해졌다.

막 소리를 지르려던 혁련걸조차 단리백과 시선이 마주치자 모골이 송연해져 입을 다물고 말았다.

이때 단리백이 천천히 입을 열었다.

차가운 공기, 더욱 차디찬 단리백의 음성이 공기를 울렸다.

"오종원과 위대붕은 앞으로 나서라."

아직도 사백 명이 넘은 혁련세가의 무인들이 단리백을 에워싸고 있었다. 하지만 단리백이 언급한 두 사람은 모습을 드러내지 않았다. 심지어 어느 누구 하나 입을 여는 사람이 없었다.

잠시 차가운 눈으로 주위를 쓸어보던 단리백이 웃음을 흘렸다.

몸서리가 쳐질 정도로 냉혹한 웃음이었다.

중인들은 왠지 그 앞에서 위축되는 자신을 느끼며 무의식중에 주춤하며 일제히 물러섰다.

'앞으로 일 다향인가⋯⋯.'

일단 기선을 제압했다 해도 애초부터 숫자의 차이가 너무 컸다. 그리고 이를 메우기 위한 방법은 오직 한 가지뿐이었다.

단리백이 소맷속에서 퉁소를 꺼내 들었다.

금방이라도 살아 움직일 것만 같은 핏빛 용이 휘감은 퉁소.

이를 발견한 혁련걸의 눈에 은은한 두려움이 떠올랐다.

"설마?"

"그래, 그 설마다."

단리백이 적룡소를 입으로 가져갔다.

순간 혁련걸이 내공을 실어 고함을 질렀다.

"모두 귀를 막아!"

*   *   *

"그런데 신풍마유가 누구예요?"

"응?"

명현자의 반문에 임소하가 재차 질문을 던졌다.

"아까 의숙께서 가지고 있던 퉁소를 보고 그러셨잖아요. '신풍마유의 유물이 아직까지 남아 있을 줄이야' 라고."

그제야 명현자는 한차례 고개를 끄덕이고는 아주 오래되어 세인들의 머릿속에서 서서히 잊혀져 가는 이야기를 꺼내기 시작했다.

"사백여 년 전 신풍마유라 불리우는 악사가 있었다. 그는 음악을 너무 사랑한 나머지 잠을 잘 때도 식사 때에도… 심지어 변소에 갈 때에도 손에서 악기를 놓지 않았다고 전해진다. 그는 그렇게 평생을 음악에 미쳐 살았는데, 어느 날 그의 음악에 반해 한 여인이 그에게 청혼을 했지."

"그는 청혼을 받아들였나요?"

"물론이다. 그녀 역시 결코 평범한 여인이 아니었다. 신풍마유 못지않게 뛰어난 탄주 실력을 지니고 있었지. 하지만 그들의 행복은 오래가지 못했다."

"어째서죠?"

"그녀가 무림인들의 싸움에 휘말려 죽고 말았기 때문이다."

명현자가 이야기를 이어갔다.

"신풍마유는 본래 무림인이 아니었다. 하지만 그 일로 인해 평생 동안 무림인을 저주하게 되어, 그들을 죽일 방법만을 연구하기 시작했다. 그리고 이십 년이 지나 그가 다시 세상에 모습을 드러냈을 때 무림인들은 충격에 휩싸였다. 그는 무림인이라 하면 정사 구분 없이 주살하기 시작했던 것이다. 그의 가공할 음공 앞에서는 정사의 내로라하던 수많은 고수들도 속수무책이었다. 결국 그의 잔인한 성정과 가공할 음공의 위력으로 인해 그는 무림인들의 공분을 사고야 말았다."

이때 유장령이 피식 웃으며 고개를 저었다.

"음공이란 말하기 좋아하는 호사가들이 지어낸 말 아니오? 뭐, 소림의 사자후(獅子吼)나 아미의 창룡음(蒼龍音)처럼 소리에 내공을 실어 상대의 기맥을 진탕시키는 방법도 음공이라면 음공이랄 수 있겠지만……."

호계상을 제외한 강호사사가 일제히 소리쳤다.

"누가 음공이 없대?"

"음공의 무서움을 당해보지 않고선 모르지."

"내 말이!"

유장령이 고리눈을 뜨며 그들을 노려봤다.

"음공이란 게 있다면 내 살수 생활도 상당히 편해졌겠지. 사람을 죽이는 데는 총 사백여든두 가지가 있다. 하지만 그중에 음공은 없어."

서로를 노려보는 그들의 모습에 임소하는 설레설레 고개를 저었다. 그리곤 다시 명현자를 향해 질문을 던졌다.

"그래서 그는 어찌 되었나요?"

"아무리 절정의 음공을 지니고 있다 해도 그 역시 사람. 결국 독에 중독되어 죽음을 맞게 되었다. 하지만 그는 독에 중독돼서도 죽을 때까지 음악을 연주했다 전해진다. 그가 죽고 나서도 사람들은 여전히 두려움을 떨쳐 내지 못했다. 그래서 평소 그가 지니고 있던 악기들을 모조리 부숴 버렸지."

"악기들을요?"

"푸른 주작을 떠안은 칠현금과 검은 현무를 가둔 비파, 하얀 범을 새긴 옥종, 그리고 네 의숙이 지니고 있던 붉은 용을 휘감은 적소가 바로 그것이었다."

"어떻게 그 적소만이 남겨졌을까요?"

"그것까진 나 역시 모르겠구나."

이때 한 켠에서 두 사람의 대화를 듣던 사염천이 입을 열었다.

"그러고 보니 예전에 적룡소에 관해 들어본 적이 있어."

"아마 초대 촉산혈성이었던 단리양인가 하는 양반이 신풍마유와 절친한 사이였다지?"

위송령의 말에 백무쌍이 고개를 끄덕였다.

"맞아. 예전에 단씨 녀석이 비슷한 이야길 했었어."

"단씨가 아니라 단리. 복성이라고 몇 번을 말해야 해, 이 강시 새끼야."

"닥쳐, 병신."

투닥거리는 그들을 향해 임소하가 질문을 던졌다.

"그럼 의숙은 신풍마유란 분이 사용했던 음공을 쓸 줄 아시나요?"

"당연하지. 그때를 생각하면 아직도 치가 떨린다."

부르르 몸을 떨며 진저리를 치는 위송령과 달리 사염천은 잔뜩 인상을 찌푸린 채 입을 열었다.

"솔직히 십육 년 전엔 애송이에 불과했지. 개개인은 그 녀석보다 약간 무공이 떨어졌지만 우리 셋이 힘을 합치면 거의 대등한 수준이었거든. 자기가 조금 불리해졌다고 느꼈는지 그 녀석이 대뜸 그 사악한 음공을 쓰더군."

"아아, 정말이지 그땐 혼백이 다 달아나는 줄 알았다니까."

"맞아. 겪어보지 않은 사람은 죽었다 깨어나도 그 느낌 모를 거야."

"게다가 지금의 그 녀석은 당시와는 비교도 되지 않을 만큼 강해졌어. 만약 지금 그가 다시 한 번 그 곡을 연주하면 모르긴 몰라도 십대고수 정도 아니고서는 버티기 힘들 거야."

한쪽에 서 있던 유장령이 인상을 찌푸렸다.

강호사사가 음공이 있다며 목에 핏대를 세운 이유가 있었다. 그렇다면 단리백이 그토록 자신만만했던 이유도 이해할 수가 있었다. 확실히 음공이란 것이 존재한다면 독과 더불어 대량 살상이 가능했다.

'음공이라……'

살막의 부활을 꿈꾸는 그로서는 왠지 탐나는 무공이 아닐 수 없었다.

*   *   *

삐익!

귀청이 찢어질 것 같은 무지막지한 소음. 이는 손으로 귀를 틀어막는다 해서 막을 수 있는 그런 성질의 소리가 아니었다.

피부로, 뼛속으로 파고들어 전신의 기맥을 송두리째 뒤집는 듯한 느낌!

"우웩!"

"왁!"

수백 명에 달하는 혁력세가의 무인들이 일제히 술 취한 사람처럼 비틀거리더니 돌연 바닥에 주저앉아 한 사발이 넘는 피를 왈칵 토해냈다. 그들은 얼굴이 보랏빛으로 변해 죽어가기 시작했고, 전신엔 굵은 핏줄이 솟아올라 손만 닿아도 터질 것 같았다. 하지만 이는 정작 그들이 느끼는 괴로움에 비하면 아무것도 아니었다.

마치 온 몸속의 혈관을 타고 수백 개의 바늘이 돌아다니는 것만 같았다. 수만 마리의 개미가 전신을 물어뜯고 그 위에다 소금을 뿌린다 해도 이보단 고통스럽지 않으리라. 게다가 폭주하기 시작한 내공은 단전을 찢고도 온몸의 기맥을 사정없이 뒤틀고 있었고, 이도 모자라 정수리엔 펄펄 끓는 기름을 부은 것 같았다.

"컥!"

결국엔 주화입마와 동일한 증상을 보이며 혁련세가의 무인들이 차례대로 발작과 함께 쓰러지기 시작했다.

불과 한 호흡에 불과했으나 퉁소 소리가 멎었을 무렵 장내엔 두 발로 서 있는 사람이 십여 명에 불과했다. 그것도 혁련걸과 위대붕을 제외하면 온전히 서 있는 자도 전무했다. 그리고 사방엔 시신이 즐비했다. 그야말로 시산(屍山)을 방불케 하는 광경이 아닐 수 없었다.

천하가 놀랄 일이었다.

당금에 그 어떤 고수가 이처럼 순식간에 오백에 달하는 고수를 절명시킬 수 있단 말인가.

퉁소를 거둔 단리백이 살벌하기 그지없는 눈으로 주위를 쓸어보았다. 막대한 내공을 쏟아 부운 탓인지 단리백의 이마엔 굵은 땀이 맺혀 있었다. 그리고 피부 역시 밀랍처럼 창백해 핏기 한 점 찾아볼 수 없었다.

"이런 어처구니없는…… 음공이라니…… 음공이라니……!"

혁련걸은 너무나 어이없게 잃은 수하들을 바라보며 허탈함을 금치 못했다. 그러나 정작 그조차도 급히 내공을 끌어올려 음공을 방비했음에도 불구하고 아직도 속이 울렁거리고 귀가 먹먹해 자신의 음성도 제대로 들리지 않았다.

하지만 이것 하나만은 확실히 인지하고 있었다.

'저놈을 죽이지 못하면 혁련세가의 이름은 강호에서 사라진다!'

다행히 내상은 심각하지 않은 상태였다. 반면 단리백은 내공 소모가 극심했던지 어깨를 들썩이며 거친 숨을 몰아쉬고 있었다.

"대단하군요. 설마 음공이란 게 정말 존재할 줄은 몰랐습니다."

고개를 돌린 혁련걸은 어느새 자신의 옆에 서 있는 위대붕을 발견할 수 있었다.

"괜찮소?"

"다행히."

고개를 끄덕인 위대붕이 주위를 둘러봤다. 그리곤 어느 순간 눈빛을 빛냈다. 시신들 사이에서 몸을 일으키는 오종원의 모습 때문이었다.

'약삭빠른 놈.'

오종원의 의복 곳곳에는 흙이 잔뜩 묻어 있었다.

오종원이 지닌 내공으로는 결코 방금의 음공을 견뎌낼 수 없었다. 하지만 그 짧은 순간에 그는 지둔술로 땅을 파고 그 속에 숨어 음공의 피해를 최소화한 것이다.

오종원은 재빨리 주변의 상황을 가늠했다.

주위를 가득 메운 엄청난 수의 시신에 처음엔 깜짝 놀라는 듯했으나 이내 지쳐 있는 단리백의 모습을 확인하곤 특유의 비릿한 웃음을 머금었다.

절호의 기회였다.

위대붕이 공을 가로채기 전에 오종원이 단리백을 향해 다가섰다.

"네가 찾던 오종원이 바로 나다."

오종원은 이제 어떡하겠느냐는 듯 비웃음을 담아 단리백을 응시했다.

이때 단리백이 그를 향해 뭔가를 말했다. 하지만 그 소리가 너무 작아 오종원은 들을 수 없었다.

"뭐라 했지?"

단리백이 다시금 입을 열었다.

비록 소리는 들을 수 없었으나 입술이 움직이는 모양으로 미루어 오종원은 단리백이 무슨 말을 했는지 알 수 있었다.

"벌레 같은 놈."

오종원의 안색이 굳어졌다.

무림에 나선 이후 단 한 번도 이런 말은 들어본 적이 없었다. 누가 감히 북방무림의 패자라 일컬어지던 일퇴붕천 오상헌의 후계자를 욕보일 수 있단 말인가.

반면, 멀리서 이를 지켜보던 위대붕은 터져 나오려는 웃음을 간신히 참고 있었다. 단리백 역시 오종원이 땅속에 숨는 것을 봤던 것이다. 그 모습을 가리켜 벌레라고 비웃고 있으니 어찌 우습지 않을까. 한편으론 모욕을 받은 오종원이 어찌 나올지 궁금해졌다.

아니나 다를까.

오종원은 얼굴을 붉으락푸르락하며 단리백을 향해 조금씩 다가서고 있었다.

서로의 거리가 일 장 정도 남았음에도 불구하고 단리백은 여전히 그 자리에서 미동도 하지 않고 있었다.

오종원이 씨익 웃으며 품속에서 한 자루 비수를 꺼내 들었다. 유효명이 남기고 간 월광비였다.

피웅!

기다란 우윳빛 잔영을 남기며 월광비가 단리백을 향해 쇄도했다.

퍽.

단리백이 움찔하며 한 걸음 물러섰다. 그의 어깨에는 오종원이 던진 월광비가 박혀 있었고, 그 주위로 핏물이 번지고 있었다.

그제야 오종원은 단리백을 향해 신형을 날렸다.

끝까지 조심에 조심을 기하는 오종원의 모습에 위대붕은 눈살을 찌푸렸다.

'비열한 놈.'

파악!

오종원의 긴 다리가 채찍처럼 휘어지며 단리백의 옆구리를 향해 날아들었다.

내심 오종원이 못마땅한 위대붕이었으나 그의 발차기만큼은 인정하지 않을 수 없었다. 그의 부친인 오상헌만큼 예리하진 않았으나 위력으로만 따진다면 크게 뒤처지지 않는 십이로담퇴(十二路潭腿)였다.

우드득.

뼈가 부서지는 섬뜩한 소리가 허공을 울렸다.

그에 비해 처절한 비명 소리는 뒤늦게 터져 나왔다.

"크악!"

"……!"

혁련걸과 위대붕의 얼굴이 딱딱하게 굳어졌다.

무릎을 감싸 쥐고 바닥에 주저앉는 자는 단리백이 아닌 오종원이었던 것이다.

어찌 된 영문인지 그들이 깨닫기도 전에 단리백이 오종원을 향해 신형을 날렸다.

퍼헉!

"컥!"

단리백의 발에 옆구리를 채인 오종원의 신형이 허공에 떠올랐다. 순간 오종원과 단리백의 눈이 서로 마주쳤다.

단리백의 눈은 웃고 있었다. 하지만 그 안에 도사리고 있는 진득한 살의는 날카로운 칼날처럼 오종원의 심장을 파고들었다.

'아, 안 돼!'

비명조차 터져 나오지 않았다. 서로의 시선이 마주친 순간 오종원은 독사 앞의 개구리처럼 몸이 굳어지는 것을 느꼈다.

덜컥.

오종원의 신형이 허공에서 크게 흔들렸다.

"왁!"

보이지 않는 암경에 붙들린 채 오종원이 시커먼 핏덩이를 토해냈다. 그 안에는 잘게 부서진 내장 조각이 섞여 있어 그가 얼마나 극심한 내상을 입었는지 알 수 있었다.

'무서운 놈.'

위대붕의 얼굴에는 어느새 웃음이 걷혀 있었다.

단리백은 분명 지쳐 있는 게 확실했다. 하지만 오종원이 던진 월광비를 일부러 허용하고 그를 지근거리로 끌어들인 대범함엔 자신도 기가 질리고 말았다.

오종원은 결코 약한 자가 아니었다. 자신과 제대로 맞붙는다 해도 백 초 안에는 승부를 낼 수 없을 만큼 강자였다.

살을 내주고 뼈를 취하는 이대도강(李代桃畺)!

그 모든 과정이 오종원을 낚기 위한 미끼였던 것이다. 만약 단리백이 월광비를 피했다면 오종원은 그토록 섣불리 단리백을 공격하지 않았을 테고, 그만큼 싸움은 길어졌을 것이다.

스스스스.

단리백 주위로 소리없이 암경이 흘러내렸다.

"네가 나의 의형을 죽였다지?"

써컥!

보이지 않는 암경의 칼날이 오종원의 아랫배를 파고들었다.

"으아악!"

처절한 오종원의 비명을 뒤로한 채 단리백은 자신의 어깨에 박힌 월광비를 천천히 뽑아 들었다.

"감히 너 따위가……."

푸욱.

단리백은 그대로 월광비를 들어 오종원의 어깨를 내리찍었다. 그리고 월광비를 움켜쥔 손을 천천히 움직였다.

뿌드득.

뼈를 가르고 근육을 베는 소리가 칼끝에서 터져 나왔다.

"아악!"

오종원의 오른팔이 힘없이 축 늘어졌다. 그러나 단리백은 손을 멈추지 않았다. 이번엔 그의 왼쪽 어깨에 월광비를 박아 넣더니 고문을 하듯 같은 과정을 반복했다. 그리고 나서야 단리백은 암경을 거두었다.

털썩.

"끄으으!"

말로 형언할 수 없는 지독한 고통 앞에 오종원은 발작적인 경련을 일으켰다.

그런 그를 무심한 눈으로 내려다보던 단리백이 천천히 발을 들어올렸다.

콰지직.

"……!"

오종원은 비명도 지를 수 없었다. 자신이 그토록 자랑하던 두 다리가 무릎 아래로 형체를 알아볼 수도 없이 짓이겨진 모습을 망연한 눈으로 바라볼 뿐이었다.

"이대로 벌레처럼 기다가 늑대 먹이나 되어라."

그 말과 함께 단리백이 오종원을 스쳐 지나갔다.

그 순간 오종원의 눈에 희미한 안광이 일렁였다. 비록 두 번 다시 무공을 펼칠 수 없는 몸이 되었지만 목숨은 건진 것이다.

살아만 있다면 언젠가 복수의 칼을 갈아 반드시 이보다 더한 고통으로 갚아주리라. 게다가 아직 그의 뒤엔 만수산장이 있었다.

그때였다.

혁련걸과 위대붕을 향해 걸어가던 단리백이 갑자기 휙 돌아섰다.

"난 지금까지 한 번도 내가 한 말을 어겨본 적이 없다."

단리백의 말을 듣는 순간 오종원은 자신도 모르게 마구 고개를 끄덕였다. 그래야만 살 수 있을 것 같은 막연한 희망 때문이었다. 그런데 자꾸만 가슴 깊은 곳에서 솟구치는 이 불길함은 무어란 말인가!

아니나 다를까.

이어진 단리백의 말은 그를 절망의 구렁텅이로 떨어뜨렸다.

"하지만 네놈은 늑대 먹이로도 아까워."

츠츠츳!

천천히 들어올린 단리백의 손끝에 맺히는 선명한 핏빛 강기.

"안 돼!"

우드득!

목뼈가 부러지는 음향이 유난히 크게 울려 퍼졌다. 단리백의 손을 떠난 혈리탄이 누워 있는 오종원의 가슴과 목뼈를 산산이 바수고는 그대로 두개골까지 박살 내버린 것이다.

단리백이 돌아서는 순간.

촤악!

그 어떤 예고도 없이 은빛 호선이 단리백의 뒷등을 노리고 날아들었다.

단리백이 손을 뻗어 은룡편의 끝부분을 움켜쥐었다.

까드득.

팽팽하게 당겨진 은룡편이 비명을 터뜨렸다.

"놀랍군! 은룡편을 맨손으로 잡고도 피 한 방울 흘리지 않다니."

"네가 위대붕이군."

위대붕이 고개를 끄덕였다.

"소문이란 대개 과장되는 법이지만 당신의 경우는 소문이 더 소박하군."

단리백은 말없이 위대붕을 노려보았다. 그러나 겉으로 드러난 차가운 표정과 달리 단리백은 서서히 마음이 급해지기 시작했다.

'일 다향이 얼마 남지 않았다. 게다가 절명곡(絶命哭)을 시전하는 데 너무 많은 내공을 소모했다.'

이때 위대붕이 입가에 희미한 웃음을 머금고 단리백을 바라봤다.

"은룡편이 어째서 칠대기보에 포함되었는지 알고 있나?"

위대붕의 입가에 맺힌 웃음이 더욱 짙어졌다.

"바로 이것 때문일세."

칙!

손바닥을 불로 지지는 듯한 통증에 단리백이 인상을 찌푸렸다. 고개를 숙이니 손바닥을 관통하여 손등 위로 삐죽이 솟구친 날카로운 칼날이 눈에 들어왔다.

물고기 비늘처럼 채찍을 뒤덮고 있던 수천 개의 얇은 칼날. 그것이 채찍 표면을 감싸고 흐르던 은빛 광채의 정체였다.

툭툭.

채찍을 타고 흘러내리는 핏방울을 바라보는 단리백의 표정이 싸늘하게 굳어졌다.

과연 은룡편은 칠대기보에 부족함이 없는 병기였다. 웬만한 검기 따위 종잇장처럼 찢어버리는 염왕수를 뚫고 이와 같은 상처를 남길 만한 병기는 그리 흔치 않았다. 아마도 채찍을 둘러싸고 있는 칼날 하나하나가 월광비와 마찬가지로 강기를 전문적으로 파괴하는 성질을 지니고 있을 것이다. 게다가 칼날은 매우 교묘하게 설치되어 있어 모습을 드러내기 전엔 육안으로는 도저히 구분할 방법이 없었다.

위대붕이 여유로운 모습으로 입을 열었다.

"은룡편의 비밀을 아는 사람이 아무도 없는 이유를 아나?"

"……."

"이를 본 사람은 모두 죽음을 면치 못했기 때문이야."

그 말과 함께 위대붕이 채찍을 힘껏 잡아당겼다.

단리백의 신형이 주르륵 끌려오자 위대붕은 자신의 승리

를 믿어 의심치 않았다. 하지만 이도 잠시.

피잉!

은룡편이 금세라도 끊어질 것처럼 팽팽하게 당겨지자 위대붕의 입가에서 웃음이 사라졌다. 보통은 이와 같은 상황에서는 채찍을 놓는 것이 대부분이었다. 그런데 단리백은 오히려 채찍을 더욱 세게 움켜쥐더니 역으로 자신을 끌어당기고 있었다.

'제법이군.'

위대붕의 눈빛이 차갑게 번뜩였다.

지금 상황에서 채찍을 놓아봐야 상황은 더욱 악화될 뿐이었다. 한데 단리백은 이를 눈치 채고 손바닥을 관통한 날카로운 칼날을 움켜쥐어 채찍의 움직임을 봉쇄하고 있었다. 그 바람에 단리백의 손바닥을 넝마처럼 찢어버리려 했던 그의 계획은 수포로 돌아갔다.

그 순간, 막 공격을 펼치려던 위대붕과 단리백의 시선이 허공에서 얽혔다.

"……!"

단리백의 눈에서 피어오르는 서늘한 한광(寒光)을 마주한 순간 위대붕은 등줄기를 흐르는 식은땀을 느꼈다.

'이놈은 위험하다!'

본능이 그리 말하고 있었다. 어쩌면 눈앞의 이 애송이는 다른 십대고수보다 더욱 위협적인 존재일 수도 있었다.

생각은 짧았다. 하지만 행동은 더욱 빨랐다.

"하아압!"

기합성을 터뜨린 위대붕이 단리백을 향해 신형을 날렸다. 동시에 이 장을 가득 메운 편영(鞭影)이 허공을 어지럽게 메우며 단리백의 머리 위로 떨어졌다.

은룡쇄암(銀龍碎巖)!

위대붕이 펼칠 수 있는 가장 파괴적인 절기였다.

콰콰콰콰!

초식 명에 걸맞게 위대붕의 채찍은 가히 철벽도 으깨 버릴 것 같은 위력적인 힘이 실려 있었다. 그러나 단리백은 왼손으로 채찍 끝을 움켜쥔 채 일말의 망설임 없이 그 안으로 뛰어들었다.

츄릿!

몇 줄기 붉은 섬광이 가공할 채찍의 소용돌이 속에서 번뜩였다.

"엇?"

위대붕의 입에서 짤막한 경호성이 터져 나온 것도 그때였다. 자신이 펼친 가공할 채찍의 예기(銳氣)가 단리백의 손끝을 떠난 혈리탄에 너무도 쉽사리 뚫리자 가슴이 덜컥 내려앉았던 것이다.

언뜻 보기엔 단순히 마구잡이로 채찍을 휘두른 것처럼 보이나 은룡쇄암은 사실 여러 겹의 기의 그물을 쳐 상대를 압박하는 상승무공(上昇武功)의 원리를 담고 있었다.

위대붕은 단리백이 중첩된 예기의 중압감에 당황하다 결국 손발이 엉켜 요동치는 칼날 끝에 갈가리 찢길 것이라 믿어 의심치 않았다. 그런데 단리백은 너무도 쉽게 이를 와해시켜 버린 것이다.

그뿐만이 아니었다.

아예 전면을 메운 채찍의 그림자 속에 스스로 뛰어들더니 혈리탄에 의해 와해된 은룡편의 틈 사이를 비집고 들어왔다.

위대붕의 표정에 처음으로 긴장감이 감돌았다. 지금까지와는 다르게 판이하게 달라진 단리백의 기세를 읽었던 것이다.

단순히 거리가 좁혀졌을 뿐인데도 질식할 것 같은 무언가가 전신을 짓눌러왔다.

우르르릉!

귓전을 두드리는 우렛소리를 듣는 순간 위대붕은 지독한 압력을 동반한 음유한 경력이 채찍의 그물을 걷어내고 있음을 깨달았다.

'암경!'

하지만 이를 알았다 해도 이미 상황은 돌이킬 수 없었다.

위대붕은 순간적으로 시작도 끝도 보이지 않는 거대한 운무에 휘감긴 듯한 착각이 들었다. 그리고 그 가운데 섬뜩하기 그지없는 핏빛 홍광이 자신의 미간을 향해 날아드는 것을 발견했다.

찌익!

"……!"

위대붕은 가까스로 고개를 젖혀 이를 피해냈다. 하지만 살짝 스쳤음에도 불구하고 그의 목 언저리는 살이 한 웅큼이나 뜯겨져 나갔다.

'젠장!'

연이은 혈리탄 앞에 은룡쇄암은 이미 와해되기 시작해 본래 위력의 절반에도 미치지 못하고 있었다.

단리백이 내뿜는 가공할 살기 앞에 고스란히 노출된 위대붕은 이를 악물고 양손으로 채찍의 손잡이를 움켜쥐었다.

그가 위아래로 양손을 흔들자 혈우편이 격렬하게 요동치며 단리백을 재차 휘감아갔다. 혼신의 힘을 쏟아 부운 구명절초(求命節招), 은룡번천(銀龍飜天)이었다.

쾅!

가슴이 빠개질 것 같은 충격을 느끼는 순간 위대붕은 본능적으로 급히 물러섰다.

"크윽!"

꼿꼿하게 신형을 세운 위대붕의 입에서 신음과 함께 한줄기 핏물이 흘러내렸다. 채찍을 통해 전해진 충격이 손목과 팔을 마비시키며 어깨까지 타고 오르더니 그대로 내부를 한차례 진탕시킨 것이다.

숨이 멎을 듯한 고통이 가라앉자 위대붕은 소매를 들어 입가에 흐르는 핏물을 훔쳐 냈다. 그리고 끝 부분이 잘린 채 바닥에 힘없이 늘어져 있는 자신의 은룡편을 믿을 수 없다는 표정으로 바라봤다.

후발선제(後發先制)!

상대의 출수를 확인하고 반응했음에도 더 이상 손을 쓸 수 없는 절정의 경지. 선공으로 인해 우위를 빼앗기고도 이를 간단히 뒤집어 버린 단리백의 무위는 지금껏 그가 상대해 본 그 누구보다도 압도적이었다.

'크크! 징그럽게 강하군. 어디서 이런 괴물이 튀어나왔단 말인가.'

마른 웃음을 풀풀 날리는 위대붕의 입에서는 연신 핏물이 흘러내리고 있었다. 그러나 더욱 암담한 것은 단리백의 신형이 어느새 자신의 눈앞까지 이르러 있다는 것이었다.

'틀렸군.'

자신의 정수리를 향해 떨어지는 단리백의 손을 발견한 위대붕은 절망 어린 표정으로 눈을 감았다.

그때였다.

쩌엉!

귀청을 때리는 충격음에 눈을 뜬 위대붕은 여전히 자신의 목숨이 붙어 있다는 사실에 의아함을 금치 못했다. 하나 이내 그 이유를 알 수 있었다.

어느새 자신과 단리백 사이를 가로막은 채 우뚝 서 있는 사내.

보다 못한 혁련걸이 드디어 직접 나선 것이다.

『촉산혈성』 3권 끝

잘나가고 싶은 사람은 읽어라!

그에게 한눈에 반했다! 그것은 분위기 탓?
애인과 나란히 걸어갈 때 당신은 좌, 우 어느 쪽에 서는가?
이성은 왜 서로 끌리는 걸까? 그 심층 심리를 해명한다!

30초의 심리학

■ **30초의 심리학**
아사노 하치로우 지음 / 계일 옮김 | 값 8,500원

처음 본 사람인데 와 닿는 느낌이
너무나도 강렬한 사람이 있다.
흔히 하는 말로 '꼴이 꽂힌 사람',
그래서 잊혀지지 않는 사람,
한눈에 반했다고 하는 것이 바로 그것이다.
이런 인간의 감정을 논하는 데
남녀의 구분이 있을 수 없다.
사랑하는 그, 혹은 그녀를
생각하는 것만으로도 가슴이 두근거린다.
이상할 것 없다. 당연히 그럴 수 있는 것이다.
그렇기에 인간을 감정의 동물이라 하지 않는가.
그러나 그렇게 좋아하는 그 사람이
어느 날 갑자기 싫어지는 경우는 왜일까?

Psychology